世上还有更多美丽的风景
你不要把自己永远困在我的世界里
我也愿意去你的世界
陪你去看新的风景。

娜可露露 著

完结篇

中国致公出版社·北京　知音动漫

目录 CONTENTS

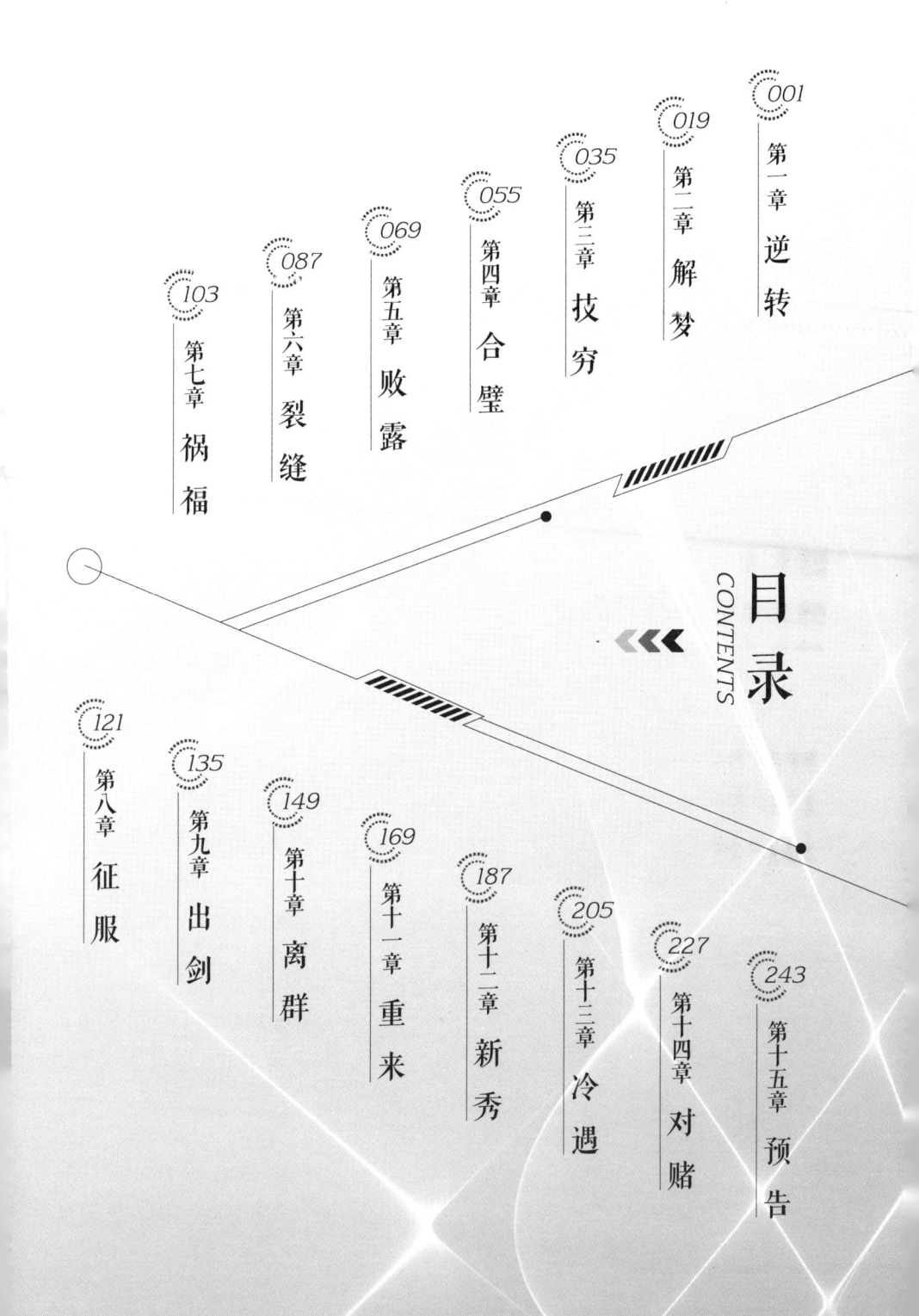

- 第一章 逆转 001
- 第二章 解梦 019
- 第三章 技穷 035
- 第四章 合璧 055
- 第五章 败露 069
- 第六章 裂缝 087
- 第七章 祸福 103
- 第八章 征服 121
- 第九章 出剑 135
- 第十章 离群 149
- 第十一章 重来 169
- 第十二章 新秀 187
- 第十三章 冷遇 205
- 第十四章 对赌 227
- 第十五章 预告 243

第一章 逆转

"我不管,你要陪我。我除了靠自己就只能靠你了,你必须要跟我'双剑合璧',听到没?"

3月30日晚,蝎子全队按时来到EPL比赛场馆。今天蝎子对战SP,赛前气氛很热烈。

SP和曾经的蝎子都是以下路为核心的传统型战队。所谓传统,其实指的是早期的比赛打法。

EOH这款游戏上线已有十几年,在初期版本里,游戏设计没有脱离网游中常见的"战法牧"体系,即输出(法师和射手)、治疗(辅助)、T(坦克)定位分明,在战斗中占据主导地位。相比之下,刺客和介于坦克与刺客之间的战士,定位比较模糊。这一方面是版本英雄属性的问题,另一方面是早期战术发展不完善的问题。以至于当时大部分战队的核心都是ADC或者中单,野核等体系非常少见,甚至几乎没有。

SP和蝎子是早期EOH比赛中的佼佼者,打法自然偏向于早期风格。而这两支战队之所以都选择从下路开始发展,细讲起来,原因有些复杂,牵涉到电竞圈的一桩陈年旧事。这桩旧事在圈内几乎无人不知,是圈内知名的大"瓜"。

故事的第一主角是程肃年，第二主角是徐襄。这两位选手现在都已经退役了，退役之前，他们一个是 SP 的功勋辅助、灵魂队长，一个是蝎子的核心 AD、建队名宿。而早在很久之前的 S3 赛季，程肃年和徐襄其实是队友，蝎子战队就是由他们联手创建的。

那时他们才十六七岁，上演了一出"籍籍无名时兄弟并肩打天下，声名鹊起后反手插刀翻脸不认人"的戏码。

被插刀的那个人是程肃年。不过准确地说，徐襄没有亲手把刀插到程肃年的身上，只是在他落难时选择了袖手旁观、见死不救，还趁机卖掉了他们共同创建的战队，并把程肃年踢出了战队。

这件事险些让程肃年一蹶不振，自此之后他便和徐襄分道扬镳了。后来，他们一个在 SP "扛旗"，一个在蝎子"登基"，一个成了国服第一辅助，一个成了国服第一 AD。由于他们都混得挺好，粉丝多，所以粉丝间的争吵也多。

陈年往事不止一次被扒出来，导致双方粉丝翻来覆去地互撕，程肃年一言不发，徐襄经常道歉。徐襄还多次表示他觉得无比后悔、人生中最遗憾的事就是没和他的辅助一起走到最后云云，煽情得很。又因为徐襄的招牌英雄是黑枪，所以黑粉给他取了个绰号，叫"煽情黑枪"，极具嘲讽意味。

左正谊吃过这个"瓜"，所以对徐襄一直都没什么好印象。但这些事真的太久远了，连"国服第一 AD"的位置都换人坐了，蝎粉和 SP 粉现在每次提起这件事时都更偏向于玩梗，不会上头地撕了。

今天在比赛前，电竞论坛上最热门的讨论帖是关于游戏版本变更的。

SP 和蝎子都是以下路为核心的战队，但蝎子在纪决转去打野并买入左正谊之后，很明显转型了，核心转向中野位置，跟随版本更新做出改变——在战队中加入刺客。SP 却仍然坚持以下路为核心的打法，虽然也在尝试玩版本强势的刺客英雄，但他们的 ADC 封灿依旧是绝对核心。

最近的六场比赛，SP 赢了三场输了三场，冠军杯以 A 组小组第二的成绩出线，EPL 比赛以 43 分位列排行榜第三名，比第四名的蝎子多 1 分。

对 SP 的粉丝来说，这个排名暂可接受，但对他们的实战表现实在夸不出口。

这是封灿打职业比赛的第三年，在程肃年的亲手调教下，他的技术日臻成熟，心态也比以前稳定了不少，但 SP 离夺冠还有一段距离。

"版本"永远是横在所有战队面前的最大的坎儿，不跨过去就难以夺冠。

现在的这个版本没有削弱射手，ADC 却现出颓势，究其原因，在于刺客加强得太狠了。

如今刺客的定位相当明确：切 C。

诚然，以前也是这么打的。但在 S10 和 S11 两个赛季中，射手和法师更为强势，当时刺客想切后排难如登天。在现在的版本中，射手和法师的身板都薄得像纸，刺客走过去一碰就碎，不能活命的 C 位自然没有输出，也就赢不了比赛。

面对这个难题，蝎子的解决方法是打不过就加入，和新版本最契合的中野双刺客体系必须要练，场上的运营能力必须要提高，节奏好了什么都好。SP 就卡在这了，他们打不了中野双刺客，除非把 ADC 封灿从中心位请下来。退一步说，即使 SP 愿意走中野路线，他们的中野选手似乎也 carry 不起来。选手老的老，新的新，青黄交接期最为难受，谁也不知道他们还要磨合多久，教练组究竟是怎么打算的。

不仅 SP 的粉丝着急和迷惑，同行也看不透。

最近两个月，SP 不接受任何战队的训练赛邀请，问就是"不约"。

不能在训练赛上碰撞摸底，蝎子要想了解现阶段的 SP，只能复盘他们的比赛视频。但他们并没有从中看出什么有用的信息来，SP 就是打得不好——准确地说，时好时坏。这样一个仿佛深藏在迷雾中的神经刀敌人，让蝎子全队都心里没底。尤其是孙春雨，最为紧张——他怕在 B/P 上背锅，唯恐程肃年捣鼓出大家都没见过的新花样，把他按在地上摩擦。

左正谊习惯性安抚了他几句，对孙春雨遇强则怂的作风已经见怪不怪了。

蝎子全队精神紧绷了一下午，却没想到第一局竟然赢得这样顺利。

第一局蝎子针对 SP 的下路，采用了双刺客阵容。SP 显然对此早有准备，为防止输出被刺客偷袭，他们选的阵容非常肉，对战开始之后，连 ADC 都出了肉装。这在一定程度上缓解了他们的前期压力，可惜仍然没能把游戏时间拖过刺客的强势期。虽然蝎子没能如预料的那般不断地 gank 杀人，但压迫力丝毫不减，拿不到人头却能逼退敌方从而顺利抢资源、推塔。这归根结底是 SP 的节奏没打出来，全程被压制。

直播摄像机频频拍向 SP 选手席里的封灿，似乎想从脸上窥探出他内心的感受，但什么都看不出来。

所谓打蛇打七寸，封灿越是发育不起来，蝎子就越要狠抓下路。SP 的下路被打成了筛子，英雄换了线也于事无补。蝎子一鼓作气攻上了高地。水晶爆炸的时候，左正谊还有点意外——这局比赛赢得毫无波折，一局二十多分钟，SP 连一个翻盘点都没找到。

是今天 SP 的选手手感格外差，还是他高看了现阶段的 SP？想来大战队在辉煌之后跌入低谷也是常事，一旦换队员，问题就层出不穷。

左正谊跟着队友一起走进后台休息室。

蝎子暂时以 1:0 的比分领先，他们的心情比赛前轻松了不少。

领队给选手们挨个发放矿泉水，左正谊不想喝，拿在手里摆弄了半天。纪决不知怎么想的，可能以为他拧不开瓶盖，主动帮他拧开，递给他："喏。"

左正谊："……"

左正谊发现，自从他和小尖一起玩，纪决就越来越把他当弱智对待了。

不仅弱智，还残废。

算了，他开心就好。

左正谊的思绪飘出去又收回来，脑中回放着第一局游戏的对战画面，只听孙春雨说："SP 今天的状态很差，咱们得乘胜追击，争取 2:0 拿下比赛。下把思路不变，继续抓下路，把 AD 摁住了，别给他发挥的机会。"

摁住封灿，SP 就废了一半，这个道理大家都懂。赢了一场，孙春雨自信不少，说话的声音都变大了："我觉得应该在 B/P 上使点劲儿，把他们下路擅长玩的英雄都 Ban 了吧，刺客被放出来无所谓，SP 应该不会选。

而且第一局他们打得这么憋屈,我猜SP下把会选个前期就很强的射手,赤焰王肯定不能给他们。"

左正谊带头应声,表示同意。

纪决道:"SP最近不是在一直打轮换吗?他们之中发挥得最差的是打野,下把可能会换人。"

"换也没关系,思路都是一样的,我们主要抓节奏。"孙春雨看了左正谊一眼,"我对End的指挥有信心。"

"……"

这句话带着几分马屁味儿,左正谊听了也不害羞。他最近愈发有leader的气质了,主要特征就是学会了说场面话。左正谊从容地点点头,故意打官腔,开玩笑似的道:"有信心是好事,但切记要戒骄戒躁,不能轻敌。"

休息室里发出一阵爆笑。张自立笑得要往他身上倒,被纪决一把拦住,推得老远。他自己却不老实,忍不住搂住左正谊的肩膀,手欠地在他的脑袋上揉了一把。这换来左正谊一个大大的白眼,警告他道:"我的头不是你的野区,Righting老师。"

"遵命,End哥哥。"纪决又把矿泉水瓶递到他面前,"喝。"

正如纪决猜测的那样,第二局比赛SP换了个打野:老打野下场,新打野上场。

这位新打野在SP的前几次比赛中登场过,据蝎子观察,他的风格和老打野似乎并无太大差别,常用英雄也和老打野非常相似,属于"吃草型打野"。所谓"吃草",简单说就是控资源、让资源,为核心服务。

目前版本最强势的是野核,其次是节奏型打野——纪决现在主要打的就是这种。和这两种相比,吃草型打野是比较被动的,如果核心carry不了,那么他基本发挥不出什么作用。所以看着SP换人,蝎子这边也没太大动静。

即使新打野发挥得好,也没什么可怕的,SP的"七寸"仍然是下路。孙春雨Ban了四个射手,把预想中SP可能会想要的英雄都Ban掉了。SP的B/P比较常规,颇有几分以不变应万变的味道,照常Ban伽蓝,Pick的思路参照上一局,仍然以保下路为主,唯一出人意料的是中路他们选了个法刺。

选法刺不稀奇，最近大家都在玩。但 SP 是第一次玩。第一次玩也就算了，选的竟然还是蝴蝶——一个跟法师比输出不高，跟刺客比秒杀的机制也不够强的鸡肋英雄。

蝴蝶亮出来，台下议论纷纷。比赛直播间里直接炸开了锅，网友都在发弹幕问程肃年是不是在摆烂。

解说也很惊讶："我想不出蝴蝶要怎么打，对线不行、团战不行、节奏也不太行，难道 SP '藏东西'了？"

"八成是在藏。"另一个解说道，"年神摆烂绝无可能，可能是 SP 有新战术。"

"欸？蝴蝶带了个惩戒技能。"

"中野双惩戒吗？"

解说话音刚落，直播画面一转，对局已经开始。

这局和蝴蝶对线的英雄是冰霜之影，左正谊已经把冰影玩熟了，操作得轻轻松松、游刃有余。他不知道 SP 打着什么算盘，但也没把对面的小蝴蝶放在眼里。

蝴蝶这英雄不仅自己菜，和队友也很难打配合。封灿玩的英雄是黑枪——没有好用的 AD 可以选，只能玩黑枪。黑枪是个后期很强的射手，蝴蝶是个打前期的脆皮法刺，再搭配一个吃草打野兔人，SP 这阵容怎么看都不伦不类的，抓不到点上。

出于直觉，左正谊心存两分警惕，开局打得很小心。他和蝴蝶对线的经验很少，这英雄他自己也玩过，缺点一堆，优点寥寥，唯一值得提的是机动性高，跑得快，但这个优点在 SP 目前的阵容里很难发挥出来。左正谊的手指在清兵，大脑在思考。

前十分钟很顺利，蝎子和上局一样控住了节奏，主要优势体现在下路。张自立和封灿对线占不到便宜，但左正谊和纪决频频来下路抓人，把封灿压得很难出塔。反观 SP 的中野，那两人的存在感低得几乎像隐身了，令人费解。

左正谊正想不通时，忽然听纪决在队内语音里骂了句脏话，说："有小偷。"

"啊？"

"我的小怪被偷了三只。"

"……"

直播画面里，只见纪决的阿诺斯站在己方上半野区中央，身边的野怪死了一半。小偷刚刚逃走，正是扇动翅膀飘走的蝴蝶和踮脚走路的兔人。这两个人在野区里走了一遭，去上路的时候飞快地杀了河道小怪。宋先锋试图去抢，但他们有两个惩戒技能，跑得又快，一路避战，只打野怪不打人，眨眼就没影了。

这仅仅是个开始。在接下来的十多分钟里，蝴蝶和兔人就保持着这样的节奏，不去支援下路，满场乱窜，到处抢资源。只要左正谊或纪决一在下路露头，自家野区就必定会丢东西。小怪被偷，红蓝 Buff 也被偷，刚推出去的兵线迅速被清掉，对面反推到己方塔下，蝎子的节奏逐渐乱了。

至此，左正谊终于看懂了 SP 的战术——他们选了一套保下路的阵容，用的却是"放弃下路"的打法，任由封灿自生自灭，让他牵制住大部分火力，在高压之下凭他出色的技术保命，给队友争取运营空间。

眼看游戏到了第二十五分钟，蝎子的下路优势不小，整体优势却越来越弱。

左正谊的大脑飞快地运转：不压下路会怎样？

也不行，如果不压封灿，让黑枪顺利发育起来，游戏更难打。

这是一个两头堵的战术，蝎子在 B/P 上就被对方套路了。

左正谊的心凉了半截。

而随着时间的推进，发育缓慢的黑枪也越来越接近他的强势期，冰霜之影和阿诺斯却是强势期已过，后继乏力。

形势彻底被逆转不过是打一条龙的事。

大龙刷新的那一刻，SP 第一时间去开龙。

这时的封灿已经有较强的作战能力了，开团不虚。手握两个惩戒技能，SP 底气十足，把大龙打得只剩半条血。

左正谊犹豫再三，还是觉得不能放弃这条龙，放弃了就被翻盘了，蝎子很难重新找到翻盘点。他只能寄希望于这波团战打赢，快刀斩乱麻，趁势推上高地，否则后患无穷。然而，黑枪已经参团，冠军 AD 可不是吃素的。

左正谊的冰影团战输出能力有限，一次只能打一套技能，不成功便成仁。他看准位置，绕后偷袭黑枪，第一个技能成功命中，第二个技能被躲开，第三个技能没机会再放，紧接着封灿的一连串子弹落到了他的身上，脆皮冰影的血条瞬间见底。千钧一发之际，阿诺斯从另一侧发起攻击，黑枪被迫转头，冰影死里逃生，却被对面的兔人秒杀了。

眨眼间，弹出了四条击杀播报。混战之中，解说几乎看不清谁死了谁活着，只见蝴蝶在战场边缘观察了片刻，随后便扑向大龙，大招和惩戒同时放出，大龙瞬间倒地！

"SP 拿到龙了！"

"但团战还没结束！二打二！"

"为保护灿神，SP 的上路、打野、辅助全都成了肉盾！一个接一个地阵亡！"

"二打一！蝎队只剩 Righting 了！"

现场一片沸腾，胜负已无悬念。

在阿诺斯倒地身亡、屏幕中央弹出"团灭"提示的那一刻，左正谊低声道："没关系，我们还有机会。"

他说的是下一局。第二局过后比分被追成 1:1，巨大的水晶爆炸声驱散了蝎子的轻松，全队面色凝重地回到后台休息室，没人笑得出来了。无数道目光落到左正谊的脸上，大家都想听他说点什么，来稳定军心。

左正谊的心情很不好，他讨厌被压制的感觉。

SP 胜在阵容搭配，如果这局他们节奏差一点，或者封灿打团战的技术差一点，就赢不了。可比赛比的不是"谁更差"，要想赢就不该寄希望于对手犯错，应该想：我要提高哪部分，才能反制他们？

这个问题从脑海里浮现出来时，左正谊顿时更郁闷了。

提高哪部分？

该提高的是孙春雨的能力。

他不是想甩锅，而是感到了无能为力——不论他多努力，都有力不能及之处。之前赢得顺利，是因为没遇到像 SP 这样会耍花招的对手。但此时的气氛正焦灼，全队的目光都集中在他身上，左正谊不能开口指责谁，只得独自承受。

他要安慰队友，给他们信心。

"下把别选法刺了，我想拿个能 carry 的英雄。"左正谊说，"SP 喜欢打后期，我们也不是不能打，对吧？"

孙春雨立刻点头："你想玩什么？"

"劳拉吧，如果能拿到的话。"

左正谊看向纪决，给了他一句无声的询问。

纪决道："我觉得前期还是应该打得凶一点，他们的打野喜欢避战搞事乱带节奏，正面对抗能力一般。"

"他正面对抗不行我们就打正面呗，直接打断腿。"张自立接了一句。

严青云道："他们的辅助我觉得玩得挺不错的，走位特小心。我观察了两局，即使露了视野，他也会给 AD'踩雷'，只要是他没踩过的地方，AD 就不会靠近。为了保 C 太努力了，估计私下没少练。"

"SP 还是细致啊。"

"下路压着点，尽量在中野找优势，我们的赢面不小。"

"上单注意配合中路。"

"嗯，我知道。"

休息室里你一言我一语地开了几分钟小会。

第三局很快就开始了，1∶1，决胜局。这局蝎子的 B/P 思路延续上一局，继续 Ban 射手。但并没有如左正谊所愿选到劳拉——SP 似乎预料到他想玩大 C，把劳拉和伽蓝一起 Ban 了。蝎子 Ban 射手，SP 就 Ban 法师。十个 Ban 位被两队喜欢的熟面孔塞满，谁都不甘示弱。刺客反而没禁多少，但就像蝎子知道 SP 不会打野核一样，SP 也知道蝎子不会打野核，他们对打野英雄的选择都更注重功能而非强度。

最终 SP 还是选了黑枪，蝎子则在一堆被削弱的法师里挑了半天，给左正谊选了风皇。

左正谊刚出道的时候，风皇和伽蓝一样，也在他的代表英雄那一栏里。但随着"carry病"越来越严重，左正谊逐渐不爱玩这种"高输出低机动性"的远程炮台法师了，他喜欢秀，喜欢近身走位，踩钢丝创造奇迹。但比赛D/P叫很现实，SP不打算给他秀的机会，在剩下的所有选择里，已经没有比风皇更适合的了。

除法师外，蝎子的另外四个位置也选得中规中矩：大象、小精灵、红蜘蛛、黑魔。SP则选了狮子、路加索、兔人和玛格丽特。

同样是后期阵容，开局总体打得相对平和，但也有不少冲突。首杀出现在SP的蓝野区，纪决带头入侵，左正谊沿中路草丛逐步接近，在他身后远远地丢技能。对面的打野护着蓝Buff，丢出惩戒技能把蓝拿了，自己的头也被纪决收了。

这是开局双方的第一次交火。

之后类似的野区冲突又爆发了几次，双方均有伤亡。左正谊盯着数据面板，飞快地打野怪收钱。他在前十五分钟里始终保持全场经济第一，但黑枪的经济与他只有分毫之差。这是一种无声的压力。左正谊还要兼顾指挥，眼睛全程关注着地图的每一个角落，不放过任何一条信息：

小龙刷新了。

队友被单杀了。

队友反杀回去了。

蓝Buff刷新了。

SP的红Buff即将刷新，封灿应该去打红了。

纪决蹲在草丛里，但这波不能抓人。

兵线加强。

防御塔保护减弱……

左正谊一直在寻找能把优势扩大的时机，SP却不露破绽，和他们咬得很紧，你推上塔，我就推下塔，两队各拔了对面上下两路的两座塔，仍然没能拉开经济差距。

转折点出现在第十八分钟。左正谊清理完一波中路的兵线，做了个往上路走的假动作，视野消失后立刻转身去下路，和事先已经在草丛里蹲好的纪决碰头，一起等待打完红 Buff 归来的封灿，准备给他致命一击。

封灿很谨慎，让辅助走在他前头，替他探草。下路河道的围墙旁边有两个草丛，辅助踩了一遍外草丛发现没人，就直接往前走，去清理前方的兵线。封灿跟着辅助的步伐前行，就在这时，红蜘蛛的大招从内草丛里释放，控住黑枪，凤皇的技能紧随而至，一套连招爆发带走了封灿。

全程不过两秒，黑枪连动都没能动一下，瞬间蒸发。辅助已经来不及回头救他了，逃也没地方逃，只能继续往前跑，试图从野区绕回中路。但纪决和左正谊各堵一边，硬是把他堵死在了自家野区里——玛格丽特给黑枪做了陪葬。

直播摄像机转向教练席，程肃年微微皱眉的面容出现在大屏幕上，他一身黑西装，气场冷肃，察觉到自己正在被拍也没赏脸笑一下。导播识趣地切走镜头，转去蝎子那边。

孙春雨眼看己方埋伏成功，刚才一直严肃的脸色略有缓和，好看多了。场上的左正谊也稍稍松了口气。在杀掉黑枪和玛格丽特之后，他和纪决顺势清理了兵线，一鼓作气拔掉了 SP 的下路高地防御塔。

这是一个重大突破。对方的高地塔一破，等蝎子基地里发出超级兵，下路的兵线优势就稳了，他们可以放开手脚去攻另外两条路，也可以抓住打团战的机会，打赢就能从下路径直推向水晶。这是理想打法。接下来的几分钟，也的确如左正谊计划的那般，蝎子趁机扩大优势，把 SP 的中路二塔也推了。

三线告急，野区也沦陷了，SP 全员退回高地附近，活动空间缩小至离家门口几步远的位置。沦陷范围越大，意味着经济损失越多。经济就是装备，装备就是团战能力。再也没有比这更好的开团时机了，蝎子由宋先锋打头阵，大象用大招开路，左正谊在人群后施法，眨眼间又破了 SP 的中路高地防御塔。

但就在他们去推上塔的时候，变故发生了——玛格丽特的禁忌术丢在人群里，凭空切出一道技能墙，把正在点塔的张自立和保护他的严青云留在了墙内，另外三人阻在了墙外。

SP 的五人趁机一拥而上，墙内的两人眨眼间被秒杀，蝎子被迫撤退。

SP得以缓了口气。

这一口气简直吹成了风暴。趁SP把兵线往外推的时候，蝎子决定去打大龙。按理说SP应该好好处理兵线，再缓一会儿，稳住局面比较好。但他们却选择冒险抢龙，舍命一搏。

还差点被他们抢到了。

两道惩戒的白光落到大龙头上，系统显示击杀者是Righting。大龙虽然到手，蝎子的团战却打输了。大龙临死前的一个震颤技能震晕了左正谊和宋先锋，玛格丽特趁机故技重施，分割战场，率先秒掉了左正谊。蝎子在乱战之中五换三团灭。SP一波推上高地，直逼水晶。推与反推，不过五分钟。

看到这样的两极反转，观众们心都悬到了嗓子眼。

直播画面中，黑枪带线推中路的塔，几枪就破了高地，已经开始点水晶了，水晶的血条飞快往下掉，解说开始倒数："七百、五百、三百，还剩二百血！"

"只差一枪水晶就爆了！"

"没兵线了！"

纪决拼命抢来的龙发挥出了它最后的作用，它的化身钻出水晶，一口火焰喷死了SP的小兵。

在下一拨儿小兵到达之前，左正谊复活了。他第一时间开大招逼退黑枪，保住了水晶仅剩的最后一点血。但SP转头就推了上路的塔，至此，双方防御塔的数量一致——都只剩一座。打到这种地步，输赢只在一次团战。

SP及时撤退，回基地补全状态。蝎子处理兵线，等待开团时机。

时间一分一秒地过去，双方僵持住了，都在带兵线，都不动手。

"我好紧张啊！"解说搓着手道，"现在已经看不出优势方是谁了，看机会。"

"也看运气。"

"嗯，从阵容上看，SP打团的攻击性更强，玛丽又像bug一样无法反制。但蝎子的保C能力更强，黑魔的大招护盾很厚。"

"你觉得谁会先动手？"

"SP吧，虽然都说SP现在是中单在指挥，但我总觉得某些决策是灿神做的，有他的激进劲儿。褒义啊，是褒义。"

"你的求生欲好强。"

"应该的。"解说笑了笑，"反观End哥哥，他最近很少有激进的行为，比如以前一言不合就越塔单杀的那些操作，他现在很少做了。"

"更考虑团队了。"

"嗯，这也是一种提升。"

"不错，蝎子变得更强了。"

两队默契地按兵不动，解说只能干聊，一直聊到终极形态的大龙刷新了。

终极龙可谓兵家必争之龙，但打龙也分先手和后手，先手也分真打和假打。

成败在此一举，容不得一点失误。

左正谊盯着地图，这时双方都已丢失视野，不知敌人埋伏在什么地方。

周围静悄悄的，只有风声。

蝎子全队紧紧抱团，藏在龙坑背后的草丛里。

"来了。"左正谊听见不远处有人用技能探草的声音，提醒道，"第一集火目标是黑枪，第二是玛丽。注意隐蔽。"

龙坑附近太安静，明知道SP听不见他说话，左正谊仍然不自觉地压低声音，屏气凝神。

他谨慎，敌方也谨慎。龙坑旁的草丛必然藏有危险，SP探都不探，绕着走，直绕到大龙面前，把龙往外拉了一些，拖出来打。他们打得慢，技能也用得少，显然不是真打。

如果蝎子迟迟不出手，等血条降到一半，假打也变成了真打。

解说和观众一起着急："还不动吗？"

"蝎子队好沉得住气。"

"开了！"

只见大象从龙坑上方跃下，使出一个大招砸向人群。SP的前排被击飞，后排的封灿随即掉转枪口开始打人。

　　游戏已经进行到了后期，黑枪的伤害极高，一身肉装的大象都扛不住，飞快地掉了半管血。大象技能全开，依然往前冲，硬生生冲散了 SP 的阵型。黑枪不得不走位躲避，绕到玛格丽特的身后。此时红蜘蛛瞅准时机，大招一开，同时控住两个英雄。风皇的技能如影随形，大法师的伤害如暴雨般降落，玛格丽特的禁忌术没使出来，瞬间被秒杀！

　　黑枪丝血逃生，闪现穿墙躲进野区。ADC 的吸血能力令人发指，他一边逃命一边打小怪，吸了大半管血后又绕墙而出，回到龙坑附近。

　　转眼间双方皆有两位英雄阵亡，在大龙脚下形成三对三之势。

　　风皇的伤害值高但不够灵活，什么时候放技能得靠预判，左正谊不敢贸然上前。他身边仅剩的两个队友是纪决和严青云，一个打野一个辅助，对手是 ADC、打野和上单。

　　蝎子有意拉扯，SP 却不给机会。

　　封灿的打法激进，作风嚣张，最受不了忍耐。他直冲过来，子弹射向纪决。红蜘蛛的大招已经 CD 了，没有硬控，只用小技能给他减了个速。

　　减速犹如动作慢放，左正谊瞅准黑枪的去势，预判放了个技能——打空了。

　　这一空让左正谊鬓边湿透，压力都化作了冷汗。他已经很久没有体验过这种感觉了——竭尽全力也没有必胜的把握。然而战斗片刻不歇，他的技能也没有停，打不中黑枪就打另外两人。队友和敌人接连倒下，大龙在一旁咆哮，远处传来兵线攻击防御塔的警报声——SP 和蝎子的防御塔都在遭受攻击。

　　若论 solo，风皇和黑枪对打毫无优势。风皇的技能全是非指向性的，有放空的风险，黑枪只靠两下平 A 就能点死他。

　　眼看场上只剩下三个人，纪决残血，也快支撑不住了。左正谊沉声道：

　　"还有控吗？"

　　"没。"

　　"惩戒呢？"

　　"还在。"

　　"给他。"

话音刚落纪决就上了，惩戒的白光落到黑枪的头上，技能附带的减速拖慢了后者的步伐。

在这一瞬间风皇准备释放技能，黑枪会往哪里走？左边，还是右边？当阵容没优势，英雄没优势，对手也不是可以随便虐的"菜鸟"时，应该怎么打？

左正谊一头扎进死胡同里，脑子里只剩一句"听天由命"。

预判要果断，要有魄力。他凭直觉释放，技能脱手而出，犹如离弦之箭，嗖的一声……

"中了！"

"半血的黑枪被秒杀了！！！"

全场尖叫，左正谊微微前倾的身躯重新靠回座椅里，压力慢慢散开，仿佛"蒸发"了他半条命。

他轻轻呼出口气："赢了。"

赢了比赛值得庆祝，但今晚赢得太难，左正谊下场的时候心里没有喜悦，只有疲惫。

纪决的目光频频落到他身上，拉住他，用力按了一下他的掌心。

场馆内喧闹，人声和游戏音乐声传进后台，他们在休息室里收拾东西的时候，还听得见外面的动静。今天的这一战够激烈，观众得到了满足。遗憾的是，蝎子并未拿到3分，2:1的结果只让他们得到了2分，也就是说，现在蝎子和SP的EPL积分都是44分，并列第三。

回基地的路上，左正谊靠在纪决的肩头，时不时打个呵欠。他累得不想说话，竖起耳朵听队友们聊天。

张自立坐在前两排，说："跟改皇对线真刺激，还好我变强了，不虚。"他最近似乎找到了自信，学会吹牛了。

宋先锋道："我可看见你被压刀了。"

张自立一哽："几刀啊，我怎么不记得？压得少就不算压。"

严青云只笑不语。

左正谊忍不住道："顺风局都能被压，你还好意思吹？"

张自立"嘤嘤"两声。

左正谊又打了个呵欠，眼泪都出来了，说："回去赶紧练，行不？"

"好的，大哥，听你的。"

张自立端正坐好，不吹牛了。

车辆缓缓行驶，左正谊靠着纪决，不知不觉睡着了。这一觉直睡到基地门口，左正谊是被纪决叫醒的，后者缺德地捏住他的鼻子，不让他喘气。左正谊被憋醒，一睁开眼，就看见纪决恶作剧得逞似的微笑。

"……无聊，幼稚！"左正谊推了纪决一把，和他一起下车。

三四月之交，天气已经热了起来。园区内的春花都谢了，路灯下树影幢幢，有不知是什么品种的鸟在叫。

左正谊忽然不想进门，想在外面待一会儿。他拉着纪决，走远几步，在一条光线较暗的长椅上坐下。

"陪我坐会儿。"他又把头靠在纪决的肩膀上。

纪决道："你不开心？"

"嗯，有一点。"左正谊说，"今天赢得好艰难，我怕以后会输。"

纪决拍拍他的背，转头对他说："SP 很强，我们已经打得很好了。"

左正谊摇头："还不够好，我心里没底。"

他叹了口气，忽然说："纪决，刚才在路上，我一直在想，如果队友和教练更强一点就好了，蝎子就不会前进得这么艰难。但哪个队都一样，封灿可能也是这么想的，如果 SP 的中野比现在强，今天就没我们什么事儿。退一步说，假如真有机会，把一个最好的教练和五个最好的选手放在一起，就能组成最强战队吗？也不见得，八成谁也不服谁，打不出配合。"

"你想说什么？"纪决耐心地问。

"我想说，"左正谊顿了顿，"我只能靠自己。"

这么说有让人误解的可能，他补充道："我的意思是，提高团队默契度是重中之重，但我能使在别人身上的力气总是有限的，我自己应该更努力。"

"……"

纪决轻叹一声："你已经够努力了，左正谊。"

"还不够。"左正谊说，"从明天开始加训吧，直到赛季末。"

"你现在都已经每天加训两个小时了,还要怎么加?"

纪决皱起眉,相当不赞同他的说法。左正谊却道:"我不管,你要陪我。我除了靠自己就只能靠你了,你必须要跟我'双剑合璧',听到没?"

"听到了。"

纪决连连应声,半晌,忽然道:"我不是不紧张比赛,我是觉得……"他看了左正谊一眼,"你都已经这么紧张了,如果私下我还拉着你一起着急上火,你不会太累了吗?"

"刚赢了一场,你先歇歇吧。"

左正谊摆手:"算了算了,回基地。"

他们一前一后进了基地,才走上二楼,猫咪小尖就一路小跑过来,飞快地扑到左正谊的脚上,殷勤得像只小狗。

左正谊陪它玩了一会儿,打了两把单排,和队友一起复盘比赛到凌晨一点,结束后才去睡觉。

第二章 解梦

他静静地看着水晶爆炸，心里突然对自己的真实水平产生了一丝怀疑。

3月的最后一天，31日。左正谊早早起床，给自己写了一张全新的训练日程表。除开战队要求的必要训练时间，他又延长了单人训练的时间。现在他留给自己的睡眠时间是七个小时，其中包括洗漱时间。一日三餐加午休满打满算不到两个小时，还有一小时用来运动放风，或者用作其他非常规安排。也就是说，他的纯训练时间一天有十四个小时。

累是当然的，但EPL只剩下七场比赛，冠军杯都打到淘汰赛了，这个时候再不拼一把，这个赛季就没有机会了。

每天晚上训练完收工，左正谊都累得蔫蔫的，像一株干枯的植物，耷拉下叶片，回到房间随便洗漱一下，软绵绵地扑到床上，闭眼就睡。但第二天早上醒来后，他又精神抖擞了，仿佛从不会感到疲倦，继续进行枯燥的训练。

纪决跟他一起练，也非常辛苦。在他们的带动下，张自立、宋先锋和严青云也变得更勤快了，训练比以前积极得多。

左正谊觉得有点不好意思。他这个人很矛盾，他想让纪决陪他，但当纪决真的陪他一起之后，他又反思，他给纪决的压力是不是太大了？

虽然纪决说："加训是作为队友应该做的，跟我们的关系无关。"这话有一半是哄他，另一半也算真话。但他仍然很感谢纪决。

不，用"感谢"不太合适，可能是"感动"？左正谊形容不来自己的心情。

纪决却不像他这么好过。自从上回他们因为谢兰吵了一架，纪决承诺他妈再也不会来烦左正谊后，谢兰就真的没再来。

但她不来找左正谊，却没放过自己的儿子。

有一回，左正谊去找纪决的时候，不小心在门外听见了他和谢兰的通话。

纪决说："我训练很忙，你别天天烦我。"

电话那头的声音左正谊听不清，似乎谢兰没说什么好话。纪决更不耐烦了，说："我愿意叫你一声'妈'，已经算孝顺了，你还要我怎样？……读什么书啊，谁要学管理？等我退役再说吧。"

对面又说了一些话，纪决沉默着听了片刻，忽然发火道："那又怎样？究竟是我欠你们还是你们欠我？！抓住一点破事不放，给根骨头就想让我听话一辈子，您到底是养儿子还是养狗？狗也没这么乖吧？"

"……难听？我说的哪句话不是实话？"纪决冷嘲热讽道，"少站在道德高地指责我。我有娘生没娘养，不知道道德两个字怎么写。我只知道我喜欢什么，喜欢就必须得到。

"嗯，对，你想抱孙子是次要的，想对我的人生指手画脚才是主要的。你要行使为人父母的权利，不多管教我几句，哪能显出您是我的亲妈呢？

"那我再说一遍，不可能。挂了。"

门内迟迟没再传出声音，纪决真的挂了电话。左正谊这才放心地敲门。他来得不巧，纪决的表情还没调整好，愤怒中带着几分刺人的冷漠，左正谊看在眼里只觉得难受，替他伤心。

"是因为我吧？"左正谊没隐瞒自己在门外听到了一切，"你和你爸妈都已经和好了，又因为我吵得这么凶……"

"不只是因为你。"纪决让他进来，把门关上。

"他们需要一个儿子继承家业，体体面面的。"纪决说，"重要的是'儿子'，不是我。所以他们不在乎我的心情、我的愿望、我喜欢的一切……

都不在乎。"

"……"

左正谊的表情僵住，并非他听不懂，而是被纪决忽然投向他的探寻目光震慑住。

纪决忽然拉住他的手臂，像是在寻求安慰："哥哥别这么对我，好不好？"

"什么？"

"我知道你需要家人，就像我爸妈需要儿子。但请你多在意我一点，在意我，不要在意那个身份，好不好？"纪决的话有点绕，但左正谊听明白了。他心里五味杂陈，一时竟有些语塞。他觉得纪决说得不对，他在意的当然不是纪决作为他家人的身份，或者说，这个"身份"只有纪决才能胜任，不能一分为二地看待。但既然纪决能说出这番话，就说明他心里有过怀疑。

"我看重的当然是你，不是别的。"左正谊安慰纪决，就像纪决上回安慰他那样。

暖意从话语间倾泻流淌，汩汩注入纪决的心。

"我真虚伪。"左正谊忽然说，"刚才听见你和你妈因为我吵架，我觉得很抱歉，但又有点开心，我好自私。"

他忍不住吐出实话。

纪决一愣，被他罕见的"阴暗"和独占欲包裹住，有些飘飘然，说："我也干过自私的事，扯平了。"

"什么扯平了，你在说什么呀？"左正谊扯了扯纪决。

"没什么，不重要了。"再也没人比左正谊更会哄纪决了，他表露了自己需要纪决的内心，还要怎么承诺呢？

虽然左正谊和纪决相处时的气氛总是很温馨的，但其实他们每天讨论得最多的话题都与游戏相关。他们不停地练习，不停地复盘，在公开场所如此，私下也如此。

选手一味埋头苦练起到的作用很有限，教练组和数据分析师在团队中的作用才至关重要。然而，以孙春雨为首的蝎子教练组，水平一言难尽，左正谊对他们已经不抱太大期待了。

数据分析师做事中规中矩，每逢赛前，他们都会把对手的数据整合出来，拿给教练组用。也会阶段性地整理己方选手的数据，给教练组当评估和改善的参考。

这些数据极其庞杂，囊括好几个方面。拿左正谊举例，数据分析师会记录他的操作习惯，比如他一局游走多少次，通常在第几分钟去游走，游走的路线是什么，先升级哪个技能，团战走位……所有的一切，全部整理出来，加以分析。只要样本足够多，就能通过大数据来研究出他的弱点。

蝎子研究他的弱点是为了帮他提高作战水平，研究对手的弱点则是为了制订针对性策略。

每个战队都有数据分析师这一职位，但只要是人，就会有水平上的差距。有的分析师水平较高，有的一般，有的连"一般"都达不到，就是个凑数的。这种情况多发生在小战队身上，没钱就养不起专业的团队。总而言之，"团队"绝不仅仅是指五个打比赛的选手，教练、数据分析师，甚至队医等后勤人员，都对输赢有一定影响。

今天下午，左正谊就被蝎子的队医警告了。队医是个年轻姐姐，具体多少岁左正谊不清楚。她不常出现，每周固定时间来为他们检查身体，了解他们的训练状况，主要是训练强度方面的。队医说，训练要适度，避免造成腰部、颈椎、手臂等部位过度劳损，否则适得其反，还会影响竞技状态。这些话她基本每次来都会说，左正谊都会背了。

左正谊并非不把她的话当回事，但职业选手没伤病的很少，尤其是在年龄上去之后。大家不是不懂，只是很多事身不由己，不得不为之。

电竞是一个吃青春饭的行业，左正谊才二十岁，还没到该"留力"的时候。可能是他和纪决这几天确实太卖力，以至于队医一走，孙春雨就来给左正谊做思想工作。

孙春雨这人，也并非毫无可取之处。他很有自知之明，知道自己的执教水平一般，所以听得进批评，谁的意见都会参考一下，被当众挑刺也不生气，人生信条是"有则改之，无则加勉"。但事难两全，性格中庸就少了几分锋芒。没锋芒没胆量，即便有新奇的战术，他也不太敢用，总害怕搞砸了要背锅。

左正谊想不通，背锅又能怎样？无非被骂两句，都进电竞圈了，谁能不被骂呢？畏畏缩缩的像什么样子？孙春雨却表示，也不全是怕被骂，主要是觉得要担的责任太重了。他害怕选手因为他而失败，不想当对不起他们的"罪人"。这些话孙春雨并未直说，他拐弯抹角地跟左正谊聊天，含含糊糊地带出几句。虽说得委婉，但难得有了交心的气氛，左正谊便也不好说太难听的话，只能安慰他。末了，孙春雨又向左正谊保证，虽然他的水平没有汤米那么高，但现在进入赛季末期的冲刺阶段了，他 定竭尽全力，付出自己的全部精力，多加班多学习，不拖队员的后腿。他就差直接哭出来了，左正谊觉得又无奈又好笑，感觉蝎子这帮人净是些奇葩。

以前他在 WSND 时没这种感觉，可能是因为当时周建康的管理水平不错，所有的"场外因素"都被他拦住了，不让它们出现在左正谊的面前。

相比之下，蝎子的战队经理杜宇成不太爱管事，颇有几分"懒政"作风，喜欢大事化小、小事装瞎。至于老板方凯，一年到头也不来基地几回，开俱乐部是他的业余爱好，见成绩不好就找到"罪魁祸首"，将他炒鱿鱼，再买人、换管理方式，直到成绩好起来。大多数俱乐部的老板都像他这样。股东什么的，就更不管事了。以纪决他妈为代表，他们可能都分不清谁是打野谁是中单，只会闭着眼掏钱。

按摩的时候，左正谊想了想这些事，但很快又把它们抛到脑后了。按摩师也是战队配备的，和队医分工配合，帮他们调整身体状态。

全队都接受了按摩之后，就到了训练时间，他们还是照常训练。

蝎子的下一场比赛在 4 月 3 日的晚上，冠军杯八进四淘汰赛。

蝎子以 B 组第一名的成绩出线，在另外三个小组的第二名里随机抽选对手——这是小组第一的特权，有优先选择"较弱"对手的资格，这是凭实力为自己争取来的优势。但实际上，小组第二的实力未必比第一弱。比如上赛季的WSND，他们在小组赛中发挥失常，以 C 组第二名的成绩出线。但他们一点都不弱，最终还夺冠了。

蝎子抽到的是 XYZ 战队。如果说国内第一梯队的强队是"四大豪门"加一个 CQ，那么 XYZ 就是第二梯队中的佼佼者。XYZ 原本排在 EPL 积分榜第六名，但因为前天一场比赛大胜，积分反超 XH，如今成了第五名。他们在上半赛季时的比赛状态不算好，下半赛季反而稳定了不少。尤其是在版本更新后，一贯热爱打架的XYZ和刺客版本无比契合，贡献了好几场精彩卓绝的比赛，让观众大呼过瘾。

比赛日前夕，4月2日的晚上，等到左正谊打完最后一场训练赛，复盘结束，已经是凌晨了。平时这个时候左正谊会去打高分局单排，但他想起了队医和教练的嘱咐，而且明天就是比赛日，所以他决定今晚好好休息一下，早点睡。他摘掉耳机，给电脑关机的时候，看见纪决还在看视频。

纪决看的是DN8战队的比赛视频。

DN8战队是目前ECS（EOH韩国赛区冠军联赛）排名第一的队伍，也就是上回教练组给他们找来的中野"教材"战队。

"有什么感想？"左正谊走到纪决身后，盯着他的屏幕问。

纪决道："打野很强。"

"中单呢？"

"没有你强。"

"……"

左正谊被逗笑了，没把他的花言巧语当回事，伸手去够他的鼠标。左正谊把视频的进度条往前拖了几分钟，说："这场比赛我也看了，我觉得DN8的中单最厉害之处在于'贪'，你看，他不管去哪儿都不空手离开，什么都要蹭，什么都要偷。有的团战没他什么事，他也能莫名其妙地混个助攻。他的经济总是很好，很少被压，多么逆风的局都能发育起来。但他的个人操作不算最顶级，他是用脑子玩游戏，不是用手。"

"打野呢？"

"打野你应该比我懂吧？"左正谊懒懒地压着纪决，呵欠连天，揉了揉眼睛。

纪决道："我觉得打野也差不多，操作很强，但意识比操作更强。听说他们是从同一个青年训练营里出来的，十三四岁就开始当搭档，好多年了。"

纪决的话语里满是羡慕，他转头看了左正谊一眼，缓缓地说："十三四岁时我们也在一起，但我当时没想到你以后会打职业比赛，如果我们也能从小一起训练……"

"哎呀。"左正谊打断他，佯装生气，"还不都是你的错？是你把我气走的，别提了，想打你。"

纪决低声一笑。

左正谊却道："虽然有误会的成分在，但你那个时候真的很过分，好像个心理变态的叛逆儿童。"

"我本来就是。"纪决不以为耻反以为荣，"我现在也是，还有发病的可能，你小心点。"

"……"

左正谊帮他关了电脑，拉着他回房间休息，一脸的无所谓："你要发就发呗，谁怕你啊。"他累极了，走路都轻飘飘的。

纪决被他拉着，犹如被铐上了一副手铐，剥夺了作恶的自由。乖乖跟着他时的样子几乎可以用温顺来形容，哪有要发病的迹象？

最近左正谊晚上经常做乱七八糟的梦，大概因为赛事紧张，导致他的心理压力大。这些梦十分混乱，地点、人物、事件都没有规律可循。他总梦到别人，例如，小时候跟他打过架的邻居家的小孩，温柔的初中女老师，孤独死去的卖书老头，还有与他相熟的外设店"剑炉"的老板……

左正谊也会梦到只有一面之缘的陌生人。那些陌生人有的是他和纪决在上学路上、超市门口、火车站里遇到的，有的是连面都没见过，在游戏中随机排到的临时队友。他们出现在左正谊的梦里，当主角，做没有逻辑的事。有时候连时代背景都不固定，他们一会儿在古代打仗，一会儿在未来造飞船……

如果要说这些无逻辑事件之间有什么相似之处，那就是在梦的最后，他们都会去打比赛。没错，打比赛，当电子竞技职业选手。尽管这些人中的某些人已经非常老了，不适合干这行。

左正谊每每从梦中醒来，都会忍不住沉思五分钟。

昨晚他又做了一个类似的梦，这回梦中的主角更离奇，竟然是纪决他妈谢兰。纪决他爸也没被落下，纪国源玩辅助，谢兰玩 AD。他们坐在比赛场馆中央的主舞台上，戴着耳机，一脸沉着冷静，操作十分犀利，台下全是为他们欢呼呐喊的人。

左正谊把这个梦讲给纪决听,纪决仿佛听到了天方夜谭,呆了片刻,笑出了声。

"你说这些梦是什么意思?"他们还没起床,左正谊躺在纪决身边,"不都说日有所思,夜有所梦吗?可我在白天没想这些啊。我就算梦到你爸妈,也应该是和他们吵架,怎么可能同台竞技?"

"同台竞技"这个词又戳中了纪决的笑穴,他笑得直发抖:"算了,梦而已,不用较真。"

左正谊却微微一愣,一脸严肃道:"我说真的,上赛季冠军杯打到淘汰赛的时候,我也经常做怪梦。当时印象最深的一个梦是我抢了周建康的钱去买机票,之后飞到欧洲的一个小国当了国王,然后WSND就夺冠了。"

"你信这个?"纪决问他。

左正谊却道:"不是信不信的问题,这叫玄学,你懂不懂?"

"……"

纪决实在是笑得不行了:"那你觉得你和我爸妈同台竞技在玄学里是什么意思?"

"要赢呗。"左正谊肯定地说,"我还能打不过你爸妈?"

他准备去洗漱,纪决却把他拽了回去。左正谊的头差点磕到墙上:"干什么,一大早就发神经?"

"这也是玄学。"纪决模仿左正谊刚才的腔调说,"从你身上汲取点能量,今天打比赛更有劲。"

左正谊:"……"

这俩来到餐厅的时候,队友们刚刚开始吃饭。严青云在他的身边留了位置,给左正谊的。纪决却把严青云赶走,占了他的位置,和左正谊挨着坐。

张自立看了这出热闹,笑嘻嘻道:"殷勤,殷勤,白献殷勤。"

纪决道:"献殷勤的有我一个就够了,对不对,哥哥?"

"嗯嗯。"左正谊应了声,"你一个顶仨。"

话音没落,他和纪决之间突然冒出一个毛茸茸的东西来,左正谊低头一看,是小尖正扒着他的腿往上爬。他单手抱起小猫咪,一边吃早餐一边捏它的肉垫。小尖似乎还没睡够，四仰八叉地躺在他的腿上打呼噜，一脸懒样儿。

吃饭时间约等于八卦时间，左正谊竖起耳朵听队友们聊天，他们正在讨论今天晚上的比赛，提到XYZ的时候，宋先锋说："昨晚的瓜你们看到没？"

"什么瓜？"严青云问。

宋先锋说："XYZ官博皮下（管理员）开小号和网友battle，被扒出来了。他连夜清空小号，但还是被截图了。"

左正谊插了一句："有什么劲爆的内容吗？"

"有不少。"宋先锋笑道，"这官博哥是个宝藏男孩，电竞圈内但凡有点风吹草动，他都要点评一番，逮谁骂谁。点评时间跨度长达三年，两个月前还黑过你，End哥哥。"

左正谊："……"

这也能中枪。

不过这不算奇怪，都是圈内人，出了事谁不吃瓜呢？只不过大家私下讨论几句也就算了，不会把吃瓜感想发到公共平台上，容易惹出事端。左正谊并不在意。

但宋先锋要说的重点不是这个，他说："他在清空微博之前，发布的最新一条微博是关于今晚的比赛的。说是他们不怕蝎子，已经找到针对End的方法了，要把世界第一中单的腿打折，让EPL从此不再迷信左正谊。"

"……"左正谊一口粥差点呛进气管，一脸无语地抽出一张餐巾纸，擦了擦嘴。

"这么狂？"纪决把剥好壳的鸡蛋放进左正谊的碗里，说道，"他还是先保护好自己的腿吧，话那么多。"

"他今早就被XYZ开除了。"宋先锋道，"'临时工'，懂的都懂。"

"……"

左正谊觉得好笑："闲的。但既然他都这么说了，我可要好好看看，他们给我准备了什么断腿套餐。"

左正谊被针对一点也不稀奇。这年头哪个成名选手能不被针对？数据分析师是干什么的？就干这个。

其实有些人觉得左正谊刚出道的时候比现在厉害，也是因为这个。新人天才横空出世，叫所有人防不胜防。他们说左正谊的操作是神来之笔，是造化钟神秀——总之不是凡人能做出来的，突出一个"灵气"。

但比赛打多了，就没有那么多防不胜防了。

大家研究的就是"怎么防"，把他从头到脚拆开了分析，好像在解数学题，非要用大数据计算出一个标准答案不可。左正谊每多打一场比赛，就为"数据库"多增加一份可分析的样本。

很多厉害的选手看起来成绩"逐渐下滑"就和被分析透了有关。在对手看来，左正谊自然也不能逃脱这个命运。

XYZ已经计算出"答案"了吗？左正谊很好奇。

他心态还行，不算太担心，但要说一点都不紧张也是假的。他紧张不是因为XYZ，而是因为今晚打的是淘汰赛——赢了能八进四，继续前进，输了就直接被淘汰，冠军杯旅程就此结束。

说句客观的话，事到如今，左正谊并不认为蝎子在EPL比赛中夺冠的希望很大。命运并不掌握在自己手上，只能祈祷CQ多输几场了。

但祈祷有用吗？CQ兵强马壮，榜首之位坐得稳得很。在CQ的身后，还有第二名Lion，对榜首之位虎视眈眈。所以左正谊把这赛季夺冠的希望寄托在冠军杯上，他们如果能捧起那座神圣的月亮之杯，那么今年的努力也算没有白费。

左正谊这样想着，信念越发坚定，今晚不能输！

教练的想法跟他差不多。

下午，蝎子出发去比赛场馆之前，全队在战队大巴里集合，孙春雨讲了几句话。他今天照旧穿着西装，打着领带，双手背在身后，教导主任似的在车内扫视一圈，问了句："你们紧张吗？"

左正谊和纪决不约而同地摇头。

张自立说："有点。"

严青云说："还行。"

宋先锋说："不紧张，问题不大。"

面对他们不同的反应，孙春雨没做评价，只鼓励道："EPL的积分不太好争取，现在对我们来说冠军杯更重要。淘汰赛打一场就少一场了，都加把劲儿，拿出自己最强的实力来。其实我对你们很有信心，毕竟最近我们的训练状态很不错，碰到谁都不怵，是吧？"

"那是。"

"当然，牛得很！"

"必不可能输！"

"放心吧，阿春哥。"

车里响起一片嘻嘻哈哈的玩笑声，孙春雨也笑，又讲了一些他们需要注意的地方，这才坐回他的座位上。

三

这是4月3日的傍晚，神月冠军杯淘汰赛的第一场：蝎子对战XYZ。两支战队都按时到达了比赛后台，选手们摩拳擦掌，准备开始战斗。

比赛开始的时候，场馆外还没完全黑下来，场馆内已经亮起了数盏耀眼的舞台灯。观众席里人声鼎沸，气氛和灯光一样炽热，有人和邻座议论着今日比赛的结果，看好谁，不看好谁，侃侃而谈。

互联网上网友讨论得更激烈，淘汰赛不同于小组赛，一场足以断生死。从赛前的赔率看，今日大盘更看好的是蝎子，但也有相当数量的人信了那位官博皮下小号说的话，认为XYZ能出奇招，打蝎子一个措手不及。

官方直播间里早早就有人开始争论，密密麻麻的各色弹幕将屏幕占满，挡住了解说的脸，但声音毫无阻挡地传进每一位观众的耳中。

"听说今天XYZ要针对左神？"

"嗯，据坊间传闻，最近似乎有不少战队都在研究怎么对付他。"

"我给你们出个招，第一步：五Ban法师。"

"简单粗暴。"

"最简单的就是最有效的。"

"玩笑归玩笑，蝎队又不傻，你五Ban法师，把大野都放了，那我就选最强阵容，打野核呗。"

"可蝎队不玩野核呀，上回打SP都没选。"

"虽然没选，但我觉得私下肯定练过，不可能不练。"

"那倒是。"

解说话音刚落，直播间里的网友就发弹幕开喷了：

"是个锤子！"

"狗都知道蝎子不玩野核。"

"我早就说了，野核才是版本答案，蝎子不练迟早翻车。"

"太子心甘情愿给公主洗脚，轮得到你们这群喷子指指点点？"

"狗屁版本答案，DN8 也不玩野核啊。"

"DN8 是中野双核。"

"蝎子也是中野双核。"

"蝎子就是法核，低配版 WSND。"

"还 WSND 呢？WSND 早就不在了。"

网友们吵得热火朝天，比赛的 Ban & Pick 已经开始了。

正如解说和观众预料的那样，XYZ 一上来就毫不犹豫地五 Ban 法师，起手 Ban 伽蓝，二手 Ban 劳拉，之后从蝎子最近的常用英雄名单里按出场频率的高低顺序选，Ban 了三个法刺。

这五个 Ban 位并非同时选出，蝎子在中途有抢法师的机会。但先手出法师对他们来说极其不利，等于直接亮出底牌，明摆着要被针对。被针对还是次要的，把优先级高的英雄放给对面才让人难受。

孙春雨有些犹豫，频频看向左正谊。

左正谊察觉到了，坦言道："优先阵容，不用管我。"

说这句话的时候他有点无奈，嫌孙春雨不懂他。

其实来蝎子之后，他已经不像以前那样爱抢占资源了，尤其最近着重和纪决练配合，该让的东西他全都让，连命根子蓝 Buff 都可以不吃。为的是不把路越走越窄，风格应该丰富，打法应该多样。在蝎子竭尽全力险胜 SP 之后，左正谊更加明白这一点。

人力有尽时，听天由命不是长久之计，他必须为自己寻找出一条更宽的路。

孙春雨并非看不见他的变化，只是相较于多变的打法，他更信任左正谊当大核心时的 carry 能力。所以当左正谊拿不到特别能 C 的法师时，孙春雨就底气不足，隐隐觉得己方的战斗力被削弱了，不那么稳。但电子竞技本就没有永恒的"稳"。版本不断变化，战术飞速革新，选手和战队都如逆水行舟，不进则退。

　　蝎子在 XYZ 的"逼迫"下，先手抢了强势打野和辅助，照夜刀与黑魔。第三选的是上单大象，第四选的是 AD 鹿女，最后才出法师，纺织娘。

　　这套阵容并不新奇，照夜刀在上个版本冷门到没有出场的机会，但现在翻身一跃成了路人局里第一梯队的热门打野，赛场上出场不多是因为他太过强势，经常出现在 Ban 位里。纺织娘则是个一直不温不火、不强不弱的法师，体系型英雄，不受路人局玩家的青睐。选纺织娘打比赛强度不错，但阵容不好搭配，容易在 B/P 时落下风，所以出场的次数也不多。

　　蝎子这一手照夜刀加纺织娘亮出来，解说和观众都颇感惊讶。

　　XYZ 的阵容是阿诺斯、玛格丽特、狮子、小精灵和丹顶鹤。

　　纺织娘的绰号叫织女。解说道："织女对丹顶鹤，对线期不怕，但后期打团较为疲软。蝎子要想赢就得速战速决。"

　　"嘿，XYZ 也是速战速决的打前期的阵容。"

　　"硬碰硬搏命局，两边都有几分赌的成分。"

　　"我感觉蝎子不是很想赌，但如果不这么选，我确实也想不出更稳的阵容。织女不怕被控，用来 counter 丹顶鹤和玛丽正好，不得不说蝎子这手 B/P 选得不错，应该是提前想过应对的办法。"

　　"嗯，但其实我更关注的是照夜刀。"

　　"怎么说？"

　　"你看啊，左神几乎天天秀，变着花样地秀，大家一不留神就忽视了他的队友。"

　　"我懂你的意思了，太子是他背后的男人？"

　　"对啊，太子从没掉过链子，什么打法什么英雄都能玩，我们看不见他的上限，也摸不透他的底细，英雄池深得令人畏惧。"

　　"End 也是出了名的英雄池深。"

　　"这意味着蝎队的中野选英雄时有很多种选择，还能再开发。"

　　"嗯，你说得对。但游戏刚开始，我们这么吹一方是不是不太好？"

"这哪能叫吹呢？我话还没说完。"

解说话锋一转，开始讲蝎子的缺点："理论上可以开发多种打法，但蝎队最近几个月的打法都很单一，过分依赖中路，放不开手脚去尝试新战术。每当被逼到绝境，他们的思路都是押宝End，用大核法师打逆风翻盘局。End拿了两次五杀，三杀、四杀不计其数，看起来赢得激动人心，实则他已拼尽全力，到了穷途末路的地步。尤其上一场打SP，颓势尽显，差点翻车。我觉得蝎子打不打野核都不要紧，但不能再这样打法核了，否则会过度消耗End。"

"咳！咳咳！"搭档猛咳两声打断，提醒他说话要谨慎。

电竞解说可不是个容易干的差事，虽说这番话不违规，但太引战了。他们可以适当地引点口水炒一炒热度，但引过头就不好了。电竞圈里最不缺的就是喷子，哪个解说没被狗血淋头地骂过？被骂得多了，自然就学乖了，说话越来越圆滑，谁都不得罪。但总有个别解说不怕死，或是没心没肺，管不住嘴。

这位不怕死的解说听了搭档的提醒，略收敛了些，后半句不说了。

搭档替他打圆场："蝎队已经在尝试新打法了，今天的阵容以前就没打过。织女这种游走型法师，带好节奏就很秀。而且既然选了照夜刀，不能说没有野核的意思，看他们怎么配合吧。"

直播画面锁定到纺织娘的视角，她清理兵线比对面的丹顶鹤快，线上优势明显，刚开局就已经把丹顶鹤逼到塔下了。

趁丹顶鹤清兵的时候，左正谊来到上路。这时，从下往上刷野的纪决也来到了上路。他和左正谊一起蹲在草丛里，敌方的上单似乎没有察觉到他们，仍然在和宋先锋对线互砍，慢吞吞地换血。

左正谊操作纺织娘看准时机丢了个控制技能，命中敌人使其减速，纪决操控照夜刀立刻扑上去，三打一，一血瞬间到手。

几乎同一时刻，下路也跳出了击杀播报。严青云倒地，张自立残血回城。

左正谊回中路清理兵线，准备清完这波兵线就去下路，把下路的优势重新打回来。但XYZ并没有给他顺利游走的机会。

他们的确研究过左正谊，对他的操作习惯甚至指挥习惯都相当了解，节奏掐得稳准狠,每当左正谊要去游走,他们就入侵野区,打得凶狠无比,频频爆发乱战,牵制住他的步伐。

纺织娘是个靠灵活游走来帮队友打出优势的法师,被牵制住就等于废了一半。

纪决的照夜刀玩得很好,野区被入侵时与左正谊配合跟敌方打得有来有往,还拿到了人头。蝎子的整体经济并没陷入劣势,但始终没能把主动权掌握在自己的手上。换而言之,节奏不好。

左正谊打得很不舒服。他观察着场上的局势,飞快地思索应对之法。

XYZ 的思路很明显,就是不停地入侵、干扰,废掉纺织娘,抢夺中路的控线权,从中路进一步入侵上下野区,控住节奏滚雪球式发育。要想打乱 XYZ 的节奏,至少要打赢一回,从而有机会推出兵线,反入侵。

左正谊在比赛进行到第十六分钟时抓住了这个机会。

对面的打野阿诺斯悄悄蹲在中路的草丛里,左正谊佯装不知道,故意露了个破绽,在他的眼皮底下做假视野——假装去上路又回头,然后就蹲在对面的草丛里不动了。

双方隔草相望,面对面飙戏。

丹顶鹤假装以为左正谊走了,把兵线推得相当靠前,故意引诱他。

左正谊这时跃草而出,还没放技能,阿诺斯就飞扑而来,准备秒他。阿诺斯和丹顶鹤配合默契,反应极快,范围控制技能和爆发攻击同时落到他的站位处。但左正谊早知有这么一出,利用位移巧妙一躲,那两人的技能全部击空,还来不及反应,被左正谊喊来的纪决便已入场。

照夜刀的技能特效流光溢彩,刀刀带火星,他开启 AOE 大招,一刀击飞两个人,纺织娘在一旁接控制、补伤害,一套 combo 打烂了 XYZ 中野的头。

纪决和左正谊教科书般的配合拿下双杀,又推一塔,蝎子瞬间扭转局势,占据上风!

台下的掌声和欢呼声同时响起。

可惜,这优势并没有维持太久,随着丹顶鹤发育完全,战斗优势越来越明显,而纺织娘逐渐进入弱势期,XYZ 很快卷土重来,又打进了蝎子的野区。

XYZ发现了对抗蝎子的"密码":入侵野区。

纵观蝎子近来的数十场比赛,毫无疑问,第一carry点是左正谊。他能在顺风局如滚雪球般扩大优势,逆风局稳住局面拖到后期找机会翻盘,打团时灵性收割,游走时完美抓人,这背后支撑他的不仅是他自己的精湛操作技术,还有一个随叫随到、随时为他创造机会、永不犯错的打野。蝎子的团队节奏被中野把控,中单在明,打野在暗。

只针对左正谊是下下之策,打崩野区、牵制中路,才是战胜蝎子的真正良策。

XYZ气势如虹,专攻蝎子的软肋,打得蝎子节节败退。

被推上高地的时候,左正谊心里憋得慌——他又一次体会到了节奏型法师的无力之处,一旦失去节奏,就再无回天之力。

但纺织娘已经是蝎子在B/P时最好的选择了。

他静静地看着水晶爆炸,心里突然对自己的真实水平产生了一丝怀疑。究竟是团队不够强,还是他的打法本身具有局限性,限制了团队进步?他是不是,只能玩大核?

第三章 技穷

站在我身边，补上那百分之一，好不好？我的纪决，我的打野，我需要你。

一

蝎子以 0∶1 的比分落后，全队回后台休整。众人的目光一如往常落到左正谊的脸上，期盼他说点什么来给大家增添信心。

哪怕是发脾气也好，像以前那样，傲慢，不礼貌，蔑视所有人，拿出"天王老子来了也挡不住我 carry"的气势，鼓舞士气。

这可是淘汰赛，下一局再输的话，冠军杯就结束了。

左正谊罕见地低着头，不知在思考些什么，没发现别人在看他。过了几秒，他后知后觉地抬起头来，表情僵住，说："你们怎么都是一副奔丧的样子？"

"别这样啊。"左正谊笑了一下。他不能让人看出他是在强颜欢笑，便故作不在意，随手搭上纪决的肩膀，"小输一局而已，下把赢回来。"

纪决道："上把我的问题，有两波操作变形了，不被抓就不会丢节奏。"

左正谊根本没发现纪决什么时候"操作变形"了，知道他是故意背锅让队友放松，配合他说："我也一样，感觉思路不清晰，指挥得有点乱。"

孙春雨道："没事没事，下把好好打。"

他的目光在几个主力队员身上一一扫过，分别讲了讲他们上把存在的问题和打得好的地方,再看向左正谊的时候,犹豫了一下才问:"End,织女你玩得顺手吗?下把要换个类型吗?"

"……"

这个问题简直问到左正谊的心坎上了。

顺手吗?不顺手。

要换吗?换什么?

左正谊的英雄池相当深,深到几乎没有底,任何法师他都能玩,而且玩得好。这是因为他的理解能力强,又肯苦练。游戏内有几百个英雄,乍一看极其丰富,每个都不一样,其实根本没有"几百个"可供他挑选。抛开战士、坦克等不能走中路的英雄,仅从法师大类里看,EOH上百个法师中,强度达标能上赛场的连二十个都没有。

这二十个英雄里,粗分为几类,一种是时下热门的法刺,一种是炮台型传统大法师,另一种是团队型工具人法师。法刺自不必说,突进、刺杀、切C,机动性强,脆皮,持续输出能力弱;传统大法师和射手一样,是团队的大核,但随着刺客的加强而没落,玩这种法师的中单,地位和ADC差不多,都是对面打野眼里的菜,想怎么切就怎么切;团队型法师有控制类的、游走类的,还有各种稀奇古怪偏辅助类的,例如法坦。他们的共同点是有极强的团队增益作用,但输出不高,在危难时刻回天乏力,很依赖队友的发挥。

左正谊是carry型选手,他选英雄不怕操作难,就怕上限低。伽蓝这种兼具法刺和大法师特征的英雄是他的最爱,几乎没有上限,只要操作到位,就能创造奇迹。左正谊从不怀疑自己的操作,伽蓝就是他的底气。但他似乎太依赖操作了。针对他,就把他能操作的大核法师都Ban掉,逼他去玩团队型英雄。

可在上一局之前,左正谊都不觉得自己玩不了团队型英雄。

他是指挥,最懂运营,怎么可能玩不好纺织娘?

但XYZ从野区入侵开始,让他被动支援,硬生生打乱了他的节奏。他们研究透了他的操作习惯,铆足劲儿针对他,他被压的时候下意识想的是:如果我手上是伽蓝,对面不管来几个,我都能杀了。

纺织娘却杀不了，她不是把好剑。但被打败的是人，剑怎么会有错？

手上的乏力让左正谊心焦，他没能参悟出不同剑的不同用法，以为自己全能，什么英雄都能玩好。他知道玩团队型法师失败不是他一个人的责任，整个团队都有错，如果上下路再多给他一点支持，也许节奏就不会那么糟了，但这种感觉更让人无力。这意味着，他很难再靠自己 carry 了。

选不到大核型法师，他就无能为力。他自诩世界第一中单，但从这局比赛看，他和那些他不放在眼里的其他中单又有什么区别？一样靠队友，逆风局就无力回天，只能等死。

左正谊即便不为自己忧心，也不能不为蝎子忧心。

左正谊恍然惊觉，这样的团队，真有争冠的实力吗？

这些天他们勤勤恳恳没少训练，可练出来的整体效果不如 SP，也不如 XYZ。他们到底在练什么？

一瞬间左正谊脑海里闪过无数个念头，匆匆压下即将冒头的灰心，强自振作起来。比赛还没结束，他的信心不能被动摇。

孙春雨仍然在等他的回答。

他一时答不上来。

孙教练这番举动看似是尊重左正谊的意见，实则黔驴技穷，被 XYZ 打得头脑发蒙，想不出应对办法，只好把决定权交给他了。不得不说孙春雨做得对，左正谊这人毛病一堆，脾气又差，但遇到问题不会逃避，人家让他顶上去，他就真的顶上去。

他接过了教练的担子，镇定自若道：“看下一局的 B/P 吧，如果他们给机会，照夜刀和阿诺斯至少拿一个，否则我们在野区没有主动权。中路有合适的法刺就拿法刺，实在不行继续玩织女也没什么，上把是我们没打好，阵容的问题不大。”

左正谊环视一遍队友，手掌伸向半空：“好好打，有没有信心？”

纪决的手覆盖到他手背上。

紧接着，大家的手纷纷覆上来，异口同声道：“有！”

"加油！"

"我们能行！"

"加油！！！"

蝎队休整完毕，回到前台继续比赛。

第二局在万众期待下准时开始。

左正谊鼓励了队友，也在心里反复地鼓励自己，他想，这把应该吸取教训，提前掌握主动权，不能再被XYZ牵着鼻子走了。

XYZ比他预想的还要凶悍，拿出了趁你病要你命的气势，在第二局故技重施，盯准蝎子的弱点，利用B/P逼左正谊玩团队型法师，然后继续压着野区打。他们甚至选了一套纯进攻阵容，脆得像纸，尖利得像针，仗着领先一局的优势，不给自己留一点后路，在英雄还是一级的时候就冲进了蝎子的野区，全队都来打一级团。

XYZ是联盟里出了名的打架队，以前打得太莽，经常被翻盘，成绩不稳定。但今天他们的能力发挥到了刀刃上，搏命似的厮杀，把蝎子全队好不容易鼓舞起来的士气顷刻间打散，一波一换四奠定了胜利的基础。

XYZ梦幻般的开局，将蝎子推进了地狱。

左正谊的指挥命令没停，他的声音也不知从何时开始变得有些沙哑。他几度清嗓，都没能调整出昂扬向上的语调。

XYZ像疯狗似的，没有最凶，只有更凶。尤其当他们靠开局两波团战发育起来，进入强势期之后，就更无法无天了。偏偏他们又不是无脑的凶，有战术、有策略，每一次入侵都旨在打乱蝎子刚找回的中野节奏，把纪决死死地困在野区里。后来纪决连自家野区的资源都吃不到了。

XYZ在第十七分钟时，彻底接管了比赛。这时左正谊已经被打麻了，纪决比他更麻。纪决很少有野区被打穿的经历，他和左正谊的配合虽然没达到炉火纯青、合二为一的地步，但也算得上等水平的中野联动。他们以前遇到的大部分对手都喜欢针对中路，追着左正谊打。在这种情况下，纪决是自由的，只要左正谊能靠个人操作稍微拖一会儿，纪决就能为他创造出反击的机会，因此蝎子连胜不断，总能化险为夷，但今天行不通了。

两个战队之间越来越大的经济差宣告蝎子正在逐步逼近死亡，直播里的游戏画面已经不能用"刺激"和"令人揪心"来形容，一片死气沉沉。一边倒的局势让人说不出话，连解说的发言都变少了，每隔好久才冒出一句："下塔也破了""中路告急""高地难守啊"。

这是神月冠军杯淘汰赛，蝎子唯一的晋级机会。

左正谊发现，不论经历过多少次失败，当失败再次降临时，他都像从没经历过一样，感受如初。

队友都沉默了，他们的咳嗽声中都透着一股颓丧气。谁都看得出，蝎子找不到翻盘点了。

后来别说守高地，他们被XYZ逼回泉水里，连兵线都摸不到，眼睁睁看着基地水晶的血条飞快地减少，然后轰的一下，炸了。

XYZ的旗帜在蝎子的高地上飘扬。此时全世界的欢呼都属于蝎子的敌人。

"恭喜XYZ，2:0战胜蝎子，晋级冠军杯四强！！！"

……

左正谊摘下耳机，抬头看向台下躁动的观众，还有几分恍惚。说到底是技不如人，每回都赢得艰难，要拼尽全力甚至拼命才能赢。输得却容易，一眨眼就被推到家门口了。

还有什么可说的？

只能练。

继续练。

可是好累啊，他每天练十几个小时，练到队医担心他的身体，却仍然收效甚微。

左正谊坐在电竞椅上，发了几秒的呆。

直播的摄像机还没关闭，他的表情被如实地记录了下来。台下似乎有粉丝在喊他的名字，他没好意思抬头去看。

队友们都在收拾东西。他也站起身，将自己的键盘拔了下来。

"走吧。"他握住纪决递过来的手，在后者担忧的注视下轻轻摇头，默然走下了赛台。

比赛结束总是在夜晚，夜色在不同的人眼里有了不同的色彩。同样的霓虹和人潮，高兴时看它是热闹，不高兴时热闹也成了落寞的衬托，让人心生不快。

从比赛场馆到回基地的这一段路上，战队大巴内安静无比。左正谊戴着耳机睡觉，半梦半醒中忽然打了个喷嚏，睁开眼睛。纪决看过来时，他说"可能是有人在背后骂我"，开玩笑似的，说完又睡了。

　　按农历计算，现在已是暮春。街边的百花开得正好，早春的花儿谢了，晚开的品种争相斗艳，黄的红的粉的白的，从绿化带钻进左正谊的梦里，迷了他的眼。他竟然梦到了纪决，明明纪决就在他身边坐着。他们一起践踏遍地的春花，把花枝掰断，把花瓣踩成泥。春天便在他们的脚下结束了。可不知怎么回事，明明春天已经结束了，夏天却不肯来。

　　左正谊不知把哪种渴望融入了对夏天的渴望里，他拼命地挥拳、怒骂："凭什么？为什么？因为我不够强吗？你为什么不来？！"

　　时间是一片没有尽头的海洋，他与夏天隔海相望，熬干了青春，也没等来夏天的降临。

　　大约人的幸运总是有限的，上天给了某人无可匹敌的天赋，就要他在其他方面有缺憾，总归是不圆满的，否则岂不是让他一个人把便宜占尽了？这又凭什么呢？

　　左正谊睡了很久，抵达基地之后，他被纪决叫醒了。

　　冠军杯被淘汰，蝎子全队都悲痛不已，个个像霜打过的茄子，垂头丧气地进门。领队说厨房准备了夜宵，让他们先吃饱再说。但大家食欲不振，饭也没吃几口，匆匆散了，有的回房间洗澡，有的回训练室打游戏、看视频。

　　孙春雨一看这情形，就说："今晚先不复盘了，大家好好休息一下，把心情调整过来，明天还得照常训练。虽然冠军杯结束了，但EPL没结束呢，不能泄气。"

　　这些话是他作为教练应该说的，可左正谊却比平时听得更不耐烦。他心想，道理谁不懂？可场面话说得再多有什么用？不泄气就能赢比赛吗？他们又不是练气功的。

　　他在心里刻薄地讽刺了孙春雨几句，一时间看谁都不顺眼，包括他自己。但这种情绪很短暂，类似起床气，左正谊洗完一个澡就冷静了，把自己从责怪旁人和自怨自艾的败犬状态里解救出来，开始想下一场比赛怎么打。

　　淘汰就淘汰吧，还是得向前看。

　　孙春雨说得对，不能泄气。

左正谊深深地吸气、呼气，吸气、呼气……果真跟练气功似的，如此几个来回，堵满胸腔的压抑终于被排出去几分，他的脸上又有了血色，不那么苍白了。

　　他换好衣服上了二楼，训练室里四个队友都在。

　　宋先锋刚编辑完微博。他是队长，虽然名存实亡，但自认今晚打得不好，为减少良心不安，主动出面背锅，发了一条向队粉道歉的微博。严青云面前的电脑屏幕正在播放今晚的比赛视频，教练暂延复盘，他闲着没事干，自己先复盘一遍。张自立站在窗前打电话，电话那头的人是他妈，不知是在安慰他还是教训他，他没哭，但表情比哭还难看。

　　左正谊扫视了一圈，目光落到纪决身上，他忽然发现，纪决竟然在抽烟。

　　察觉到他的目光，纪决吐出一口烟，望向他。

　　左正谊刹那间忘了要说什么，沉默片刻，到自己的位子上坐好。给电脑开机，插上键盘和鼠标，等显示器亮起来后，左正谊转头问纪决："你怎么又开始抽烟了？"

　　纪决道："偶尔抽两口，不多。"

　　左正谊没再说话，他对此有些意见，觉得抽烟不健康。但又觉得没必要连这种小事都挂怀，纪决也需要解压。他沉思几秒，忽然心血来潮，脚踩在地板上，将滚轮电竞椅滑到纪决的电脑桌附近，倾身靠过去几寸，拿起桌上的烟盒，抽出一根烟。

　　"我也要抽。"

　　"……"

　　纪决顿了顿，没阻止他，打着打火机，帮他点烟。

　　左正谊猛吸了一口，被辛辣的烟草味儿呛得眼眶发红，扶着桌沿重重咳了几声，表情活像中毒了，心里却很畅快。

　　"不错。"左正谊夸了一句，又夸，"很好。以后买烟记得给我带一份。"

　　这回轮到纪决有意见了，但他一时也没说出话来，只盯着左正谊看。

　　左正谊的目光则落到宋先锋身上，说道："别上网了，不用想也知道他们会怎么骂，看多了影响心情。"

　　宋先锋道："我觉得我欠骂。"

　　左正谊："……"

行吧，开心就好。

左正谊打开电脑桌面上的 EPL 赛程表，盯着仅剩的几个对手看了一会儿，想说点什么，但思考了半天也没说出话来。他本想说我们应该怎么打才能怎样怎样，但"怎么打"三个字在他的心头盘旋，如阴影般挥散不去，他想不出答案，刚调整好的心情又低落了下来。

左正谊乍一抬头，发现纪决在看他。

"你有什么想法吗？"左正谊问。

纪决身上的衬衫是刚换的，领口敞开，露出脖子上项链的吊坠，一枚戒指。这枚戒指是当年他们在潭舟岛时左正谊送给他的银戒，不值钱，左正谊后来都想不起这件事了，纪决却一直戴着，说是习惯了，摘下来就感觉缺了东西，心里会空。

前几天左正谊还在想，等有空出门的时候去买一枚好点的送给他，把旧的换了。但没空出门，一起出去玩更是奢望。不间断的赛程像一条绳子，他们是绳子上的蚂蚱，只能沿着绳子往前爬，终点有奖杯，抑或什么都没有。但无论如何，都要爬到最后才见分晓。

左正谊望着纪决，纪决摇了摇头，说："这是教练组该愁的事，你别揽在自己身上。"

严青云附和道："是啊，SP 能拿出新战术，XYZ 懂得针对我们，那我们呢？"他音量不高，话却说得直白，好在训练室里只有他们五个，没工作人员在。

不过这话有点太像甩锅了，严青云说完有些后悔，给自己的话打补丁："我的意思是，我们应该学学别人的先进战术……"

解释和不解释也没什么区别。

严青云闭嘴不说话了。训练室里的人陷入沉默。

凌晨两点，大家终于决定去休息了。其实这一晚上也没干什么，沉默与无力是蝎子的现实写照。左正谊躺在纪决身边，失眠到天亮。

纪决劝他，几乎把好话说尽了。后来见说好话没用，他火气上来，狠狠地说："明摆着是孙春雨能力不行，我都不愿意背这破锅，你怎么回事？你以为你是谁啊，想当救世主？你是不是太高看自己了，左正谊？"

"……"

左正谊被骂得一愣,半晌才说:"那我应该怎么办?"

"接受。"纪决说,"你不知道有句话叫'尽人事听天命'吗?把你该做的做好,剩下的没法强求。"

"滚蛋!"左正谊心里也冒火了,"你根本就不在乎能不能夺冠,打职业赛跟玩似的,怎么会懂我的心情?!"

他下床,摔门,一气呵成,拎着枕头回自己的房间去了。

"……"

纪决盯着被摔得几乎发颤的门板,摸到床头的打火机,沉默地点了支烟。

天亮前的一刻最黑暗,不适合思考。

纪决因生理上的困倦头脑有些发沉,但香烟又让他清醒了几分。

刚才左正谊说他打职业赛跟玩似的,这话不对。纪决并非不重视电子竞技,他是什么都不重视,整个人活着就跟玩似的。

他和左正谊一样从小孤苦无依,但他和左正谊完全不同,因为左正谊沉浸在"家庭幸福"的假象里,只要努力就有美好的未来。纪决却从小就明白,左正谊能留在他身边,是他费尽心机争取来的结果。但这不是牺牲也不屈辱,好比顾客进超市,想吃什么都得花钱买。等价交换,是这世界的法则。

纪决要想让左正谊留在他身边,当然得付出些什么。这些付出有好有坏,实际上纪决根本不认同普世价值观里所谓的好和坏,他活着不在乎意义,只在乎能不能满足自己。

"意义"是最假大空的东西,他觉得这并不出自本心,而是社会给人套上的枷锁,让人不得不披上一层皮,去追求自己不认同而别人认同的功业,只为得到一句"有出息""人中龙凤"的夸奖。

他们都是人,却偏要你当龙和凤。当了龙和凤又有什么好处?

纪决对此的回应是:"关我屁事。"

他此生最大的愿望是和左正谊一起吃火锅,而不是和左正谊一起站上世界冠军的领奖台。准确地说,这两件事在他眼里没什么区别,不分高低贵贱。非要分的话，后者能让左正谊更幸福。左正谊更幸福，那么他也会更幸福，所以他愿意为之努力。

这努力是为左正谊，更是为他自己。他的基本思路就是通过努力来获取回报。什么正义、道德，他没有那么在乎。

纪决沉默着抽完了一支烟。

他的思路无比清晰，颇有几分众人皆醉我独醒的高姿态，可思考了一会儿，又模糊了。

按他的逻辑，他的人生应该只有快乐没有痛苦，但事实并非如此，他的痛苦一点也不比快乐少。而在他去获取快乐的过程中，碍手碍脚的"风险"又变多了。比如他很清楚，假如他做某件事，左正谊会哭，那么他就不敢做了。

他越长大越心慈手软，没有小时候果决。甚至被左正谊PUA，竟然也开始反思，他是不是真的活得太没追求、太没意义了？

纪决又点了一支烟，烟头的火星在没开灯的暗室里闪烁。

他的手机相册里有很多照片，多半是左正谊的。左正谊表情丰富，偏又爱装深沉。纪决一举起手机就要被他瞪几眼，被警告"不许偷拍"。但他口是心非，其实被拍了也没什么，吓唬人罢了，纸老虎一只。不，是"纸猫咪"，跟小尖一样，没事瞎喵喵，耍威风。

纪决情不自禁地笑了一声。

一片寂静中，他的笑声让他清醒不少。纪决用力抽了一口烟，吐出一大团烟雾，气都快被吐空了，胸腔里有回音，是左正谊那句愤怒的"你怎么会懂我的心情"。

不懂吗？怎么可能不懂？

但蝎子现在的难题不是左正谊一个人就能解决的，这是客观事实。有多少战队的管理层花尽心血重组团队，依然打不出好成绩？更何况，现在已经到赛季末了，蝎子就算要更换教练团队，也得等到下个赛季。

左正谊罔顾这一客观事实为难自己，纯属自我折磨。

纪决夹着烟，抽到太阳高照，然后把打火机和烟盒一起扔了。

二

接下来的几天，蝎子基地里都是低压状态。冠军杯被淘汰，他们从双线作战变成单线作战，赛程稍微松了一些。4月4号一整天，全队都在复盘和XYZ打的那场比赛。但即便复盘了一天，也没研究出有效的应对战术来。

其实理论很简单，自己没战术，不会跟别人学吗？但问题在于，适合其他战队的打法未必适合蝎子，人皆有长处和短处，团队也是如此。而且实战讲究的是在基础思路上灵活应变，没有一个标准的公式。

最重要的是，蝎子已经被看穿了。

XYZ给全EPL的战队打了一个样，现在所有人都知道应该怎么针对蝎子。尽管不同战队针对的水平有高有低，但只要按这种思路打，蝎子就必然不好受。以至于，蝎子在4月9号又输了一场。

他们的对手是UG战队。UG模仿XYZ，几乎复刻了那一场比赛，但由于技术比XYZ差一些，赢得不顺利，和蝎子打得有来有回，以2∶1的比分险胜。

难以形容这一场打完之后左正谊的脸色。网友给蝎子的评价是"终于暴露了三流战队的本质"，蝎子官博的评论区骂声一片，万人请主教练下课。

4月10号，左正谊病了一场，不算什么大病，只是有点发烧，两天后就好了。这两天他食难下咽，每顿饭都被纪决逼着多吃，药也是纪决连哄带喂硬塞到他嘴里的。病后的左正谊也不偷懒，训练仍然很积极。他似乎无计可施，只能把努力训练当成救命稻草。

基地内的气氛糟透了。士气的提高很艰难，崩塌却十分简单。惨痛二连败简直打碎了蝎子的骨头，让这支半个月前还在风光连胜的"强队"连站都站不稳了。越是士气低落，就越发挥不佳，已经形成恶性循环了。他们最近连训练赛都打不好了，输多赢少。

其实一时的失败并不那么打击人，真正打击人的是看不见希望。

输给UG之后，蝎子的EPL排名降了，从第三名跌到第四名。

前面三位是 53 分的 CQ，48 分的 Lion，47 分的 SP。

蝎子只有 45 分，而比赛只剩六场。

事到如今再说争冠，未免有点自以为是，谁都没这个信心了。连发自内心不肯放弃的左正谊，都把参加 EPL 的目标从"冲击冠军"改成了"拿到世界赛门票"。

EPL 每年只有三个进世界赛的名额，第一名和第二名直接入选，第三名和第四名要通过比赛来争夺最后一个名额，第五名连门都摸不着。

左正谊的底线是必须要进世界赛。

这个状态的蝎子，不被任何人看好，连队粉都在骂："跌出前四算了，省得出国丢人现眼。"

这些骂声大多指向了蝎子的教练组和管理层，也有一部分人骂完教练不忘选手，怪左正谊玩不好团队型法师，怪纪决控不住野区，怪下路打不出优势，怪上路发挥不稳……总而言之：三流战队，不如解散。

孙春雨是所有人中被骂得最狠的，他本就是个扛不住事的性格，遇强则怂，遇难则弱。队粉越骂，他的脑子越不会转，状态差得几乎要立刻引咎辞职。但他现在辞职要赔违约金，也对其他人不负责。他思虑再三还是留下了，虽然留不留的区别似乎不太大。

严格来说，他不是一个毫无才能的教练，只是才能有限。教练和选手一样，也有自己的风格。蝎子聘请他的时候，还在围绕下路建队，以 ADC 为核心发展。

孙春雨最擅长的就是这种玩法。但之后队内人员变动加上游戏版本大改，现在的主流玩法变成了孙春雨最不擅长的那种。他又何尝不是另一个"朱玉宏"呢？谨慎保守的人只适合走谨慎保守的路线，难以适应现在激烈多变的刺客版本。

不过孙春雨也知道，这些都是借口，自身水平不足才是关键。他比朱玉宏强一点，他能认清自己的不足，可惜认清了也没什么用，结果最重要，竞技的唯一目的就是赢。

为了赢，左正谊快把自己熬干了。这些天他把除比赛外的所有事都放下了。纪决隐隐察觉到，左正谊似乎已经有了想法，只是还没说出口。

4月13号的晚上,纪决的猜测得到了证实。

大约十一点半,蝎子刚打完今天的训练赛,在会议室里复盘。今天的训练赛是队内赛,由于最近被针对得太严重,打队外训练赛已经很难给蝎子带来帮助了,反而会进一步露底。

这场复盘气氛一如既往的沉闷。

左正谊是在会议即将结束时提出他的想法的,他坐在角落里,不言不语,沉默得像一尊雕塑。但他一开口,就把所有人的目光都吸引了过来。

他很久不笑了,气场便自然而然变得更加肃穆,让人只一望,就情不自禁地把希望都寄托给他。

从进入WSND战队开始,左正谊就担当这一角色。只是以前打得轻松,像玩闹似的。如今身处困境,大厦即将倒塌,站得越近,越有可能被埋在下面。他好像没怕过这些,他是越挫越强的典范,眼里有着永不熄灭的光。

他竟然说:"现在我们天天都在练新阵容,研究怎么解决团队的根本问题。但只剩六场比赛了,治标还是治本有区别吗?我们以前是怎么赢的?"

其余人一愣,都看着他。

左正谊说:"不如一条道走到黑,多练几个法核阵容。Ban了伽蓝和劳拉难不倒我,拿不到法刺也没什么,在机制好的弱势法师里挑两个我来练……哪怕一个也行。"

"……"

他把练英雄说得轻描淡写,仿佛简简单单、轻而易举就能练好。

这么做不是长久之计,属于走极端了。但正如他说,只剩六场比赛了,哪还有什么"长久"?连路都没了,不往极端走,还能往哪儿走?

满身创伤的蝎子需要一针立刻见效的止痛剂,以后的事以后再说。但这药是给别人止痛的,要承担多少风险,付出多少心力,如果失败了要背多少骂名,这些他只字不提,只说:"配合我,我来carry。可以吧?"

会议结束之后,左正谊回房间休息,纪决跟了进来。刚才左正谊在众人面前说那番话的时候,纪决就一直皱眉盯着他,左正谊察觉到了,故意避开纪决的注视,连一个眼神都没给。他知道纪决现在想说什么,他抢先开口道:"你应该支持我。"

纪决刚要反驳,他紧接着又说:"别说那些为了我好却为难我的话,求你。"

"……"

纪决的手按在电灯的开关上,像被粘住了似的半天没收回来。半响,他关紧门,走到左正谊身边,用低沉的嗓音说:"好,我不说。"

有些情绪即使不说话也能通过气息表达,他们的情绪在沉默中将对方裹住。左正谊似乎太累了,只片刻就到床上躺着了,呼吸都比平时重了几分。

见他这副模样,纪决还能说什么?也不忍心说。

"抱歉。"左正谊轻声道,"和我这种人当队友是不是很闹心?"

"不会。"

"真的?"

"嗯,和你当队友我觉得很幸福。"纪决躺到他身边,说,"你怎么能问出这种问题?以前的你可不会说出这种话。"

左正谊不解:"以前的我应该说什么?"

纪决道:"不喜欢我的人统统拖出去杀头。"

左正谊:"……"

左正谊笑了一声。如今他的笑容是稀罕东西,纪决希望他一直笑,再也不会难过。

终于他还是忍不住说:"如果我能更强一点就好了。"

左正谊打断他:"不是你的错。最近我也算弄明白了,我的确玩不了团队型法师,如果把压力加到你的头上,我们去打野核,我也没法给你提供帮助。你懂吗?纪决,我不是全能型中单。其实练法刺的时候我就隐隐感觉到了,我法刺玩得一般,就算能挤进第一梯队,也打不出统治力。团队型法师就更加乏力,我直接变成二流中单了。"

"……"

左正谊冷静地陈述自己的缺点,口吻几乎有些残忍:"我不知道是从什么时候开始变成这样的,我太能 carry 了,反倒把自己练废了。也许我早在 WSND 的时候就该听周建康的话,放下对个人能力的执着,好好学学团队作战。可我没去学,当时也没给我慢慢学的机会,WSND 就……"

左正谊喉头一哽："我不知道是我命太好，还是命不好。可能真是性格决定命运吧，我总是在做我认为正确的选择，可最后却没能走到正确的道路上。但我觉得，如果有重新选择的机会，我还是会变成今天这样。我已经有心理障碍了。"

"什么障碍？"

"不信任队友，也不信任自己。"左正谊说，"我玩纺织娘的时候，连指挥都做不好。比如有一些机会出现，或许能打，但要打赢，队友得发挥出百分之一百的水平。可我不信任他们，我觉得他们最多只能打出百分之八十的效果。在这种情况下，如果我有信心能补足那百分之二十，一个人打出百分之一百二的效果，就会下令出击。但纺织娘这类英雄给不了我信心，我使不出那么多力，导致做决策时犹豫，节奏被打乱，陷入恶性循环。"

纪决看着他："'队友'里也包括我吗？"

"你和他们不一样。"左正谊犹豫了一下，说，"你能发挥出百分之九十九的水平。"

"……"

百分之九十九，一个微妙的评价。

左正谊从没严肃地表达过他对纪决的游戏技术的看法，只开玩笑似的让纪决来抢他的核心位置，但实际上纪决根本没这个斗志。

纪决缺少抛开一切个人情感，一心扑在电子竞技上的激情。正因为没这份激情，他强得稳定，不上不下——不跌破下限固然好，但不能提高上限就不好了。所以左正谊对他的评价是"百分之九十九"，离完美差一点。

这一点看似不多，实则不少。然而，纪决听了这个评价后，没露出沮丧或不快的神情，似乎他心里也有数。

纪决仍然看着左正谊，听他道："总之，我对法核之外的一切打法都提不起信心了。哪怕你给我一个弱得不行的雪灯，我都觉得用它来打比赛，胜率会比纺织娘高。我知道这么想不理智，可我控制不了自己。"

"我现在只能……去走那条最极端的路。"左正谊轻轻呼出口气，"除此以外，蝎子不知道该往哪儿走，我也不知道该往哪儿走了。"

左正谊十五岁时自封"世界第一中单"，傲慢得不可一世。现在一头扎进死胡同里，不知道是命运害了他，还是他自己亲手把命运掰成了今天的模样。好在他现在比以前坚强不少,做完决定还能保持冷静,感觉没什么可怕的,劳累不是问题,被骂更是小事一桩,最坏的结果也不过是"明年再来"。横竖都是一死,不如豁出去,死马当作活马医。

"你别担心我,也千万别自责。"左正谊平静地说,"有你在我已经感觉很幸运了,如果打野不是你,我没有足够的勇气做这种决定……你要帮我,纪决。"

左正谊握紧纪决的手:"站在我身边,补上那百分之一,好不好?我的纪决,我的打野,我需要你。"

纪决甘愿为左正谊肝脑涂地,在对方的心里和那摸不着的电子信仰里。

"我什么都答应你。"纪决盯着左正谊,"电子竞技更像是我的敌人,它把你折磨得要死,你还痴心不改,像个傻子。"

纪决掰正左正谊的脸看见他露出哭笑不得的神情,眼尾似乎又出现了水光。事到如今,只有在他面前左正谊才会露出这种神态,在外人面前他只会表现出平静、冷漠或强硬。

他越来越像个哥哥了,但他身上逐渐失去的那些东西,比如无理取闹和骄横,也因失去而变得令纪决更加珍惜。

"我答应你,也给它一个折磨我的机会。"纪决说,"就算这是一条死路,我也陪你走到最后。"

既然已经确定了方向,剩下的唯有努力。

但其实方向的确定也并不那么顺利,到了赛季末这种关键时刻,孙春雨没多少话语权。杜宇成亲自找左正谊谈了一番话,官腔中夹着真诚,也有无奈,像商量也像诉苦。他不放心,左正谊敢冒险,管理层却不得不更慎重一些。

这份慎重使他们没有立刻同意左正谊的提议,只是把这种打法加到日常训练之中,作为方案之一备选。

三

左正谊是在 13 号晚上开口的,15 号就迎来了下一场比赛。

EPL 倒数第六场,蝎子打 MX 腾云。

这场比赛对蝎子来说，依旧是一场灾难。不光是因为蝎子最近处于弱势，也因为到赛季末了，每个战队都在拼命冲榜，连排名吊尾的战队为了不降级都会爆种——每年到这个时候，都会发生不少弱队干翻强队的爆冷事件。更何况，现在的蝎子已经不被称为强队了。

不讨，这场虽然打得艰难，却勉强赢了，蝎子拿到两分，堪堪稳住排名。

但 4 月 20 号他们打 TT 战队的时候就没有这种好运了，蝎子又被打了一个 2:1，只拿到一分。

这场比赛不光是蝎子的失败，也是左正谊的失败。打 MX 腾云的时候，由于练习时间太短，蝎子并没有亮出新练的法核阵容。到打 TT 的时候，蝎子终于给了左正谊机会，让他放开手脚去打。

左正谊拿到的英雄是占卜师，这是一个很特别的法师，有两种战斗姿态，一种是男装，一种是女装。不同姿态下技能的效果不同，前者偏输出，后者偏控制，可在战斗中切换，但切换消耗能量，能量靠"占卜"积攒。

"占卜"是占卜师的 Q 技能——向敌人发起占卜攻击，命中就可以为他算命，算一次加一点能量，能量条加满即可切换战斗姿态。切换之后，能量条清空，重新开始积攒。

这花里胡哨的技能机制，让很多玩家头疼。

乍一看，占卜师既能当输出大法师用，又能当团控法师用，而且有位移，很全能。但事实并非如此，这英雄在实战中经常面临一种尴尬的情况：需要打输出的时候，切不了输出，需要打控制的时候，又切不了控制。如果不切，他的输出强度比不上真正的大法师，控制作用也比不上真正的控制型法师，十分鸡肋。他的主要弱点在于 Q 技能很难命中敌人，因此能量条迟迟攒不满，几乎是废的。

官方每次削弱他，也都是削弱 Q 技能的伤害。

这些其实都可以克服，让占卜师失去地位的根本原因是吃经济、发育慢，他不仅输出跟装备挂钩，连技能的控制时间都跟装备挂钩，极其依赖法强数值。这迫使占卜师必须出法术装备，很难出防御装备，因此他是一个"大脆皮"。

刺客最擅长杀"脆皮"，在刺客版本中玩占卜师，简直就是逆天行事。所以当蝎子在 B/P 中选占卜师的时候，解说惊掉了下巴，直播间的弹幕里被刷满问号，论坛和微博上一片骂声，所有人都觉得蝎子被打傻了，不想玩了。

不出众人所料，第一局蝎子输了。

左正谊的占卜师根本没发育起来，英雄弱势导致的前期弱势是一个问题，他的Q技能命中率不够高也是一个问题。

为了养占卜师，纪决专门玩了一个跟他配套的打野——古尔德。

古尔德在前期较为强势，不吃经济也能打出较高的伤害，而且有一个救队友的技能——把队友拉到自己身边，为其分担一半的伤害。缺点是如果开局打不出优势，之后古尔德就会相当乏力，作为刺客，他切后排的能力又比较弱。所以在现阶段他的上场频率很低，算刺客中的冷门英雄。

蝎子的思路是靠古尔德来打出前期优势，给占卜师创造一个超前发育的机会。玩后期法师，也并不一定要拖到后期才行。退一步说，即使占卜师不能超前发育，古尔德的拉队友技能也能为他增加容错率，尽可能地拖住时间，让他平稳发育。

但计划简单，执行却难。

第一局输掉之后蝎子动摇了，老板和战队经理都在台下坐着，孙春雨坐在他们两个身边，感到了前所未有的压力。

观众席里和互联网上的指责之声也令人畏惧，孙春雨咬着牙，硬着头皮，决定再相信他们的中野一次，第二局仍然选了占卜师和古尔德。他一辈子都没这么头铁过，B/P时手都在抖，幸而这局赢了，虽然赢得并不顺利，如果最后一波团战宋先锋没能切死对面的中单，他们就赢不了。

但好歹是赢了，1：1扳平比分。

到了第三局B/P，左正谊仍然想玩占卜师。现在的他不像刚来蝎子时那么锋芒毕露，不跟队友吵架也不冲教练发脾气，他平静地说："可以玩这个。"

孙春雨信他比信自己更多，赌博似的押注在他身上，照搬前两局的B/P。

不幸的是，蝎子输了。

1：2负于TT战队之后，蝎子的EPL排名掉到了第五。噩梦般的第五，都没有争夺世界赛门票的资格。

蝎子全队陷入低迷，网上那些指责的声音终于越过管理层和教练，落到了左正谊的身上。不知消息是怎么传出去的，也不知是怎么传歪的，有人说一切都是左正谊的主意，是他一意孤行非要打法核，改不掉以自我为中心的毛病，才导致现在的结果。一时间闹得沸沸扬扬。

纪决很怕左正谊崩溃，在复盘打 TT 的这场比赛时一直说自己哪里没做好，还可以提高，不是左正谊的错。但左正谊比他想的更镇定，也更执着。

他说："输赢不定很正常，我有心理准备。"

话是这么说没错，没有哪种打法能保证有百分之一百的胜率。

在如此高压之下，左正谊还能保持这种心态，让蝎子内部上至管理层下至后勤都感叹又佩服，也愿意给他更多的信任。

纪决却觉得他是在硬撑，但不能拆穿他的伪装，要陪他一起撑。他给左正谊当陪练，把自己变成一个移动木桩，让他练习占卜师的 Q 技能。

他们开了个自定义房间，纪决在各种环境下花式走位，频繁换英雄，甚至模仿不同选手的走位习惯，制造各种变数，"刁难"左正谊。

左正谊就这样对着他，不停地释放 Q 技能——一次、两次、三次……成百上千次。枯燥、压抑、疲惫，还必须集中精力去思考，要练肌肉记忆，也要练活思维。这是在帮左正谊提高，也是在帮纪决提高。他们一同训练，同吃同睡，似乎比小时候一起生活时还要联系紧密，像两棵相依相偎的树，在狂风暴雨里成长。

至此，比赛还剩四场。

练占卜师不意味着左正谊只能玩占卜师，这是为防止被 Ban 死而选出的后路，如果能拿到更好的法师，自然要选更好的。

倒数第四场比赛，4 月 24 日，蝎子打 UM 战队。

这场比赛蝎子难得地获得了一场大胜，2:0 拿到三分。在这场比赛里，纪决的古尔德第一次打出直观的效果，开局反野 1vs2，杀了一个打残一个。左正谊的占卜师适时支援，拿下了第二个人头。

对面见他们的血量较低，不甘示弱，将团战的规模扩大，但蝎子靠出色的细节处理打出了一波一换四，占卜师拿下了三个人头，直接起飞。如此梦幻的超前发育，是左正谊最理想的状态。

他和纪决的配合也达到了一种前所未有的默契程度，两个人都越打越得心应手。但这场胜利并没有为蝎子赢来舆论支持,看客们觉得他们是在冒险搏命,能赢有一部分原因是开局蝎子的运气好。

但无论对错,不管别人怎么说,左正谊都无暇顾及。

他每天累得一碰枕头就能睡着,全靠世界赛门票吊着一口气,不肯放松。

左正谊以前就缺乏锻炼,身体素质一般。在这一点上纪决比他好得多,前几年心情不好的时候就靠运动来调节心情,而且练过一阵子拳击,还跑过马拉松。

左正谊听说后,脱口道:"怪不得你打架那么厉害。"

纪决噎了一下:"我以为你的第一反应会是夸我'怪不得精力那么旺盛',哥哥怎么抓不住重点?"

"好吧,精力确实很旺盛。"左正谊无语道。

他们晚睡早起,吃饭时都在看视频复盘,经常练到一低头就不自觉地趴在电脑桌上睡着了。

左正谊这样睡着过几回,然后被纪决拉起来,要送他回房间睡时,他睁开眼睛,醒了,说还要再练一会儿。

最后的三场比赛,就是在这样的紧绷和劳累状态下打完的。

第四章 合璧

他们打得如此默契，技能从不放空，配合从不失误，让人产生一种古尔德和占卜师都属于第一梯队英雄的错觉。

榜首 CQ 稳定连胜，以与其他队伍较大的分差提前宣布夺冠。

蝎子全队在前几次丢分时便已心知肚明，他们与联赛冠军无缘了。

由于早早就接受了这一结果，左正谊并不觉得痛苦，但遗憾是难免的——又一年，他摸不到 EPL 的冠军奖杯。

正因心里有遗憾，他对世界赛生出了更多的期待。甚至可以说，他把全部的希望都寄托到了世界赛上，迫不及待要去征服那个更大的战场。

但即便如此拼命，蝎子最终也只拿到了一个年度第四。

第二名是 SP，直接进入世界赛。

蝎子要跟排在第三名的 Lion 打一场门票争夺战，亲手为自己争来出国比赛的资格。

最近这段时间，左正谊的占卜师虽有输有赢，但整体趋势是在变强，和纪决的配合也趋于稳定，几乎不会有失误的操作出现。但最后几场比赛的对手都不算一流强队，跟 Lion 没得比。

Lion 虽然排在第三名，但和第二名的 SP 实际上只差一分。他们对蝎子来说，比 SP 更危险。因为 Lion 的双刺客阵容已经练得炉火纯青，表现比 CQ 还要好，输只输在前期丢分太多，后期即便连胜也追不上排名了。

网上都说，Lion 自打从澳洲赛区买回 Record，磨合了大半年后，现在终于练出了"终极形态"，让 Lion 出国比较好，夺冠的希望大。蝎子？真的是三流战队，别去给中国丢人。还有人翻出当初关于 Record 和左正谊"既生瑜，何生亮"的段子，却把他们的身份掉了个，说如今该"酸"的人是左正谊了。

好在虽然蝎子被骂，但左正谊的粉丝特多。他们和 Lion 的粉丝大撕了一场，把赛前的舆论气氛炒得空前热烈。电竞圈满城风雨，到处都是抽奖攒人品和发长微博对骂，非两方粉丝的吃瓜群众则捧着瓜子，坐等看热闹。

但热闹归热闹，大部分人的确更看好 Lion，希望 Lion 赢。

在这一片不被看好的声音里，左正谊和纪决一如既往，从上午训练到凌晨，在自定义房间里枯燥地练着他们的 Q 技能。走位、预判、反应速度——多么撼天动地的剑法，也要从基础招式练起。

比赛开始前那晚，收工后，左正谊心情难以平复，把键盘拆开洗了一遍。洗键盘是他的老习惯，这次他拉上了纪决，两个人一起洗。

纪决问："这是要做什么？"

左正谊仪式感十足地说："洗剑。"

"洗剑"对左正谊来说是件大事，他开玩笑似的给纪决演示了一遍怎么洗才能吸收天地之灵气，日月之精华。纪决笑得差点打翻水盆。

但这笑是苦中作乐，他并非不理解左正谊的做法。

一个深陷困苦境地的人不能没有信念，洗键盘就是左正谊加深信念感的方式，他要抓紧这条绳索重新攀上命运的高峰。这种信念几乎可以称之为信仰。

他们一同清理好键盘，又一同睡去。

第二天，5 月 13 日，蝎子和 Lion 的世界赛门票争夺战定在晚上七点。

蝎子全队早早就抵达了比赛场馆，后台休息室里的气氛十分凝重。一是因对战强敌大家心里紧张，二是因网上的不良舆论。

想当初左正谊是个只有真爱粉没有黑粉的选手，因为在他身上几乎没有争议。后来各式各样的"黑点"冒了出来，似乎每个电竞选手迟早都会走到这一步，顶着质疑，打一场无数人盼他输的比赛。被质疑的原因五花八门，但归根结底是自身不够强。

在强者为尊的竞技圈，拿不出成绩就要被人踩。

今天赛前，蝎子简直要被踩进泥里了。那些"别出国丢人"的言论被"蝎子想丢人也没机会，反正打不过 Lion"取代。刺耳的讽刺被包装成搞笑的段子和"有理有据"的战术分析，群众似乎没有主观恶意，可就是看不起蝎子。

泥人尚有三分土性，在这样的舆论攻击下，连张自立都忍不住扯着嗓子喊了一句："我偏要赢，一定能赢！"

他说完有些底气不足，寻人撑腰似的看向左正谊。

左正谊点了点头，说："好好打，我们不比 Lion 差。"

这话说得不重，他的表情那么平静，就好像在阐述一个每个人都应该了解的客观事实，比自我吹捧更有力量。

全队队员的手搭在一起，大家又互相鼓励了几句。比赛时间一到，便由名义队长宋先锋带头，五个人和教练一起走上了主舞台。

他们默契地沉着脸，一个赛一个的严肃。

台下双方的粉丝比赛似的拼嗓门大小，这边支持 Lion，那边支持蝎子，一齐喊破喉咙，场馆内的声浪一阵压过一阵。

主办方一点也不拖延，比赛准时开始，直播大屏幕播完广告视频和首发名单展示，就跳转到了游戏的 Ban & Pick 画面。

今天在场的大部分人都认为 Lion 的赢面更大，最主要的依据就是蝎子打法单一，B/P 时没有新套路，非常好针对。把左正谊会玩的英雄都 Ban 掉，蝎子就会自己走进法核的死胡同。官方的赛前竞猜小游戏里，甚至有一个问题是"今晚 End 会不会全程只玩占卜师？"

押"会"的人数是"不会"的八倍。

然而，让这些人失望了，蝎子第一局就没选占卜师。并非蝎子不选，而是 Lion 根本没有像其他战队那样试图在 B/P 上针对左正谊，他们除了伽蓝，一个法师都没 Ban。

毕竟现在的游戏是传统法师弱势版本，这种做法很正常，但让习惯了看蝎子的对手五 Ban 法师的观众有些不适应。

不过紧接着，大家兴奋起来——Lion 是不是不把左正谊放在眼里？

蝎子起初也有类似的怀疑，他们觉得 Lion 可能有点轻敌，不认真对待这场比赛。但事实证明并非如此，Lion 起手三 Ban 分别是伽蓝、黑魔和大象。Ban 伽蓝好理解，Ban 黑魔和大象却不算常规做法，这两个都是保 C 比较厉害的英雄，Ban 他们，明显是在针对大核阵容。

蝎子也有自己的算计，反手 Ban 掉了照夜刀和玛格丽特，不让 Lion 拿最理想的进攻阵容。第一手选择则是狮子，一个能抗伤害能开团的强力上单。

Lion 紧跟着选了阿诺斯和女侍。

蝎子又选了红蜘蛛和劳拉。

Lion 选了冰霜之影，然后又 Ban 了两个硬辅。

B/P 进行到这里，孙春雨的心率飙升了起来——蝎子显然落了下风。

台下那些本因为劳拉有机会出场而高兴的左正谊粉丝此时也笑不出来了。

劳拉本来就不是个强势法师，只是左正谊玩它玩得特别顺手。Lion 放劳拉出来，却把蝎子打法核阵容最喜欢用的几个硬辅都给 Ban 了，这意味着团队保 C 的能力下降，劳拉的生存率随之降低。

Lion 并不是轻敌，而是换了一种更好的方式来制裁蝎子。

解说盯着阵容面板，犹豫了下道："其实蝎子可以不拿红蜘蛛，先手抢一个硬辅。"

"如果不拿，Lion 第二轮立马就会 Ban 红蜘蛛。红蜘蛛是目前所有刺客里相对来说比较全能的英雄，能打能控，前后期都能发挥出作用。蝎队明显是想拖到后期靠劳拉打团，又不想在前期太劣势。那除了红蜘蛛就没有更好的选择了。"

"我感觉他们这么选是因为相比辅助位更重视打野，所以辅助可以小让一手。"

"对，其实要计较起来，蝎队最不该先选的是劳拉。"

"但不选劳拉，它也可能会在第二轮被 Ban，蝎队太想给左神选一个趁手的法师了。"

左正谊也明白这一点，他平静的表情没有一丝变化，既然已经一道路走到黑了，就不怕黑得更彻底。实际上拿到劳拉，已经比被迫玩占卜师好很多了。Lion 觉得这是在逼他去走死路，左正谊却觉得这仍然是个机会，还有胜算。

"随便选个肉吧。"左正谊对严青云道，"企鹅行吗？"

"行，我没问题。"严青云立刻点头。

这是个没操作难度的肉辅，在前排抗伤害即可。

蝎子最后两手选了企鹅和小精灵。Lion 选的是格格龙和鹿女，把进攻进行到底，都是前期非常凶的英雄，但在后期没什么用。

双方确定好阵容，第一局就开始了。

最近蝎子练习法核阵容，主要练的就是在比赛前中期怎么抵抗对面双刺客阵容的猛烈入侵。

以 Lion 为例，他们通常喜欢打一级团，能拿到优势就直接起飞。拿不到也没关系，等英雄发育到四级，进入阵容强势期后，开启第二波猛攻。不间断地 gank，越塔强杀，反野，控龙……只要不出现重大失误，前期的节奏基本不会乱。

整个强势期打下来——在 EOH 里，一般是十五到十八分钟，对面基本不剩几座塔了。这时趁着经济优势，开团进攻中路，一波团战打赢，就可以宣布胜利。后期大核阵容刚好与之相反，蝎子很难在前期拿到优势，除非运气特别好。他们要争取的是怎样把差距缩小，熬过第十八分钟，等全队力保的核心具备较好的作战能力了，才可以找机会，开始反打。这时的双刺客进入疲软期，越来越难秒杀掉人了。因此对左正谊来说，前中期最重要的任务就是发育。

从游戏开始，他没有一秒敢放松。

Lion 的大部分火力集中在他身上，誓要把他打崩。他不能轻易去游走，给不了队友支持，还要吃打野的经济。纪决很贴心，把小怪拉到一起打成残血喊他来收。

但这么顺利的时刻其实很少有，Lion 通常都是把中路和野区当成一条线来走，每次都不走空，打不死左正谊就去收几个野怪，或者抓完上路从野区绕下来，前后包抄越塔强杀他。

前十二分钟，左正谊死了两回。这么强的针对力度，只死两回不算多。但纪决的战绩是 1-5，经济几乎倒数。中路一塔倒塌的时候，蝎子的野区也沦陷了大半。

纪决把钱都让给了左正谊，基本没有正面作战的能力。但他并没丧失作用，Lion 占领野区后往更高处打的时候，他去边路带线牵制。

左正谊早就发现，纪决头脑灵活，适合游击战斗，是打牵制的好手。

这是纪决当了几年路人局"毒瘤"练出来的求生本领，不需要队友支援也能逃命。飞檐走壁，穿墙绕草，纪决还顺便在 Lion 的野区里偷了不少钱。

起初 Lion 不想管他，让他随便带，他们直接推中路，他不可能不回来。于是，Lion 的冰影和阿诺斯一个在前、一个在后，作势要包了中路二塔。左正谊不得不撤退，把二塔也拱手让人了。

但这波中路的兵线被及时地清理掉了。

纪决绕后去清理下一波兵线时，Lion 终于回头去抓他。

打到这儿，左正谊的心率也开始飙升了。

现在正是从中期往后期过渡的关键时期，如果纪决被打死，他们四打五根本打不赢，被推平中路也不过是一波团战的事。

Lion 再凶一点，破水晶也不是没可能。

没有犹豫的时间，Lion 全队去抓人了，蝎子必须趁机把兵线往塔外推，将野区能吃的资源都吃掉。纪决多活一秒，就能为队友多争取一秒发育的机会。但就在这时，大龙刷新了。

Lion 当机立断，放弃抓纪决，转身去打龙。这对蝎子来说是一个不利的信号，如果坐视不管，大龙的增益 Buff 会使 Lion 的团战能力更强，也会让蝎子清理兵线的压力更大。但现在的蝎子还不具备去抢龙的能力，团战打赢的概率微乎其微。

这种时刻，要靠指挥来做决断——是放任敌方将优势进一步扩大，在更困难的局面下勉强苟活，还是抓住机会，殊死一搏？这两个选择，似乎一个是慢性自杀，一个是猝死。

如果前排是黑魔这样能强力保队友的英雄，左正谊会毫不犹豫地选择去打团。即使打不过，也有一定的机会撤退。但Lion偏偏逼他们选了一个除了抗揍以外几乎没用的肉辅，企鹅那笨重的身躯在草丛里翻滚，左正谊盯着它，心情一时难以言说。蝎子总是这样，几乎不可能在B/P上占到便宜，开局就输在起跑线上。

左正谊不受控制地焦躁起来。他的心脏跳得比平时快，手指在键盘上按得极重。但他表面上仍然保持平静，他不能乱，他乱了全队就都乱了。

"打。"左正谊纠结两秒后做出决定，"企鹅先上，进去滚一圈。"

Lion这种纯进攻阵容伤害值极高，但也是很脆的。

企鹅从龙坑上方跳下来的一瞬间他们果断停止打龙，技能招呼在企鹅身上。但他们不肯把关键技能丢给它，只用普通攻击打了几秒。

纪决在这时进场，红蜘蛛的大招落在人群之中，有位移的全部用位移躲开，只有AOE范围中心的鹿女动不了，被控在原地。

Lion的辅助女侍为保护AD，以攻为守开启大招，花枝一甩勾住红蜘蛛，把鹿女从被秒的死局里解救了出来。

直播画面里，一切进行得极快，场面极其混乱。两队的选手都打得很冷静，比如即使纪决被控了，冰影和阿诺斯的大招也没舍得给他，这两个刺客像鬼一样盯着左正谊的劳拉，也不管其他队友的死活，瞅准时机就直扑过来！一起来切他！

左正谊在那一刹那手指比大脑更先做出反应，按了一下闪现。

他闪到附近的草丛里，短暂地从敌方的视野中消失了一会儿。

非常短暂，那两个刺客直接穿过草丛来抓他，左正谊只能一边打一边往队友的身后躲。企鹅滚到他面前替他扛伤害，但一个没有控也没有硬保护技能的肉辅只能靠走位来救队友，严青云尽力了。宋先锋和张自立则被另一边的人拖住，正在和鹿女、女侍对打。

战场被切割成两半，左正谊在千钧一发之际躲开阿诺斯的大招，冰影的大招却在同一时刻刺向了他。

避无可避，左正谊在原地开大招，劳拉的法阵罩住自己和攻向他的冰影。眼看他要被冰冻在原地，突然一根蛛丝缠住了冰影的手脚，左正谊反应过来那是纪决，即便只有短短的一秒，也足够他反杀一个脆皮刺客了！

"冰影被秒了！"

"End 拿到冰影的钱瞬间补了一件装备！神杖做好了！"

左正谊精神一振，下一个技能丢给阿诺斯。阿诺斯人招已经放空，solo 是打不过劳拉的，更何况还有红蜘蛛在一旁助攻。他转头去帮队友，一个位移跳到张自立的身后，左正谊和纪决紧跟过去，被分割的战场重新合二为一，眨眼间击杀播报响了四声，倒下的是 Lion 的上单格格龙、鹿女以及张自立的小精灵、宋先锋的狮子。

三打二！蝎子的中单、打野、辅助存活，Lion 只剩打野和辅助。

打到这种地步，蝎子已经赢了。

在两个刺客都没切死左正谊的那一刻胜利就已经注定。但阿诺斯仗着灵活及时撤退，回防清兵去了。女侍却没能走得了，被左正谊使出的一套技能带走。

这是第一局的转折点。

蝎子做出冒险打团的决策救了自己的命，这一波打赢每个人都吃了大量的经济，全队的装备提升一个等级，直接进入强势期。

但即便如此，后续的团战也打得不顺利。

Lion 的阵容虽然不适合后期打团，但他们的核心双刺客乃至上单，都死命地盯着左正谊切。

蝎子推上 Lion 高地的时候左正谊被切死一次，险些被翻盘。第二次蝎子推到水晶面前的时候，他又被切死一次——并非他走位失误，只是因为前排乏力，很难保护他。

他每一步都走得提心吊胆，最后终于打赢时，左正谊鬓边的头发已经被汗水打湿。一局比赛而已，他却觉得自己好像从鬼门关走了一遭。由于太过疲惫，他连胜利的喜悦都没感受到几分。

队友并不比他好多少。每个人都深觉赢得艰难，最让人不安的是，即便拖到了大后期，他们在和 Lion 团战的时候，也没感觉到阵容占优势，反而被对面凶悍的上中野威胁着，时刻担心团战时猝死。

这直接导致孙春雨在第二局 B/P 时信心不足，开始犹豫要不要继续选劳拉。

Lion 替蝎子做出了选择。Lion 的双刺客打出了最强状态，仍然没能制住左正谊的法核，他们认为不应该继续头铁，在第二局给足敬意，终于 Ban 了劳拉。

　　但 Lion 并不畏惧左正谊的法刺，和第一局一样，给他玩刺客和他们硬碰硬的机会，所以没把法刺英雄都 Ban 死，而是延续上一局的思路，继续在前排上做文章，让蝎子选不到好用的硬辅。

　　这意味着，蝎子拿不到劳拉，也拿不到想要的前排，雪上加霜。

　　但如果蝎子放弃法核阵容，和 Lion 一样打前期进攻，他们的 B/P 就会好选得多。

　　孙春雨把决定权交给了左正谊。

　　左正谊沉思了两秒。理智告诉他，当有更好的选择时，不要往绝路上走。可直觉告诉他，选后者赢的希望更大，尽管客观理由并不充分。

　　他转头看了一眼纪决。

　　他们面对面，纪决的声音从耳机里传来，他说："我相信你。"

　　左正谊轻呼出一口气，收回视线，肯定地说："占卜师。"

　　蝎子选了占卜师。这几乎让所有的观众都不理解，无论哪方的粉丝。

　　如果说被五 Ban 法师时蝎子选择占卜师是不得已而为之，那么现在放着更合适的法刺英雄不选，却非要选一个比劳拉还弱得多的后期法师，就是故意找死。左正谊不能打团队型法师也就算了，连法刺也不愿意玩？他到底是越来越菜了，还是彻底疯了？

　　解说无语，但还勉强为他解释，说蝎子可能有比较特别的打法。

　　直播间的网友却不管三七二十一，直接在弹幕开骂，现场的台下也充满了议论的声音。

　　左正谊对这一切仿若无知无觉，他拿占卜师，纪决拿古尔德。他们练了这么久，当他的手按到 Q 技能上的时候，他压抑的心情忽然好了一些。一种名为自信的情绪重新回到了他的心间，让他斗志昂扬，开局就激进地下令，入侵敌方的野区。

　　这是仗着古尔德有一级团优势才下的命令。

　　古尔德低等级时的被动技能带减伤，这种减伤效果会随着敌人的升级而逐渐变得微不足道，但在初期具有极大的优势。

纪决直接进野区强抢蓝 Buff。Lion 并不肯放弃蓝 Buff，因为他们知道这个英雄最大的作用就是在一级团，不想给他制造优势的机会。

因此 Lion 的打野阿诺斯选择暂避锋芒，绕到蝎子的野区，准备打一个互换 Buff 的开局。

互换 Buff 成功了，但左正谊拦在路上，挡住了准备回家的阿诺斯。

双方的中野齐聚中路河道，还是打了起来。

左正谊喊上下两路的队友来支援，2vs2，团战范围瞬间扩大。

这时两边都还没人升级出大招，全靠小技能和普通攻击来打团。

左正谊只升级了一个 Q 技能，他远远地站在人群外，开挂似的一瞄一个准。纪决盯着阿诺斯打，左正谊心领神会，把每一个 Q 技能都丢给阿诺斯，顺利拿下一血。一个人头远远不够，左正谊必须要在开局拿到足够的优势，才能超前发育，提前进入强势期。但他的意图太过明显，Lion 不愿让他称心如意，死了一个打野就准备撤了，上单和中单同时往龙坑背后的野区深处走。

这种情况下如果追得太狠，很容易被反打。

解说以为蝎子要收兵时，却见左正谊和纪决毫不犹豫地冲过去，从野区一直追到了上路二塔脚下。

上路的一塔还没拔掉，攻击圈和二塔的几乎连在一起，中间只有一小段能活动的安全地带。

左正谊和纪决竟然想越二塔杀人！

"没必要吧！上头了！"解说惊呼一声，眼看着防御塔的攻击落到古尔德身上，古尔德一下就掉了三分之一的血，第二下攻击接踵而至，他瞬间变成残血。

但纪决的反应很快，退出塔外，换左正谊来扛防御塔的伤害。

只一错一换的工夫，Lion 的上单被强杀，中单撤回了基地里。

蝎子不要命的中野终于撤退了。他们追得疯狂撤得也果断，开局两个人头全部归左正谊，他因人头优势，经济高出对面的冰影一截，即便后来阿诺斯升满四级开始针对他，也没能把他控死。

但随着游戏进入中期，古尔德的优势衰减，占卜师又没完全发育起来，Lion 迎来了他们真正的强势阶段。

左正谊被压在塔下出不去，野区开始失守，边路外塔纷纷倒塌。按理说这个时候蝎子应该避战，直到核心发育完全。但左正谊开局的激昂斗志延续到了这一刻，他在对线时用 Q 技能攒满能量条，在阿诺斯来和中单冰影一起准备按照老套路 gank 他的时候，先手开了大招。

纪决就藏在左正谊身后的草丛里，没人看见。

左正谊做足了 1vs2 的姿态，控住阿诺斯和冰影，紧接着打输出，全程没喊纪决帮忙。他装备不好，一套打完了也没杀掉人，只得第一时间退回塔下。

对面的双刺客见他技穷，越塔来杀。就在这时，纪决从草丛中冲出，一个钩子拉走几乎必死的占卜师，和他合力将残血的阿诺斯和冰影斩杀于塔下。

这两个人头依旧给了左正谊。他们迅速清兵，趁机推掉了 Lion 的中路防御塔。

中路的巨大优势扩散到上下两路，左正谊不再埋头发育，开始去游走支援。

他的 Q 技能命中率极高，这意味着他的能量条攒得极快，频繁的姿态切换让他把控制和输出都打到了极致。而古尔德就像一个骑士，弥补了蝎子前排不够强力的不足，总能在危难关头把占卜师拉到自己身边，救他于水火。

他们打得如此默契，技能从不放空，配合从不失误，让人产生一种古尔德和占卜师都属于第一梯队英雄的错觉。

Lion 队有些发蒙。

开局的不顺压制了阿诺斯的发育，这在无形之中延后并缩短了他们的强势期，让 Lion 全队的神经都十分紧绷。

中路的 gank 失败，中野送双杀，无异于火上浇油，打崩了他们的信心。

而最致命的一击来自第十九分钟时小龙附近的一次团战。Lion 并不想打团，是蝎子开龙，双方才在龙坑外围短兵相接的。

Lion 的思路依然是先切左正谊。

左正谊以控制体进场，满能量条，这时他的装备已经比较好了，能打出的控制是群体控制，伤害是 AOE 伤害，Lion 像纸一样脆弱的阵容根本不能扛，他只要把控制放准，就能打出爆炸性的伤害——这是占卜师唯一的优点。

但左正谊不敢轻易动手，占卜师没有劳拉灵活，控制是攻击也是他反打的保命技能，如果提前放出去，对面的两个刺客会立刻要了他的命。

他甚至不敢离纪决太远，否则没有队友能救他。

他眼里的漫长犹豫和等待，在直播大屏幕上看，其实很短暂。

Record 的冰影非常凶猛，试图抢占先机，让左正谊放不出技能直接被控杀。他时机挑得好，左正谊刚放完一个 Q 技能，技能的后摇（技能施放后的停滞效果）使英雄的动作有一个微妙的停顿，冰影的冰冻技能就在这一刻降临了。

但比冰影的控制来得更快的是纪决。古尔德的身躯在敌人中周旋，眼睛却始终放在占卜师的身上，他在冰影靠近的那一刻便作出预判并释放出技能，把占卜师拉到了自己的怀里。

占卜师的身影在空中一闪，左正谊的控制技能几乎同时放出，找了一个刁钻的角度，技能呈 45 度放射式扩散，两端刚好将 Lion 的中单和上单罩住——这两人离得最近，都是来切他的。

控、切、输出，闪电般的一套连招，震耳欲聋的击杀播报，两个人头！紧接着，三个、四个！

左正谊在这一场团战中切了两次能量条。他的 Q 技能命中了多少次，根本数不清。

那些从不落空的 Q 技能比他以往任何一次"天秀"操作都惊人，比他曾经连续两场的五杀更惊人。

至此，即便再迟钝的观众也明白了——当技能释放的次数多到一定程度时，百分之百的命中率就绝不是巧合。

左正谊练了多久？怎么练的？

他没变菜，也没疯。

但说他疯也未尝不可，毕竟没有哪个思维正常的中单会在刺客类英雄强势时誓死苦练占卜师，还拖着他的打野一起，让他练了更加古怪的古尔德。

左正谊却不管别人怎么看，他积累了数日的压抑都在这场团战里释放。

打赢之后他的手几乎不受控制地颤抖，从中路往前推兵线的时候连方向键都能按歪，占卜师直直地往墙上撞。

在解说和观众不解的注视下，古尔德再次伸出钩子，把占卜师拉进了怀里。

技能动作使两位英雄短暂地相拥，台下不知是谁带头，从一声"嘘"开始，引发了一片打趣的嘘声。

蝎子顺利推掉水晶，拿下了本场的胜利——他们能出国去打世界赛了。

左正谊眼一热，这么多天的努力终于有了回报，这回报却沉重得令他心酸。他摘掉耳机，转头发现纪决向他伸出了一只手。他将自己的手搭上去，拉住纪决的手，一时间激动难抑，顺势扑到了纪决的电竞椅上。

"我们赢了！"

左正谊在直播镜头下激动地亲了纪决一口，哽咽道："我们赢了！"

下一秒，他们被队友挡住，五个人抱作一团，分享来之不易的胜利。直到做完赛后采访回基地的路上，左正谊也没高兴够，整个人快乐得像喝醉了，走路都一步三晃，飘飘忽忽的。

赢了，进世界赛了。他心里不断地重复着这句话，下车的时候不看路，冷不丁撞上纪决的后背，纪决无奈转身："哥哥，你醒醒。"

蝎子全队聚在一起吃了顿饭。这顿饭吃得格外久，算消夜，实际菜式却远比消夜丰盛。蝎子全队聚在一张大桌上，甚至开了一箱啤酒，杜宇成坐首位，端起酒杯，为赛季末致辞。

蝎子的冠军杯和 EPL 之旅都结束了，接下来的任务是备战世界赛。

今年的世界赛在韩国首尔举办，7月开始。目前各国的参赛名单还没出齐，赛程尚未公布。

蝎子从明天开始放假，总共一周，收假后开始特训。讲到这儿，大家听出了一些弦外之音——管理层似乎紧急物色了一个新的主教练，未必能顺利签下来。但即便签不下这位教练，特训时也一定会有更好的团队指导他们。

这是个好消息，但左正谊左耳进右耳出，不愿意思考。至少在今天晚上，他什么事都不想操心，只想全身心放松一下。

他坐在纪决和张自立的中间，领导讲完话后，左边的开始玩手机，右边的也开始玩手机。

热搜上挂着好几个与今晚比赛相关的词条，左正谊扑向纪决的画面也被做成了动图，借着"蝎子中野"的热搜广为传播。

广场上的第一条热门微博是他和纪决的 CP 粉发的，那一连串的 CP 标签看得左正谊目瞪口呆。

#蝎子中野#

#Righting & End#

#方向 CP#

左正谊脑子里冒出一串省略号，心想，这是什么鬼？

他又刷了一会儿手机，其实跟嗑 CP 有关的讨论并不多，今晚大部分人的关注点都比较正经，Lion 输了，失去了世界赛的门票，蝎子取而代之，要跟 CQ 和 SP 一起出国征战了。

赛前主流舆论不看好蝎子，赛后也有 Lion 的粉丝阴阳怪气，说还不如让 Lion 去，今年外国队都很猛，蝎子能打得过？这话酸得冒水，蝎粉毫不留情地还击："如果蝎子打不过，蝎子的手下败将不就更打不过喽！"

谁赢谁有理，一夜之间，舆论反转。

但左正谊只看了一眼就关了，与其看他们脸红脖子粗地争吵，还不如看 CP 超话。他刚发现，他和纪决有一个 CP 超话。名字并不是花里胡哨的外号，而是简单直白的"纪左"两个字。超话里的人竟然还不少。

左正谊本来没看到，还是纪决告诉他的。

纪决似乎对粉圈，尤其是左正谊的粉圈了如指掌，他说："纪左是大超话，她们还有一个小超话，叫'决谊胜负'。"

"这名字不错，适合我们。"左正谊脱口而出，纪决微微一笑。

由于明天放假，大家都不急，这顿饭磨磨蹭蹭地吃到了夜里十二点。

纪决喝了几杯酒，左正谊只喝了半杯，剩下的半杯悄悄倒进纪决的杯子里了。

聚餐终于结束，众人作鸟兽散。

左正谊和张自立他们几个互道了晚安，然后和纪决分别回房间洗漱。

第五章 败露

有失必有得，纪决是上天派来温暖他的人。

一

左正谊醒来时已经是中午了。

"不再睡一会儿？"纪决来左正谊的房间找他。

左正谊"哎呀"一声，抱怨道："十一点半了，不是说要出门吗？"

"下午再出去。"

"马上就下午了。"

下午一点，左正谊和纪决收拾完，去了趟二楼。

三个队友都在训练室，虽然放假了，但这群宅男懒得出门，选择留在基地里玩游戏。天天玩 EOH 会厌倦，他们有别的爱好。宋先锋喜欢射击游戏，他开着外放，左正谊刚走到门口就听见了枪声；张自立喜欢玩角色扮演类网游，正在打副本；严青云比他俩更像宅男，在电脑里安装了一个手游模拟器，把手游放在电脑上玩，氪金、抽卡、养"老婆"。

他们几个同时在开直播，补时长。

左正谊打着呵欠进门，还没开口跟队友打招呼，就听张自立对直播间里的观众说："我不知道啊，你们的公主和太子都没起床，可能是在忙吧？……忙什么？我怎么知道忙什么。"

不知弹幕说了什么，张自立嘿嘿一笑："这是你们说的，水友犯罪，跟我无关。郑重声明：我真的什么都不知道啊。"

"我打歪你的狗头。"左正谊走到张自立的身后，捶了他一拳。

摄像头开着，左正谊一入镜，观众们立刻兴奋起来，弹幕飞快地飘：

"End 哥哥！End 哥哥！"

"醒啦？都下午了。"

"我来给公主揉揉腰！"

"End 开直播！开直播！开直播！"

"……"左正谊知道观众们都是在开玩笑，他面上波澜不惊，故作苦恼状："你们都在乱说什么啊？互联网不是法外之地，玩梗要注意分寸，知道不？"

左正谊正俯身看张自立的电脑屏幕，忽然，一只手伸过来拉了他一把。他回头，对上纪决一本正经的脸，丢了一个问号眼神。

纪决没说话，把他翘起的头发按了下去。这一下简直是捅了土拨鼠的窝，弹幕上全是"啊啊啊啊啊"和"？？？"。

"光天化日，干什么呢？"

"光明正大欺负公主啊。"

"说欺负公主的，好好练练眼神。"

"破案了，原来蝎队中野的默契是这么练出来的。"

左正谊："……"

他并不清楚纪决为什么要按他的头发，在摄像头拍不到的地方偷偷踢了纪决一脚。但纪决天生戏精，就是爱演，故意歪倒，让观众看出左正谊暗中推他，还一本正经道："哥哥生气了，你们不要乱说。"弹幕立刻顺着他说：

"End 哥哥不气不气，不要不理 Righting，555555。"

"家教好严哈哈哈哈哈。"

左正谊无奈："你们好烦，找乐子是吧？但这是 Zili 的直播间，别刷过头，喧宾夺主。"

张自立立刻说："不不不，使劲刷，别拦着我蹭热度啊，End 哥哥。"

左正谊："……"

真想打死你。

不理会弹幕上飘过的满屏"哈哈哈",左正谊拉起纪决转身就走。

他是来二楼取手机充电器的。纪决订了下午三点半的电影票,他们现在出门吃饭,吃完看电影,电影散场后再想晚上的安排。

今天刚好是周六,休息日。

商场里的人很多,他们原计划是去吃火锅,但左正谊在走到火锅店门前的那一刻突然变卦了,被对面那家正在做活动的粤菜新店吸引,想去凑热闹。

在这种小事儿上纪决一贯没意见,都听他的。点菜也听他的,这不是因为纪决不挑食,恰恰相反,纪决有不少不吃的东西。但他这两天和左正谊一样,可能是因为开心得过头了,他竟然说:"原来吃讨厌的东西也很幸福,这可是哥哥给我点的。"

"……"

左正谊再次怀疑,纪决骨子里有受虐倾向,但有些时候,纪决又表现得很强势。不过这都无所谓,左正谊已经能够良好接受这些,也认清了纪决好的一面和坏的一面,不再大惊小怪了。

他们吃完饭,距离电影开场还有十五分钟。

纪决去取票,左正谊在柜台前买了一大桶爆米花、两杯冰可乐。

最近上映的片子里没有左正谊想看的,他们随便挑了一部看起来剧情可能会比较刺激的科幻动作片,其实看什么不重要,重要的是这种放松的感觉。

左正谊的两只手被可乐塞满,他怀里抱着爆米花,刚和纪决会面,兜里的手机忽然响了。

他把吃的递给纪决,掏出电话来接。竟然是张自立打来的。左正谊问:"有事吗?"

张自立道:"大哥,有人来基地找你。"

"谁啊?"左正谊有点莫名其妙。

张自立道:"你爸。"

左正谊:"?"

张自立:"他说是你爸爸,我不认识,领队在楼下接待他呢,问你回来不。"

"……"

左正谊一脸茫然，他那个不负责任的爹的确还活得好好的，但他们这么多年都没联系，还不如陌生人，他怎么会突然来找他？

电竞园不是随便什么人都能进来的，否则各大战队的粉丝早就把大门踏破了。进基地更不容易，无关人等难以作假。

左正谊挂掉电话，半天没吭声。

纪决听见了通话声，看了他一眼："你爸？"

"嗯，真是见鬼了。"左正谊道，"我们先回去看看，改天再来看电影，好吗？"

"好。"

纪决点头，陪他一起回基地了。

左正谊和纪决吃饭的商场离基地不远，他们打车回去。左正谊在车里一边吃爆米花一边追忆往昔，控诉他的亲生父亲不是东西。

纪决记得，和左正谊一样记得清楚。

左正谊的父亲叫左毅，当年作为已婚男人的他来潭舟岛旅游，结识了一名当地女子，出轨生下了左正谊，然后撒手走人，再也没管过他们母子。后来左正谊的母亲病逝，左正谊在纪家长大，左毅来找过他，但并未打算带他回家，只留下一些钱，被左正谊当场摔到了地上。整整二十年，左正谊只见过左毅一面，没叫过他一声"爸"。

跟他一起姓"左"，对左正谊来说都是耻辱。但他的名字是妈妈取的，不知那女人当年生他的时候是什么心情，临死之时是否有悔恨。

左正谊把爆米花嚼得嘎嘣响，转头对纪决道："欸，你说，他会不会是来找我借钱的？一般不都这样吗，多年不联系的同学或亲戚突然冒出来，除了借钱没别的事……"

纪决道："有可能。那你借给他吗？"

"我借他个锤子。"左正谊冷哼一声，"最多看在奶奶的面子上，给他二百五十块，摔脸上。"

纪决："……"

左正谊说的并非气话，他对他爸没有一点感情，也没有任何期待，不盼望他突然良心发现和自己相认，打造出一家几口其乐融融的大团圆画面。那是狗血家庭伦理剧里才有的东西，他不要。

但借钱也只是左正谊的推测，其实可能性不大。原因很简单，应该不会有人脸皮厚到这种程度吧？向自己抛弃多年的儿子借钱？

不过也说不准。左正谊在心中冷笑，不惮以最坏的恶意揣测他爸，但这并不让他痛快，反而有几分莫名的惆怅。

"好烦啊。"左正谊嘟囔道，"我怎么不是从石头缝里蹦出来的呢？干吗非得有爹？"

"……"

纪决按住他的手，安慰道："别生气，你就当他是个路人，随便见一面，打发走算了。"

纪决私心昭昭，但左正谊并没听出来，也不在意。他们终于到基地门前，把吃完的爆米花和空可乐杯扔进了垃圾桶。左正谊进了门，叫纪决去训练室等他，然后直奔会客室，见"路人"去了。

说实话，左毅长什么模样，左正谊早就不记得了。但记忆是个奇怪的东西，明明是张已经完全记不清的脸，可再次出现在他眼前的时候，左正谊竟然觉得熟悉，一下就认出了对方。

左毅个子挺高，穿着西装、皮鞋，头发梳得板正，十分体面。他年纪不小了，鬓发中掺着几缕不明显的白发，脸上有皱纹，腰不太直，有点瘦，这使他的气场比左正谊记忆中那个趾高气扬的无情父亲矮了几分，果然是老了。

老了，也变亲切了。他一看见左正谊，就立刻从沙发上站起身，回头一笑，叫："正谊。"

"……"

左正谊打量着他，没吱声。

领队姓赵，是负责接待的，他一看左正谊这表情，以为他接待错人了，一时觉得有些奇怪。他还没开口问，就听左正谊说了声"谢谢赵哥"，然后对着那个男人道："换个地方说话吧。"

左正谊转身就走，左毅只得跟着。父子俩一前一后，穿过走廊，来到左正谊的房间。

左正谊把门关上，拉开电脑桌前的椅子给他爸坐，口吻比赵领队还客气，同时表露出了几分冷漠，令人无法亲近。

有人变老，也有人长大。左正谊像一棵参天的白杨，笔直繁盛，正是茁壮成长的时候。

左毅看着他，竟然眼圈一红，说："你和我年轻的时候很像。"

左正谊差点翻白眼，不客气地说："我和你不像。我不会出轨，也不会在东窗事发后消失，当缩头乌龟。"

"……"

左毅哽了下，不说话了。他也不坐，只站在门口，将室内的陈设扫视了一遍，看他的神情似有八分苦衷、两分畏缩，装得像个人似的。左正谊看了更想骂他，但忍住了，只问："你怎么进来的？"

左毅道："我有身份证，和你小时候的照片。"

左正谊诧异："哪来的照片？"

"你奶奶留下的。"左毅说，"她一直放心不下你，又联系不上你，临终前还求我把你接回来。"

"……"

左正谊愣了下，一时没明白什么叫"联系不上"，当年奶奶留给他一个手机号码，他也给奶奶留了一个电话号码，留的是家里的座机。后来他给奶奶打电话，打不通，以为她的手机坏了、丢了，或者她迫于无奈反悔了，单纯地不想再联系他。这些他都能理解，体谅她有苦衷。

原来不是她反悔，是她也联系不上他吗？

左毅看了左正谊一眼，见他听到"奶奶"两个字神情有所松动，便开始着重打感情牌，又说："她还给你写过信，不知道你收到没？唉，都是好多年前的事了，现在提起来，我也有些惭愧。"

"惭愧？"左正谊冷笑，"她一个老太太，年迈体衰出不了门，你也是吗？真惭愧就帮她联系一下我，你帮了吗？生怕我找上门影响你们家庭和睦是吧？"

"……"

左毅撇开脸，低声道："我有我的难处，你还小，不懂。"

"我怎么不懂？你的老婆和孩子不同意我去你们家，他们都是受害者，不能再受二次伤害，对吧？"左正谊十分理解地说，"枉费你一番良苦用心，真是个好丈夫、好父亲。如果你不出轨惹出这么多事，就更好了。"

左毅的脸一阵红一阵白，但他既然敢来，显然已经做好了心理准备，不怕被左正谊挖苦。

他斟酌了几秒，开口道："我今天——"

左正谊提醒："有事直说，我不想听你打花腔。"

"……"

左毅一顿，把煽情的措辞全部删除，直接道："我得了胃癌，和你奶奶一样的病，晚期，医生说还能活半年。"

左正谊终于好好地看了他一眼，但脸上只有惊讶，没有任何伤感或同情："所以呢？"

"所以我……想在离开之前见你一面，给你一些补偿。这么多年，是爸爸对不起你，没尽到为人父的责任，让你孤苦伶仃的……"

"不必了！"左正谊打断他，"我过得很好，比你幸福比你有钱，也比你有更多人爱。你别来给我添堵，就是对我最好的补偿。"

"……"

左正谊的脾气比他预想中的还要厉害一些。

其实在来之前，左毅就在网上看过有关左正谊的新闻了，知道他年少有为，成绩非凡。虽没有父母教养，但也没长歪，十分难得。

左毅不懂电竞，看不明白那些比赛，只知道左正谊最近参加的一个重要赛事结束了，也许会有时间跟他坐下来好好谈谈，所以才在这个时候找上门。

但看来左正谊并不想跟他好好谈，句句带刺，眼神不善，巴不得他快点滚。

这样自讨没趣，实在没必要。要说他们之间有多深的父子情，也是自欺欺人。但左正谊毕竟是他的亲生儿子，与他流着同一种血，打断骨头连着筋。若说他临死之前有什么遗憾的话，左正谊算是一个。

想到这儿，左毅便忍了，苦着一张脸说道："这些年，其实我也不好过，因为想着你，心里总受煎熬……"

他话还没说完，左正谊便嗤笑一声："少假惺惺了，你要真想着我，为什么今天才来？是不是怕死了下地狱，才突然来忏悔啊？那不好意思，我不可能跟你和解。"

左正谊打开门，请他出去："更难听的话我不想说了，你走吧。回去把奶奶的遗物寄给我，把那些照片留下，其他方面——我不想跟你家有任何牵扯，你老婆和孩子是受害者，我也是，我不欠他们的，更不欠你的。"

左毅站着不动。左正谊问："还有事？"

"正谊。"因为癌症消瘦下去、面容也比同龄人更沧桑的男人眼眶湿润，强忍着泪道，"爸爸从没照顾过你，没资格说这话。但你要按时睡觉，好好吃饭……我听说胃癌有家族多发的可能，你奶奶得了这病，我也得了，你别仗着年轻不在乎身体，知道吗？"

左正谊受不了了："少咒我，快滚。"

儿子骂老子，左正谊一点都不心虚。

左毅被他赶出门去，走到大门外，又回头看他，老泪纵横。

左正谊不想哭的，也的确没哭。但他心里像有了一个窟窿，冷风倒灌进去，吹得他遍体生寒。心肝也被吹干了，成了薄的纸，被风刮得哗啦作响。

他妈死了，奶奶死了，这早该死的爹也终于要死了。他不觉得快乐也不觉得伤心，只觉得自己倒霉。

这倒霉的命偏让他摊上，以后他要骂人都不知道该骂谁了，他倒宁可左毅是来找他借钱的，他大手一挥转账几千、几万或者几十万，然后得到站上道德制高点的快感，向纪决吐槽，不屑地说："我爹这个吸血鬼，真是垃圾。"

每次他不开心，都能这样骂一句。但没这个机会了。不会有人来吸他的血了，他和这世界上的唯一一点血脉联系，也断了。

左正谊不为这不值钱的血脉伤感，只是又一次感到了孤独。孑然一身，踽踽独行，直到他老的那天。他也会死——可能也是死于胃癌。

真有意思。

左正谊从牙缝里挤出一声几不可闻的轻笑，转身进大门，回了房间。

他给纪决发微信："来陪我。"

想了想他又发了第二条："我有个事情想问你。前些年在潭舟岛的时候，我们家有收到过信吗？"

左正谊问纪决，是随口一问，他不觉得连他都不知道的事，纪决能有印象。

纪决竟然过了五分钟都没回复。

五分钟，别说回微信，都能够在一楼和二楼之间跑几个来回了。

他不高兴，给纪决打语音电话。过了十多秒才接通，他问："你干吗呢？怎么不理我？"

纪决的声音和平时并无二致，说："刚才去洗水杯了，没看见。"

"哦。"左正谊还是不高兴，但不计较这等小事，他满心烦恼，拖长音调对纪决说，"好烦，好烦，好烦啊——你快来。"

"遵命。"

挂断通话后没多久，左正谊房间的门就被推开了。纪决进来后反手给门上了锁。

纪决走到左正谊的身边，问："你爸惹你生气了？他来干什么？"

左正谊低声道："他得胃癌了，来见我最后一面。"

"……"

纪决愣了下，下意识想说"抱歉"，但左正谊心里应该觉得这没什么好抱歉的。话虽这么说，但看他的表情，也不像一点都不在意的样子。

"哥哥，你还有我。"纪决像只乖顺的大狗狗，又听话又会安慰人，"他们都会抛弃你、离开你，但我不会。就算是死，我也一定死在你后头，不让你为我伤心。"

"……"

虽然纪决几乎对他百依百顺，但除了当年刻意装乖的时候，纪决很少会这样。他本质上是个极其叛逆的人，不听话，坏心眼很多，但此时此刻他是真心的。左正谊十分受用，心里熨帖就更觉心酸，把心事一股脑地倾诉了出来。

"我觉得好孤单。"左正谊可怜兮兮地道，"虽然有你陪我，但我还是觉得心里空落落的，没人可依靠。就像棵蒲公英一样没有根，扎不进地里，总是飘飘荡荡的，被风吹着跑……天高地远，哪里才是我的家？"

"……"

"我没有家，纪决。"左正谊靠着他，"我小时候的东西都弄丢了，在 WSND 那些年攒下的家当也没留下。什么都没有，连搬家的时候都只有一箱衣服，也不知道该往哪里搬……我想有个能回去的地方，你懂吗？"

"我懂。"纪决突然说，"我们买套房吧，哥哥。"

"啊？"

左正谊呆了一下："你说什么？"

纪决道："房子装修成你喜欢的样子，再养点植物和小动物，好不好？"

纪决温声道："我想给你一个家。"

"……"

左正谊傻掉了，纪决又问："你愿不愿意？"

左正谊喃喃道："我还没想过这些……"

"你不想和我住在一起吗？哥哥。"左正谊刚才满腹的苦大仇深被冲散，眼前只剩下纪决饱含期待的目光。

"但是……"

"但是什么？有个家能增加你的归属感，这不好吗？"

纪决边说边帮他轻轻按摩，放松心情。

左正谊想了想道："好吧，听起来不错。"

他的心情终于好了起来。幸好还有纪决，左正谊第无数次这样感慨。

纪决的按摩技术不错，按得左正谊懒洋洋的。身上舒服了，脑子却不会转了，他靠着纪决懒懒地打呵欠，心想，好像把什么事给忘了。

什么事来着？

左正谊思绪飘忽，正在想，纪决却不停地打岔，问他："既然哥哥答应了，我们什么时候去看房？"

"打完世界赛再说……"

左正谊又打了个呵欠，猛地想起来："对了，我发给你的微信你看到没？刚才左毅说，我奶奶联系不上我，写的信也没收到回复。可我根本没收到信，你对这件事有印象吗？"

纪决目光一闪,他那张五官深邃的面孔上表情一瞬间停滞,但紧接着,他露出几分困惑:"什么信?我没见过。"

左正谊就知道他不可能记得,叹了口气道:"可能是快递公司出了问题吧,寄丢了。也可能是信到的时候,刚好赶上叔叔醉酒,顺手给扔了……"

后者的可能性很大,左正谊越讲越失落,又觉得不应该是这样:"可为什么电话也打不通?我记得当时家里的电话一直是好的,也没换过号码,对吧?"

左正谊对此印象深刻,因为他有一段时间,每天放学后都要去电话前守几分钟,盼望奶奶传来音信。

她知道他放学的时间,但一次也没打来过。

后来左正谊就不等了。天天等天天失望,不如随缘。

当时他想,即使错过一次电话也没什么,只要奶奶想找他,就一定找得到。原以为奶奶出于什么原因不想再联系他,可没想到事实并非如此,老人临终前还惦记着他。她想让他上更好的学校,为这件事舍出老脸求左毅,但也没得到结果。她联系不上左正谊,身体不好也不能再远行亲自来找他。就这样,左正谊连她的最后一面也没见到。

如今回头想想,左正谊当时那么想和奶奶联系上,不是因为真的想跟她走,他只是单纯地想和她保持联系而已。如果她准备好一切,要接他离开,他未必愿意去那个陌生的家庭里生活,当别人的眼中钉。

他只是,想听她说话,再见她一面啊……

左正谊郁闷道:"我怀疑有人做了手脚。"

纪决身子一僵,左正谊没察觉到,自顾自地说:"八成是左毅,他好怕我赖上他,可不是要断了我和奶奶的联系?好烦,我真是倒了八辈子的霉,被这样的爹生出来。"

"算了,都过去了,不要不开心。"纪决拍了拍左正谊的后背,安慰他,"我们向前看,好不好?"

"嗯。"左正谊点了点头。

三

假期总是过得飞快，一眨眼就过了三天。

这几天，左正谊和纪决把那天下午没来得及看的电影补上了，又去几个景点游玩了一圈，拍了好多游客照。

纪决除了喜欢拍游客照，还喜欢拍左正谊吃东西。冰激凌、烤串、奶茶、棉花糖……只要左正谊张开嘴巴，他就要举相机。

除了在电脑里保存，账号云同步，他也喜欢把照片冲洗出来，收集在实体相册里。

他说，等买了房，要在家里专门留一面墙壁用来贴照片，赏心悦目。

纪决聊起未来想法很多，话也多，讲起来没完。左正谊像个行为模式简单的机器人，听到赞同处就"嗯"一声，不赞同处就拍他一巴掌，说"不行"。

但其实纪决的每一个想法都很用心，令人赞叹。

左正谊晕晕乎乎地又飘了起来，他几乎忘了比赛的紧张感。直到5月17号冠军杯决赛夜来临，他和纪决决定去现场观战。

今年的决战双方是SP和CQ。

前几天CQ刚庆祝完他们取得了EPL联赛的冠军，如果今天再夺冠，今年就拿双冠了，并且有机会冲击世界冠军，达成史无前例的三冠王成就。

理论上如此，但拿到三冠王的称号太难了，左正谊不觉得今年的CQ有如此强的统治力。

他和纪决是走后门才拿到票的，坐到了靠近SP的观众席上。他咬着雪糕说："我觉得CQ赢不了，你说呢？"

纪决凑近说："你说得对。"然后在众目睽睽之下咬了一口他手里的雪糕，把最后一块巧克力脆皮叼走了。

左正谊："……"

打死你。

左正谊猜输赢的时候根本没认真想，随口一说，没想到猜中了——SP打赢了CQ，夺冠了。比赛过程可谓是一波三折，充满反转，极其精彩。

CQ 以战术见长，如今的 SP 也是。两家教练花式斗法，左正谊和纪决在台下看得既羡慕又心酸。

打到第三局的时候，左正谊忍不住问纪决："上回杜鱼肠说的话是什么意思？是有新教练要来吗？"

"是吧。"纪决说，"听说是个外国人。"

"啊？是哪个赛区的？"

左正谊有点意外。不过仔细一想也合理，国内优秀的教练一只手数得过来，厉害的挖不到，能挖到的不够厉害，只能去国外寻找。

EOH 官方网站上有一个全世界赛区的积分排行榜。

每个赛区的积分靠各战队在世界赛中的成绩来赚取，在世界赛中排名越高，积分就越高。将所有战队的最终积分加到一起，就是赛区的积分。例如，上赛季全球总决赛的对战双方是 SP 和 WSND，均来自 EPL 赛区，那么这两支战队获得的世界赛积分，都将累计到 EPL 的赛区积分里。

目前排在第一名的就是中国 EPL 赛区，第二名是韩国 ECS 赛区，第三名和第四名分别是欧洲 ELE 赛区和澳洲 APL 赛区，第五名及之后的赛区的战队都不太强，历史战绩一般。

左正谊对国外各赛区的教练不太了解，不知杜宇成将目光瞄准了谁、究竟能不能请到。

一开始他还咬着雪糕漫不经心地看 SP 和 CQ 决战，后来心情就比较复杂了。无他，哪个追求冠军的选手在台下看别人捧杯，心情能不复杂？

这给左正谊快乐的心情蒙上了一层阴霾，和纪决一起回到基地后，他还在唉声叹气。

他坐在二楼的训练室里，叫了声"尖尖"，把小布偶猫招过来抱进怀里，使劲揉它的肚皮。

小尖被揉得直呼噜叫，四仰八叉地躺着，舒服得要睡过去了。

左正谊低头亲了亲它，问纪决："它是不是长大了两圈？"

"嗯，长大不少。"纪决捉住小猫的爪子，握手般摇了摇，"我们以后也养一只吧。"

左正谊四处张望，悄悄道："我想要小尖，能把它偷走吗？"

纪决："……"

偷猫当然是玩笑话，小尖现在是蝎子基地的吉祥物，在互联网上大小也算一只名猫，有粉丝的。

昨天纪决在自己的微博上发了一张左正谊和小尖的合影，一人一猫同时看向镜头，表情达到了惊人的同步——都瞪圆眼睛看过来，仿佛在愤怒地谴责纪决的偷拍行为。

这张照片一经发出，迅速引发粉丝们的热议，热评第一条是"这猫成精了，怎么跟End哥哥这么像，亲生的吧"，第二条是"这人成猫了，End哥哥怎么和小尖这么像，一个品种吧"。

纪决给这两条评论分别点了赞，还想给下面CP粉的评论也点赞，但克制了一下，忍住了。

最近纪决和左正谊的CP粉数量猛涨，"纪左"超话的关注人数增加了一倍，连"决谊胜负"超话里的同人文都变多了。

他撸了会儿猫，放它去自由奔跑，自己上网搜国外各大战队的资料，提前了解世界赛对手的现状。

这两天在电竞职业圈里有一个热议的话题，那就是游戏改版。

EOH每隔八个月左右进行一次调整全体英雄强度的版本大更新（期间小更新不断，也会出新英雄），比赛途中不锁版本。但今年的更新时间刚好在世界赛前夕，据说官方考虑到更新对全球性重大赛事的影响，有可能将更新推迟。也就是说，世界赛仍然沿用之前的版本。

但也有小道消息说官方不打算推迟，认为一切按原计划执行才是真正的公平。各国战队一同经历版本变更的考验，也能让比赛变得更精彩更具有看点。

左正谊说不好自己支不支持游戏改版，因为他不知道官方会将游戏改成什么样。

如果进一步削弱法师，他肯定不支持。但他觉得，只要官方策划不犯病，肯定不会再削弱法师的，真正该削弱的是刺客。

但话说回来，不论游戏版本怎么改，主流打法都将发生改变，形势是否利好暂时难以判断。

左正谊上网搜了一会儿，从韩国队查到欧洲队，把那几支种子队都好好观察了一遍，翻出他们的比赛录像看。他正在看比赛，隔壁电脑桌上摆着的手机忽然响了，是纪决的。左正谊下意识转头看了一眼。纪决正在打单排，也看了一眼，没接。

"谁呀？"左正谊见状生出好奇，凑近去看来电显示，屏幕上是"谢兰"两个大字，他撇撇嘴，"是你妈打来的，不接吗？"

上回谢兰对左正谊说了一番让他反感的话，被纪决拦住后，她就再也没来找过左正谊。左正谊不知道纪决对她说了些什么。

纪决不接电话，手机就不停地振动。当电话第三遍响起的时候，他终于接了。

"嗯，我在打游戏呢。"他说，"你有事直说。"

离得近，左正谊能听见他手机里传出的声音。谢兰一如往常，柔声细语地说："你不是放假了吗？怎么不回家？刚好这两天我也没什么事，你和正谊一起回来吃顿饭吧。"

"……"

左正谊脑中警铃大作，连忙给纪决使眼色。

纪决道："不了，我们很忙，要备战世界赛呢。"

谢兰不悦道："忙什么忙？杜经理说给你们放了整整一周的假呢，你连一顿饭的时间都挤不出来？美国总统都没你忙！"

纪决的脸色不大好看，直截了当道："挂了。"

"你敢！"谢兰的声音提高了8度，"每次找你你都是这态度，敷衍、应付，从不把我说的话放在心上。"

"……"

"我知道，你嫌妈妈啰唆，可我不是为了你好、为了纪家好吗？你——"

她话还没说完，纪决就冷着脸，干脆利落地把电话挂了，关机。

左正谊在一旁看得咋舌，沉默片刻，忍不住道："要不……跟她好好谈谈吧。"

"不用。"纪决说，"跟她讲不通，随她怎么想吧。你别担心，我不会让她再闹到你面前。"

"……"

纪决的这局游戏还没打完，他心不在焉地操作着，眼看队友们将兵线

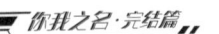

推到了敌方的高地塔，却因失误被团灭，敌方反推获得了胜利，纪决叹了口气，无奈道："好烦。"

他说这句时的腔调和左正谊很像，他学了左正谊的口头禅。

左正谊的眼睛在训练室中一扫，看了眼沉浸在游戏中头也不抬的队友，压低声音道："你别不开心好不好？"

左正谊移动椅子靠近纪决，按住纪决的手臂，捏了捏他。

纪决微微一笑："哥哥这么关心我，我都要开心死了。"

左正谊瞪了他一眼："我认真跟你说事呢，别开玩笑。你妈一直这么烦你也不是办法，要不我们就去吃饭，你趁机跟她把话说清楚。"

"别，我怕她又把你扯进来。"

纪决按住左正谊的肩膀，把他连人带椅子推回原位："放心吧，哥哥，我保证不会有任何问题，你只需要好好打游戏，其他所有的一切都不要管，我会办好的，相信我好不好？"

听完纪决的话，左正谊情不自禁地感慨，也许纪决就是命运夺走他所有的依靠之后，给予他的补偿。有失必有得，纪决是上天派来温暖他的人。

左正谊心中涌起浓浓的情绪，对纪决的感情也达到了一个前所未有的高度。他甚至想，纪决除了占有欲太强，几乎没缺点，简直是完美家人。

他有点晕头转向的，但仍然竭尽全力地保持着清醒，不再跟纪决外出游玩，每天待在训练室里看其他战队的比赛录像，偶尔也和纪决一起打打双排。

他们就这样顺利又快活地过完了假期。

四

5月20号的傍晚，也就是蝎子收假前夕，左正谊收到了一个快递，是左毅寄来的。

上回和左毅见面时，左正谊让他把奶奶的遗物寄给自己，没想到他挺有良心，竟然照做了。

左正谊很难讲自己是怀着怎样的心情拆快递箱的，他知道里面没多少东西，衣物之类的不可能留到现在，大约只有一些首饰之类的物品吧。

他没打算要什么,只想挑个东西留作纪念罢了。

左正谊用剪刀拆箱,打开一看,里面果然都是些零碎杂物,一些不值钱的摆件、首饰,还有一本写过字的日记本和一封似乎是当初没来得及寄出的信。

信是写给他的吗?左正谊鼻子一酸,不忍心往下翻了。他想,他对奶奶的感情不该有这么深的。若不是因为他没亲人,她不会变得如此重要。

对她来说也一样。她有儿子、儿媳,还有孙子。但她在那个家里被嫌弃,没人爱她,她是个累赘。因此左正谊对她而言有了非同一般的意义,他们爱彼此,是因为在彼此身上找到了归属感和寄托。

两个孤独的边缘人,成了世上最需要对方的存在。

可惜……

左正谊忍住鼻酸,放下信封,拿起了旁边的那本日记。他随手翻了翻,还没来得及细看,忽然,从日记本里掉出来一张小纸片。

那是一张写着电话号码的纸。左正谊觉得有点眼熟,他微微一愣,认出来了——正是他当初留给奶奶的字条,他还让她把这张字条保存好。

当时小正谊十分不舍,咬着笔头哭鼻子。除了号码之外,他还在纸上多写了一句话:"奶奶路上小心,回家后要想我噢!——爱你的正谊。"

时过境迁,纸条已经泛黄。

左正谊伸手摸了摸,摸到"正"字上的时候,手一顿,忽然感觉不太对劲。

是他的错觉吗,还是时间太久记不清了?他怎么觉得,这个字好像不是他写的?

"……"

不会吧?左正谊呆了一下。

好几年过去了,他的笔迹和当初相比有变化,他也记不太清了。但他不会不记得他是怎么写自己名字的。

这几个字他是照着字帖练的,写得很端正,跟临摹的一样,与字帖上的字迹几乎不差分毫。当时他总拿这个来嘲笑纪决,因为纪决不爱练字,尤其写不好"正"字,要么写得过于死板,要么过于放飞,歪歪扭扭。

这张纸上的"正"字……

左正谊仔细看了几秒，在他的大脑还没明白过来是怎么一回事的时候，后背先蹿出了一股凉气。

　　他浑身冰冷，身体僵硬。

　　他认得出来，很确定这是纪决的字迹。

　　左正谊静默了片刻，眼珠仿佛也被冻住了似的，半天才转动目光下移几寸，落到那行电话号码上。他一个数字一个数字地看。

　　"……是错的。"左正谊喃喃道。

　　电话号码……竟然是错的。

第六章　裂缝

他们之间的感情本就复杂，亲情、友情互相影响，互相融合，对他们来说，彼此是最特殊的人。

门半掩着，左正谊在自己的房间里拆快递。为防止记忆出错，他核对了七八遍电话号码。但无论怎么核对，它都是错的，有一个数字被篡改了。

左正谊拿手机拨打这个错误的号码，果不其然，"您所拨打的号码是空号"。他呆在原地，一时间血液倒流。不知是不是大脑出于自我保护机制不让他想通，他竟然无法把"纪决的笔迹"和"错误的号码"联系到一起，整理出一个前因后果来。

左正谊的大脑宕机了，他静静地站着，足足站了有十分钟，一动不动。

门外传来队友们笑闹的声音，新教练今晚就要到基地了，韩国人，叫朴业成，曾执教过韩国ECS赛区的RE战队、F6战队和DN8战队，是ECS三大知名主帅之一。上赛季末他和RE分手，之后自称身体不好要静养，一直赋闲在家。

蝎子能把他请来，想必费了不少工夫。

虽然朴业成来了，但孙春雨也没被辞退，仍然在教练组里工作。

这会儿人还没到，张自立和宋先锋就开始讨论人家的八卦了。这八卦很精彩，即使是不了解国外教练的左正谊也略有耳闻。说的是朴业成和RE分手的原因较为复杂，其中牵涉到RE俱乐部老板的女儿。这位大小姐喜欢和电竞选手谈恋爱，一不小心跟选手、教练搞成了三角恋。后来朴业成就和RE闹掰了。

传闻有夸张的成分，不知哪部分是真的，哪部分是假的。正因为真假难辨，细节又多，才给了吃瓜群众讨论的空间。

左正谊脑子发木，听觉却灵敏。从四面八方涌来的声音将他包围，他听到张自立说："我看过照片，RE的大小姐长得很漂亮。"

"整的吧？"是宋先锋的声音，"韩国人都喜欢整容。"

"她又不是明星，整什么？"

"这年头不是明星也会去整啊，你懂什么。"

"啊对对对，你懂，你最懂，你是老懂哥了！"

外头响起一阵桌椅碰撞的声音，两个人似乎打了起来。

严青云在一旁拉架："要打去训练室打！"

纪决不知从哪儿冒出来，插了一句："你们烦不烦？左正谊呢？"

严青云道："回房间了吧。"

紧接着，有脚步声接近，是纪决走了过来。

左正谊僵硬的身躯终于"解冻"，他不知是怎么想的，一脚踹上门，把门反锁了。

纪决在门外敲门："哥哥，你一个人待着，锁门干什么？"

纪决的嗓音很轻，带着笑意，见他不应声有点莫名其妙："End哥哥，你不在吗？"

"我在睡觉，不要吵我。"左正谊扯谎的速度比大脑运转的速度快，他不知道自己在干什么，一种难以言喻的心慌促使他想躲开纪决——不要见面，不要见面，否则……等他想想。

左正谊的手开始发抖。身体"解冻"后，酸楚和疼痛迟钝地传遍四肢百骸，他摇晃了一下，眼前发晕，扶住电脑桌才堪堪站稳，心跳加速，呼吸困难，肺里像有团火在烧。伴随着耳鸣，纪决的呼喊声变得无比吵闹。

他的大脑仍然没开始正常运转，他不知道原因是什么，只觉得自己喘不上气了。心里有一道无形的门堵住了令他害怕的一切，他不想去开门查看，但知道门外站的是纪决，一个他不想看见的纪决。

"哥哥，"纪决又敲了敲门，"你怎么了？"

左正谊不回答。

静默片刻，纪决似乎察觉到了什么，口吻变得谨慎："你心情不好吗？谁惹你生气了？是……我吗？"

"我给你道歉。"纪决立刻说，"虽然、虽然不知道发生了什么事，但你心情不好一定是我的错。对不起，正谊，我错了，你别不开心。"

左正谊仍然沉默不语。

纪决按住门把手，用力地推门。门板晃了晃，却没开。

左正谊突然道："我都说了，别吵我，你好烦。"

纪决停下动作，低声道："好吧，你先睡。等会儿新教练来基地，你要出来看看不？到时候我来叫你？"

"不用。"左正谊说，"你快走，别啰唆。"

"好。"纪决答应了。但门外没有响起脚步声，显然，他没离开。

隔着一道门，两人都能感受到对方的存在，但谁都不出声，假装纪决已经走了。

左正谊忽然感到一阵心绞痛，趴到床上，眼睛酸得发胀。他不想回忆从前，但脑海中不受控制地跳出许多画面。奶奶来潭舟岛的时候，不仅对他好，对纪决也很好。每回她买零食或亲手做好吃的，都会带上纪决的那份。她夸小纪决又乖又聪明，长大了一定有出息。

当时小正谊撇撇嘴说："才不会呢，他笨死了！根本没有我聪明！"

奶奶听了就笑，说："你们两个都是聪明的小孩。"

她还说："你们虽不是亲兄弟，但能一起长大，也是前世修来的缘分。"

老人爱讲这套，还格外迷信，她给他们讲她小时候经历的奇闻趣事、乡下怪谈。当时左正谊虽然年纪小，但已经懂很多东西了，一本正经地说："奶奶，这个世界上根本没有鬼，也没有狐仙哦。"

纪决却很捧场，总是装作被那些鬼故事吓到的样子，逗得奶奶很开心。

纪决的确聪明，简直是太聪明了。他想要的东西没有得不到的，想干的事没有干不成的。哪怕用了什么手段，他也能瞒天过海，心机深得可怕。

那扇门掩不住了。

左正谊早就知道纪决的性格，今天并非第一次见识到他的阴暗面，可是为什么，还觉得震惊呢？

他竟然在门外等，仿佛什么都不知道、什么都没做过，那么无辜又那么虚伪。

左正谊忍无可忍，随手抄起一个东西砸向房门。

是他枕边的游戏机，"哐"的一声，这玩意儿被摔成了两半。

纪决被声响惊动，忍不住道："哥哥，你——"

"我不想看见你！"左正谊打断他，"你滚远点！别在我门前待着！"

纪决沉默了一下，接着问："出什么事了？你先把话说清楚。"

左正谊倏地下床，打开了门。

纪决今天穿了件黑衬衫，这件衬衫左正谊有同款，是他们一起买的。但左正谊并不喜欢穿黑色，不像纪决，黑衣服也能穿出孔雀开屏的感觉。

左正谊看了眼纪决没系严的领口，他的脖子上仍然挂着那枚银戒指。

难怪他着急买房，说要给左正谊一个家。原来是因为左毅的出现，让他有了危机感。

这时纪决已经进了门，反手把门关上了。

左正谊冷不丁地问："电话号码是你改的吧？"

纪决表情一僵。

左正谊又问："那些信呢，你是丢了还是烧了？"

"说话啊！"他猛推了纪决一把。纪决的后背撞上房门，仍然沉默着。

"你怎么不解释？平时不是很能说吗？"左正谊忍住哭腔，带出几声沉闷的鼻音，"你做这些事之前，有没有考虑过我的感受？你就只为自己打算，一点也不怕我伤心，是不是？"

"……不是。"

"怎么不是？"他终究还是忍不住流泪了，突然蹲在地上，抱住膝盖，把脸埋了起来，"我以为奶奶不想要我了，拼命劝自己想开点、要理解她，她和我一样寄人篱下，不容易。可结果竟然不是这样的……是你干的好事，纪决。"

左正谊哭得肩膀直抖，嗓音也轻，每一声都像是从肺腑深处硬挤出来的："你不考虑我的感受，也不考虑她的感受。她在潭舟岛的时候对你不好吗？你有没有良心？让她孤零零一个人离开，到死也联络不上我。你到底有没有良心啊，纪决？！我是不是欠你的？从小到大一直被你捅刀子，我究竟哪里对不起你？"

"哥哥……"

"别这么叫我。"

左正谊站起身，起得太急，眼前一黑险些栽倒。纪决伸手扶他，被他一把甩开："你没有话说吗？连理由也不编一个？"

"我……"纪决低下头，"我当时太害怕了，怕你会跟她走。对不起。"

"就这样？"左正谊差点一口气没上来，哭得更厉害了，"你知不知道你在说什么？你让我和我奶奶至死都见不到一面！那是我唯一的亲人！你怎么这么自私啊？！"

左正谊不想再看他，转身去电脑桌前抽纸巾擦眼泪。可眼泪越擦越多，他的伤心和气愤也越积越多。纪决就是自私，不在乎他的感受，想和"哥哥"在一起不过是为了自我满足。这种自私的人真正在乎的只有自己，纪决因为不想失去他，所以就让他失去奶奶，真是好笑。

左正谊难受死了。亏他还感天谢地地以为纪决是命运对他的恩赐，弥补了他失去亲人的孤独和不幸，给了他一个完整的家。可原来纪决就是要他孤独，要他不幸，要他身边什么都没有，只剩下纪决一人。这是什么爱？不，这就是自私。

他简直想杀了纪决，没有比这更深的恨了。他手边没别的东西，抄起纸巾盒往纪决身上用力地砸。"你这个自私鬼。"左正谊哭得嗓音发颤，根本使不出多少力气，"你把我当什么？就算是养一只宠物，也得考虑它的感受吧？可你只在乎你自己，不在乎我难过。你这个骗子、人渣——你怎么不去死啊！"

他的手砸向纪决，突然被纪决一把抓住。

"要我死还不简单？"纪决冷不防地说，"反正我死了你也不伤心。你看你为你奶奶流泪的样子，证明我当初做得对，否则我们还能像现在一样？如果我不那么做，你早就跟她走了。"

"……"

左正谊愣了下，他震惊于纪决的不知悔改，半晌没说出话。

纪决活像个精神病——正常人不会在这时候这么说话。他仍然抓着左正谊的手腕。两人角力半天，白皙的皮肤上留下一道刺目的红痕，左正谊觉得心碎，手腕也疼，眼前的纪决熟悉又陌生。熟悉的是，他早就了解纪决的本性；陌生的是，纪决在他面前装乖了那么久，突然不装了，他不适应。

"你怎么不反驳我？"纪决忽然把他推到门上，"说话啊，哥哥。你怎么不说话？"

"……"

"被我猜中了？你看，你什么都不舍得失去，但可以失去我。你的奶奶，你的比赛，你的一切，都排在我前面，我永远是你最后一个选项。你为了这些，可以抛弃我。你还说我自私？"

"……"

左正谊的眼泪挂在下眼睫上，半天才滚下一滴。他气得头快要炸开，喉咙发哽，语无伦次道："你在说什么屁话？明明是你做了伤害我的事，竟然反咬一口指责我，我哪里对不起你？直到现在你还不肯替我考虑一下！"

"难道你有为我考虑过吗？"纪决突然说，"我为了让你顺利转会来蝎子，低声下气地去求我爸妈，跟他们和好，这些你不知道也不在乎。你被我妈烦，转头就把气撒在我身上，我跟他们来往太密切你还不高兴，因为他们是'外人'，我必须站在你这边，让你顺心。"

"……"

左正谊神情一滞。

纪决沉着脸："你可以自私，只考虑自己，我不行。其实也没关系，反正我愿意被你呼来喝去的。但你要想抛下我，我告诉你左正谊——没门儿，你这辈子就死了这条心吧。"

纪决说完，左正谊好半天没反应。

他的眼泪都止住了，眼中带着一点点惊讶，一点点了悟，剩下的来不及分辨他就垂下了眼，挣开了纪决的手。

纪决紧盯着他。

他低着头，默默地擦干了脸，揉了揉泛红的眼睛。

纪决伸手想安慰左正谊，被左正谊一巴掌拍开："滚，别假惺惺的。"

左正谊心里并不平静，但也不大发雷霆了，他深吸一口气，脸上是忍耐之色。不久前那些温暖还未淡去，原来也不过如此，纪决只想留住他，留住哥哥，不在乎他是哭是笑，是死是活。

这也不难理解，左正谊是个讲道理的人——虽然他总表现得好像不讲道理。他承认他不是个无私的人，因此仔细想想，纪决自私也很正常，人之常情。既然大家都这样，不如把账算清，谁也别欠谁的。

"你说的这些我明白了，想跟我算账是吧？"左正谊压住心里的怒火，尽量平静地说，"我能转会来蝎子，是因为你去求了你爸妈。不好意思，这件事我确实不知道，怪我太迟钝，没在蝎子给我涨薪的时候反应过来。这好说，不就是从两千万提到两千五百万吗，我只拿我应得的部分，多余的五百万转给你。蝎子给我月付，我也给你月付，放心，不会少你一分。我再加点利息，够了吧？"

左正谊站在离纪决两步远的位置，表情麻木，轻声说："你应该不在乎你和你爸妈的关系吧？我搞不懂你到底是怎么想的，算了，都无所谓，既然你说是我不准你们来往密切……"

"我不是这个意思——"

纪决急声辩解，左正谊打断他："听我说完。我帮你道个歉吧，把你妈的电话号码给我，我当着你的面把话说清楚，你满意不？"

"……"

纪决的脸色难看到翻遍《辞海》也难以找到一个词来形容。

"还有吗？"左正谊问他，"你都为我付出过什么，别藏着掖着了，快说。"讲到这儿，他强装出的平静濒临崩溃，嗓音再度发颤。他依赖纪决，有很大一个原因是纪决给了他家的温暖，他被人爱被人疼的需求得到了满足。他们有从小一起长大的情谊，他也愿意敞开心扉，把纪决装进他的世界里，当成他最亲的人。他们之间的感情本就复杂，亲情、友情互相影响、互相融合，对他们来说，彼此是最特殊的人。

最让左正谊无法接受的是，他承认自己有时会没顾及纪决的心情，但他无论如何都不会故意去做伤害到纪决的事，可纪决会伤害他，下手果断，毫不留情，隐瞒多年，暴露了也不悔改。

怎么会这样？左正谊想不通。纪决屡次让他心碎，看他哭得快要崩溃了,也没有一句真诚的道歉。不仅如此,还要跟他算账。

左正谊心里满是不理解,但嘴巴说出来的都是"理解"。

他说:"既然你不开口,那我帮你说。钱都是小事,最有价值的是陪伴。从WSND到蝎子,我有过一段低潮期。那段时间一直是你陪着我,如果没有你,我可能……可能会很难熬吧。虽然你也从我这里得到了回报,但我不计较这些了,就当作全都是你为我付出,我感激你做的一切,可惜感情没法称斤论两,我不知道这些陪伴值多少,有没有你给我带来的伤害重。就当是有吧,我亏一点也没什么,人都得为自己的选择付出代价。"

"……你什么意思?"纪决手背绷紧,眼睛有些发红。

"你聋了吗?听不懂?"左正谊道,"既然你觉得你为我付出了那么多,我就给你算清楚啊!现在听清了没?我们两清了!一笔勾销!如果你还嫌不够,我给你多转一百万怎么样?"

左正谊冷笑一声:"不好意思我忘了,你要是去继承你爸妈的公司,有的是钱。一百万算什么?还不够塞牙缝的。"

说完,他深以为然地赞同自己:"难怪你不高兴,我真是坏了大事……"

显然他说的是气话,无理但有效。纪决好似被当胸捅了一刀,鲜血要从眼睛里流出来。他按住左正谊的手,左正谊挣扎着想甩开他,两人推推搡搡几要打起来。

左正谊用脚踢纪决,踢不开也拼命挣动,把手从纪决的钳制下抬起,抽了他一耳光。

响亮的一声,纪决的脸被打偏,动作却更凶狠了,他把左正谊的衣服扯开,似乎想用衣袖捆住左正谊。

"你疯了?!"左正谊把手腕使劲往回抽,"你敢碰我的手,我杀了你。"

纪决顿住,他挣扎了一下,选择了放手。这一放兵败如山倒,他有所顾忌,不敢做得太绝——左正谊的手比命还重要。但这顾忌无异于畏缩、胆怯,纪决色厉内荏、外强中干,无须左正谊嘲讽,他自己的精神防线就率先崩溃了。

他说不出话,紊乱的呼吸声昭示着他情绪不稳定。

"你怎么停了?"左正谊问,"难过了?心里不舒服?让我愧疚、心疼你?"

纪决一声不吭。

左正谊低声道："你心疼过我吗？心疼过我奶奶吗？她临死之前是什么心情，你想过没有？她以前给我们讲过那么多故事，你都没记住啊。她说，有牵挂的鬼魂走不远，要了却心愿才行……"

他胸口不住地起伏，抽噎道："她走远了吗？谁帮她了却心愿？我怎么原谅你，我有资格替她原谅你吗？"

"……对不起。"纪决终于道歉，嗓音低哑，"我刚才说那些不是想跟你算账，是想让你知道，我不是自私，我愿意为你做事，做什么都行。哥哥——"

"别说了，恶心。"左正谊打断他，"我态度软你就强硬，我态度强硬你就装可怜，变脸比翻书还快，演给谁看呢？"

左正谊低着头，眼泪还在往下淌，那是止不住的伤心。

十几年的感情不过如此。

"两清。"他头也不抬地说，"你不同意也没关系，反正我不会再拿你当亲人了。你爱干吗干吗。"他转身去卫生间，打开水龙头，把哭过的痕迹洗掉，出来的时候，纪决仍待在原来的位置，没有动过。

左正谊没仔细去看他，怕刚擦干的眼睛又湿了，只轻声说："以后你别来我房间了。"

当天晚上，蝎子从韩国请来的教练朴业成抵达基地。后厨为他做了一顿接风洗尘宴，全队热烈欢迎他的到来。

朴业成不会讲中文，蝎子请了翻译。翻译是一个年轻姑娘，二十五六岁的样子，叫宋妍，她不像朴教练这样要住在基地里，只每天按时来上班。

朴教练的年纪也不算大，二十九岁，比孙春雨小。他话不多，跟管理层和队员们第一次见面，也谈不到太深层次的内容。按照原计划，蝎子全队明天开始特训，为世界赛做准备。关于战术之类的讨论，会留到明天正式地聊。

朴业成很关注左正谊，他直言，执教蝎子的原因之一就是想跟 End

合作，见识见识这位传说中的"世界级天才"。

不知是朴业成原话太夸张，还是翻译得直白，原本一直心不在焉的左正谊也被拉回了注意力。他冲教练笑了笑，简单地寒暄了几句。

纪决则是全程一声不吭，不知在想什么。

晚上九点多，饭局散了。纪决第一时间回了房间，他需要独自思考，不想被队友打扰。但十分钟后，左正谊敲响了他的门。

纪决开门后有点意外，不等他开口，左正谊先说："把你手机拿来，给我用一下。"

"做什么？"纪决掏出手机递过去，"你要给我妈打电话？不用了……"

纪决往回收手，但左正谊一把夺走手机，用他的指纹解了锁。

纪决静静地看着左正谊，他的心情还没平复，也猜不到左正谊心里打着什么算盘。但左正谊突然来找他，不可能是要与他和好。

"你要做什么？"纪决问。

左正谊不回答，他动作很快，打开手机相册，找到"哥哥"的分类，全选照片，一键删除。然后打开相册垃圾箱，清空。确保照片被删得干干净净，不能找回。

这一系列的操作花费不超过十秒，等纪决反应过来的时候，已经来不及了。

左正谊抱着小猫的照片，吃冰激凌、棉花糖的照片，还有他俩的合照……一键清空，从云端永久删除，在所有设备里一齐消失。其中还包括很多年前他们在潭舟岛时拍的那些照片。

"两清。"左正谊把手机还给纪决，转身走了。

和纪决闹掰后的第一夜，左正谊睡得不踏实，做了半宿的噩梦。

这些噩梦不恐怖，但都是些不幸的事，零碎，没有逻辑，像快放的电影，故事一个个接连发生，直到左正谊惊醒。

他睁开眼睛的时候，那些画面消失了，他甚至想不起自己究竟梦到了什么，只剩下抑郁的情绪，在不见光的卧室里萦绕。

天还没亮。

他睡不着了，坐在床上发呆，什么都不想，只是呆坐着，足足呆了二十分钟。然后他下床，穿着睡衣和拖鞋推门出去。走廊的一个转角处有个冰箱，专门用来存放饮料和零食。

左正谊取出一罐可乐，回来的时候，发现纪决的门缝里透着光。

凌晨四点，有人还没睡。

左正谊攥着可乐，皱起眉："好烦。"

烦躁甚至比痛苦还多，提醒着他自己对生活里一切不良的结果都无可奈何，他得到的快乐都会失去，陪伴他的人都会离开。这是他的错吗？他只是不想忍受，对任何事都不想委曲求全而已。

可如果不委曲求全，就有另一种委屈，怎么都不快乐。

纪决快乐吗？

左正谊后知后觉地想，当年纪决篡改电话号码的时候，写字的手会不会抖？收到那些信又丢掉的时候，他有没有提心吊胆、良心不安？他们重逢后，他会不会做噩梦，担心说漏嘴，东窗事发？应该不会，纪决就是个没良心的人，他得到自己想要的东西就快乐了，什么都不怕。

左正谊恨他又羡慕他，一个人活成他这样，可真是痛快死了，自己的内心不受折磨，痛苦全部由别人承担。

纪决，你真是厉害啊。

左正谊几乎把易拉罐捏到变形，心里那些因为删掉照片而生出的纠结立刻消散殆尽。他后悔没在删完之后多看纪决几眼，好清楚地记住纪决当时的表情——呆滞又苍白，真是罕见。

算了。

左正谊打开可乐喝光，将空易拉罐丢进垃圾桶。

他不应该再想这些了。为转移注意力，左正谊关紧房门，躺在床上搜与世界赛相关的讯息。搜着搜着就睡着了，一觉睡到第二天上午闹钟响起，左正谊一身疲惫地起床，看了眼时间，去洗漱了。

三 »»»

第二天地球照常转，太阳依旧高高升起。

"世界赛"三个字重重地压在所有人的心头。队员们简单地吃过早餐后，上午十点钟，全队在会议室里集合，开始赛前特训第一天的计划部署。

蝎子的会议室很大，为减轻复盘时的辛苦，房间里设置了很多不同类型的座位，有椅子有沙发，摆得分散，让大家随意坐。

左正谊进门的时候，纪决已经在了。他看起来精神不大好，可能是因为昨夜睡眠不足。左正谊用余光瞥了他一眼，便收回视线。他挑了一个离纪决较远的位置坐下，之后全程都没有再看纪决一眼。但他能感觉到，纪决的目光时不时地落到他身上。纪决越看他，他越要把姿态摆得放松，目不斜视地盯着教练，全身心地投入工作，不为私事分心。

从今天开始，到打完世界赛，蝎子的队员们再也没有假期了。

特训持续到六月下旬，但所谓特训，其实也没特别到哪儿去，就是针对外国强队来钻研解法和开发新打法，也给选手个人做针对性训练，提升全队的训练强度，类似于高考前的冲刺阶段。能在这个时期请到朴业成是极大的利好，他对韩国的那几个强队都很了解，对欧美战队也有一定的了解，能把蝎子的整体水平提升不止一点半点。

第一天的任务并不繁重，主要是主教练和选手进行沟通。朴教练的性格和善，指出问题时却一针见血，毫不含糊。他特意看过蝎子之前的比赛，今天是有备而来。他给每个选手发了一份文件，文件里写的是他对他们的评价和给出的建议。除此以外还有一些询问，例如，他问左正谊：XX 场比赛的第 XX 分钟，你为什么要这么做？

他甚至还问了一些让左正谊很意外的问题：你为什么喜欢打 AP 大核？你觉得相比其他流派，这种体系有什么优势？有不可取代的必要性吗？这种问题简直就是最基础的送分题，在网上随手一搜，都能搜到一堆标准答案。但朴业成来问他，想从他这里听到什么答案？

朴业成之所以把这些内容都写在纸上发给选手，是因为现场沟通需要翻译，一句句地翻译成中文太浪费时间。他提前翻译好，让他们在会议室里思考、交流，然后再说出各自的答案。

左正谊瞄了一眼严青云手上的那份，看见一句"谈谈你对进攻型辅助的理解"。严青云也盯着这句，感觉这个问题问得有点多余，蝎子很少用进攻型辅助，以前如此，以后应该也是。

但他们都很配合，左正谊先说："我从接触这游戏的第一天起，就喜欢玩法师。AP 大核流能把传统型法师的优势发挥到极致，爆发，AOE 输出，这一点和偏向单体输出的 ADC 不一样。但我其实不偏爱 AP 大核，我……"

会议室里人很多，大家都看着他。左正谊顿了顿，说了一句让除纪决外的所有人都惊讶的话："我是因为对其他打法不自信，所以才坚持用大核法师来 carry。"

周围安静了一会儿，只有翻译在小声说话，把他说的每一个字如实地转达给教练。

左正谊的坦诚让他无所不能的光环碎了一地，他是天才，却暴露出了凡人的一面。

原来 End 也会不自信。

张自立、宋先锋和严青云都呆呆地看着他。

但大家都不是傻子，左正谊为什么对其他打法不自信，一个原因是他不信任自己，另一个原因也显而易见，他不信任队友和教练。当他的团队不能给他提供稳定可靠的支持时，他就会越来越倾向于只靠自己，弱化其他人的作用，走向"一人游戏"的极端。这时候最需要的就是，有一个好教练从中调和，把团队引回正确的道路上。

幸运的是，蝎子请来了朴业成。也正因如此，左正谊才能毫无顾忌地说出那句"不自信"。

"光环"罩久了也累，他确实只是一个凡人。

轮到严青云的时候，他如实阐述了一遍对进攻型辅助的理解。教练还问他更喜欢玩哪种英雄，他仔细想了下，答："更喜欢玩进攻型英雄，可操作性高，玩起来有意思。"

朴业成把他们的回答一一记录下来。接下来是张自立和宋先锋，最后开口的是纪决。由于坐得远，左正谊看不见纪决的那张纸上都写了什么。教练似乎问他为什么从 ADC 转为打野，因为他的回答是："我一直练的就是打野，ADC 只是附带练的。"言简意赅。

听翻译说完后，朴业成问他："能说说你为什么喜欢玩打野吗？"

这个问题让纪决沉默了，左正谊也沉默了。

纪决最初玩打野，是因为左正谊从小就爱玩中单，他要跟左正谊打配合。但这种话怎么能跟教练说？说了也没意义，教练今天问这些，是要摸透他们的打法偏好，对他们有一个更深入的了解。

左正谊低着头，感到一阵窒息。他没抬头看纪决，却能听到纪决的呼吸声。不知为何，那声音似乎被放大了，专门往他耳朵里钻，扰得他心烦意乱。

纪决好半天才开口，说："因为打野比较酷。"

会议室里响起一阵笑声。

纪决一贯喜欢摆臭脸，因此他的心情好坏不太明显，大家以为他在开玩笑。他也不解释，又看了左正谊一眼。左正谊感觉侧脸像在被火烤，却无动于衷。

会开了几个小时，一开始是了解和沟通，后来就开始讲训练方案了。

一点钟左右，后勤人员把午餐送来了。大家一边工作一边吃饭，气氛相当不错，除了左正谊和纪决。

左正谊抱着极大的耐心才熬到晚上收工。中途每当有闲暇，纪决就想来找他谈一谈，他全部避开了，他不想谈，无话可说。

收工后回房间时，纪决又想跟进来。左正谊假装没看见身后有人，动作干脆利落，"嘭"的一声关了门。纪决的呼吸声终于被隔在门外，那恼人的注视也不再有。他虚脱般地趴到床上，心想，感觉好累，怎么才熬过一天？

他翻了个身，盯着天花板看，正发呆呢，手机忽然振动了一下，有新的微信消息。

决："我还在你的好友列表里吗？"

决："好的，在。"

左正谊根本没想起删好友这件事来，多亏纪决提醒，他点了删除好友。

屏幕上跳出一句话：将联系人"决"删除，将同时删除与该联系人的聊天记录。那句话下面有两个选项——"取消"和"删除"，左正谊的手指顿了一下，心里忽然冒出一个迟来的疑问。

他要和纪决老死不相往来吗？

他三岁那年认识纪决，六岁时，纪决第一次主动叫他哥哥。他们一起长大，也曾以为会一起变老，死后埋进一个墓地里，到阴间都要当一家人。

但十七年过去，他们决裂了。

左正谊的人生变得空荡荡，再也没有第二个与他有过十七年情分的亲人、密友了。

纪决是否因此而有恃无恐？

左正谊越想越愤恨，返回到聊天界面。

决："对不起，哥哥，我想向你好好道歉。你想让我怎么道歉，做什么补偿？你说，我一定好好执行。"

End："我不可能跟你和好。"

这两条消息同时弹出，他们拥有惊人的默契，问答对上了。

过了会儿，有新消息。

决："好吧。"

决："你真是恨死我了，左正谊。"

End："别说这些了，没意思。"

End："好好训练，如果这件事影响了你在世界赛的发挥，你才是真的应该以死谢罪。"

发完，左正谊把纪决删了。

接下来的一个月里，特训日程繁忙，他和纪决日日见面，但再也没有单独说过一句话。

第七章　祸福

左正谊心想，命运可能就是这样，给你一个巴掌后再给你一个甜枣，循环往复。

六月初，EOH发布了游戏版本更新的公告。官方考虑到更新对世界赛的影响，果真没有对英雄强度进行大幅度的改动。但即便是玩家眼里的"小改动"，对职业战队的影响也不小。

本次改版的思路是尽可能达到平衡，主要对刺客和部分战士进行了一定程度上的削弱。此消彼长，射手和传统型法师的生存环境变好了一些。C位的生存能力增强，对辅助的选择就变得更加多元化，这意味着，更多功能型辅助有了上场的机会，战术也变得复杂了。

该版本得到了广大玩家和职业圈的一致好评，堪称近三年来最平衡的版本。

但数值相对平衡，不等于所有英雄都平衡。数值越是平衡越能凸显出特殊机制英雄的优势，例如伽蓝。

在上个版本里，除了针对左正谊，一般战队是不Ban伽蓝的，路人局也不Ban。但现在它又稳稳地进了Ban位，因为不管在什么局里，它都是必选英雄之一。左正谊原本想在世界赛上玩伽蓝，现在已经不抱幻想了。

蝎子的特训内容跟着版本走，他练什么英雄都听教练的安排。

朴业成是出乎意料的温和又独断的性格——待人接物温和，工作作风独断。蝎子每个选手包括替补每日要练什么、怎么练，他都有详细的安排，大家必须按计划严格执行。他个人似乎没有战术风格上的偏好，是一个彻头彻尾的"唯胜利主义者"。这当然是优点，左正谊就怕自己的风格跟主教练的犯冲。朴业成没有偏好的风格，就是最好的风格。

自从得知左正谊对非大核型法师不自信后，朴业成就针对这一点，帮他进行专项提高，同时解决了队伍中存在的一些问题。

之所以不自信，其实本质是因为打不出良好效果，得不到正向反馈。这当然不是左正谊一个人的问题，而是大家共同的问题。除了教练的安排外，左正谊还有加训。

朴业成把训练日程排得太死板了。左正谊有的时候想自由练刀，用来平复心情和消化思考，所以就只能自己抽时间来练。

纪决有时也会加训。

有一回，队友们都去睡了，只有左正谊和纪决两个人待在训练室里。他们座位相邻，却都把对方当空气，谁也不说话，不看对方。一开始左正谊感觉怪异极了，后来就习惯了。

整整一个月，他们只在公共场合里、训练过程中进行不得不开口的交流，其余时间继续冷战。由于太明显，连不知情的队友们都有所察觉，但问纪决，纪决甩冷脸，问左正谊，左正谊说没事。后来也就没人问了。

冷战是由左正谊发起的。一开始，纪决并不配合，直到左正谊突然给他转了一笔钱，是他们吵架时左正谊提到的那"五百万"的按月付款，连本带利，精确到几毛几分。左正谊把钱转过去之后，纪决就没消息了。他像是被打断了某根骨头，再也站立不起来，连抬头多看左正谊一眼，都需要酝酿很久。

这在纪决身上极其罕见。

纪决一直都是个看起来不会伤心的人，聪明、脸皮厚、手段多，哭笑都信手拈来，堪比影帝。他有付出过真诚，但他的真诚恰到好处，是最会哄人的。他也有过不快，但他的不快保持在某种限度内，极少变为心碎。他总是知道自己想要什么、怎么得到。他为人处世游刃有余，谁也拿他没办法。就是这样的纪决，随着逐日延长的冷战，一层层蜕去外皮，变得愈加真实且讨厌——他不愿给人笑脸，对谁都爱搭不理，再次表现出了极其不合群的本性，和他刚来蝎子时一样。

他和左正谊互动最多的是在游戏里，曾有过一次拥抱。

那是一场训练赛，一队和二队打散重组，5vs5对战。纪决在左正谊的对面，扮演敌人。那场他打得格外凶，仗着二队小打野拦不住他，几乎要踏平野区，把中路打穿了。对局快结束的时候，左正谊在高地上艰难防守，纪决的英雄突然位移到他面前，对他使用了"抱抱"的局内动作。

左正谊皱了下眉。纪决头也不抬地说："按错了。"

左正谊没时间去想怎么才能把他们的关系处理得更好，一是因为他心里也不平静，没那么理智，二是因为连这些"不平静"他也不想表露。

现在正是备战世界赛的关键时期，他把所有私人情绪都封锁了起来，要当一个一心向道的剑客。但人非草木，不可能一点也不为私事所扰。他近日越发睡得不安稳，常常在后半夜惊醒，要费很大劲才能重新入睡。有时怎么也睡不着，他就只好穿衣上楼，用训练来解压。

世界赛啊，他又进入世界赛了。

去年在洛杉矶比赛时他十九岁，今年世界赛的地点定在了首尔，他二十岁。他不知道自己的状态能保持到多少岁。

周建康曾说，他的打法比一般的中单消耗更大，职业生涯的续航能力可能并不长。当时周建康有几分吓唬他的意思，想让他改变打法。但这确实也是实话。

左正谊能改的时候不愿意改，愿意改的时候却没有了选择。如果不"消耗"，蝎子连进世界赛的机会都没有。

幸好蝎子请到了朴业成，幸好。

左正谊心想，命运可能就是这样，给你一个巴掌后再给你一个甜枣，循环往复。他在某方面不顺，就在另一方面给他点盼头，让他不至于一无所有，活得毫无念想。

6月25日，蝎子特训结束，全队整装出国。除了经理、领队、全体选手和教练组，随行的还有翻译和队医，浩浩荡荡一大群人。他们到机场的时候，遇到了大批来送他们出征的粉丝。

世界赛是每年最重要的赛事，关乎理想与荣誉，大家都满怀期待，盼望能得胜归来。粉丝拉起横幅，唱蝎子的队歌，还喊了无数遍加油。左正谊将这些画面与声音一一记在心里，冲他们挥了挥手，微微一笑。近处一道目光落到了他脸上，左正谊察觉到那来自纪决，没出声，也没转头去看，很快，被注视的感觉就消失了。纪决拿着登机牌，走进了安检口。

今年的 EOH 全球总决赛在韩国首尔举行，对中国战队来说，最大的好处是不用倒时差。倒时差麻烦，主要会影响选手的状态。现在他们只需提前几天出国，适应一下酒店环境，稍做调整即可。

酒店是俱乐部订的，环境不错，但蝎子人太多，房间没订那么多。有的是两人一间，有的是三人一间，都是按性别自愿组队，比如女翻译和女队医住一间房。

男选手比较好安排，轮到左正谊的时候，他想和张自立一起住，但张自立不知怎么回事，躲着他，拉起宋先锋就跑了。

左正谊大约猜得到原因，脸色不大好看。领队赵哥分房间的时候，纪决就站在酒店走廊的墙边。赵哥看了看他，又看了看左正谊，说："你俩住一间吧，发什么愣呢？赶紧把行李拿进去，今天没别的安排，先休息好。"他不知道左正谊和纪决发生了矛盾。左正谊没解释，只拉起一旁等待组织分配的严青云，面无表情道："我和 Wawu 住一间吧。"说完不管领队是否同意，直接把严青云推进了房间，关上了门。

严青云自然看得出他和纪决不对劲，但不敢多嘴，半天才憋出一句："你确定和我住吗？"

这个房间里有两张床，左正谊选了左边的那张，把旅行箱推过去，平放在地上，往外拿东西。他带了一台笔记本电脑，不是给训练用的。这边训练的场地是事先联系好的电竞基地，硬件配置比较好。

听见严青云的话，他头也没抬地问："有什么问题？"

"Righting……"

"我和他闹掰了。"也没什么好掩饰的。

严青云"哦"了一声，没多问，也收拾起他的行李来。

在国外打比赛毕竟不像在自家门口，生活和训练的环境不一样不说，心态也不一样。左正谊难以形容自己的心情，兴奋和期待中掺杂着压力和责任。他们是下午三点多钟到达酒店的，傍晚全队一起吃了个饭。领队嘱咐他们，晚上不要跑出去玩，都好好待在酒店里休息。

他本来就没心思出去玩，靠在床头上了会儿网，早早地就洗漱睡觉了。期间严青云在干什么，他并没有注意，自己几点睡着的，也不知道。他还做了个梦，梦里的他辛苦地攀登一座高山，却怎么走都走不到顶峰。

疲惫、喘不上气、无休止的……

梦还未结束，左正谊突然惊醒了。深夜不知几点，周遭一片漆黑。他的意识先清醒了一半，眼睛还没睁开。他觉得有人在靠近，心里一激灵，清醒了七分。他想到他和 Wawu 睡一个房间，脱口道："严……严青云？"

他边说边抬脚去踹，但他的腿刚一抬起来就听到了熟悉的声音："叫谁呢？"

"你——"

左正谊彻底醒了，睁眼对上纪决那双在黑暗中看不清楚的眼睛。

"……对不起。"纪决闷声道。

"严青云呢？"左正谊问他。

"和我换房间了。"

"原来是内奸。"左正谊推了纪决一把，"出去。"

纪决没防备，冷不丁地向后栽。

"是我的错，我威胁他的。"

"当然是你的错。"

左正谊翻身侧躺，不愿多看他一眼，只留给他一个背影，半天才说："你这是什么意思？故技重施？来装可怜？"

"不是。"纪决的声音从背后传来，带着几分自嘲，"我现在都不知道该用什么态度跟你说话了，没资格强硬，也没资格'装可怜'，你要我怎么办呢，哥哥？"

左正谊冷笑了声："意思是我的错？"

"没，我不是这个意思。……你别把我想得那么坏好不好？"

左正谊看他："纪决，你应该知道现阶段什么最重要，这一个月，我以为你心里有数。"

"我是有数。"纪决道，"我应该什么都不想，好好训练，和你一起冲击世界冠军。我是这么要求自己的，所以一直没找你……"

左正谊没吭声，纪决继续道："我做什么你都觉得我自私，我说什么话你都觉得是花言巧语，我身上没有任何一点地方值得你看一眼，对吧？"

"对。"左正谊点头，"你走吧，别打扰我睡觉。"

"……"

纪决盯着这看了无数遍的背影，观察左正谊的肩头，想看他有没有一丝颤抖，一丝逞强。但房间里太黑了，一米以外的轮廓太模糊，他看不清。也可能是他眼前有雾，所以看不清。

"对不起。"纪决说，"我承认我做错了，对不起你也对不起奶奶。如果时间能倒流，我们回到过去，我绝对不会让你受一点伤。"

雾气愈加深重，纪决低下头："等我们打完比赛回国，我陪你去给奶奶扫墓吧，当面向她道歉，可以吗？"

左正谊没有回答。

纪决又说："好好打比赛，我也是。我暂时不会再来烦你了。"

他转身出去，关上了房门。

左正谊依旧沉默不语，渐渐地，他绷紧的肩膀松弛下来，呼出一口气，仰倒在床上，闭上了眼睛。

这是来韩国的第一夜。

左正谊艰难睡着后，竟然又开始接着做刚才没做完的梦——登山。左正谊平时不迷信，但每当遇到重大赛事时，就开始情不自禁地信玄学。上赛季冠军杯决赛之前，他梦到自己当了国王，然后就在决赛中夺冠了。本赛季冠军杯淘汰赛之前，他梦到和纪决的父母一起打游戏，然后比赛时就被淘汰了。其实去年世界赛决赛之前，他也做了梦，隐约记得当时也没梦到什么吉兆,所以就成亚军了。

这个"所以"很没道理,但梦里的左正谊比清醒的时候更加迷信,他拼命地登山,盼望着快点登顶,为自己赢得一个好彩头。然而,山路无穷无尽,他爬出了一身汗,浑身酸软,已经没有力气了,却仍然望不见峰顶。

那似乎是一条没有尽头的通天之路。

左正谊昏倒了在路上。

他醒了。梦境太真实,醒来后那种无力和酸痛的感觉还在,左正谊觉得腰疼、腿疼、手腕疼、心口也疼。他打开灯,手机显示五点二十。天已经亮了,位于大厦高层的酒店落地窗正对着东方,他拉开窗帘朝遥远的天边望了一眼,转身进洗手间洗漱。

纪决离开之后,严青云也没回来,不知道他们是怎么分配房间的,也许纪决又单独开了间房休息。零碎的念头从左正谊的脑海中一掠而过,他低下头,盯着不断出水的水龙头,水流淌的声音和冰冷的触感让他清醒了几分。冷水从他的手背流至手腕,白皙的皮肤隐隐泛红,冷不丁地,不知哪里痛了一下,左正谊条件反射般猛地抽回手。

他愣了两秒,没辨别出痛感来自什么地方,更像是他还没从梦中醒来,幻觉仍有残留。

左正谊把冷水调成温水,简单洗漱了一下,刷好牙,换了身衣服。但时间太早,他不知道应该去哪里、干什么,只好到沙发前坐下,看手机。

昨天其他队员在蝎子的微信大群里聊了半宿,左正谊划拉了半天消息界面都拉不到头,粗略看了一眼,发现他们是在讨论世界赛的分组情况。

小组赛阶段,来自全世界各大赛区的十六支战队被随机分成了四组。蝎子在 A 组,同组的是一支韩国战队,一支北美战队,一支越南战队。因为有"同国回避原则",中国的三支战队不会在小组赛阶段碰面,SP 和 CQ 分别进入了 B 组和 C 组。

CQ 的运气显然不太好,今年的韩国联赛冠军和澳洲联赛冠军都在 C 组,三个硬茬儿碰到一起,带一个弱势赛区的炮灰,四队晋级两队,必定伤亡惨烈。相比之下,蝎子和 SP 的签运不好也不坏,出线前景比较可观。

小组赛是 BO1 赛制,组内双循环,也就是说,每队要跟三个同组对手分别打两场,最后按照积分排名,前两名获得晋级的资格。

赛程已经出了，7月1日，蝎子第一场的对手是北美战队 KTE。今年世界赛开始的时间比往年早，赛程也排得比较紧。

小组赛抽签仪式是以线上直播的方式进行的，正式的开幕式安排在7月1日傍晚，据说届时会有不少明星出场。

左正谊对那些韩国明星没什么兴趣，他看完群聊消息，又有点困了。但右手腕周围时不时传来的不舒服的感觉却在他心头蒙上了一层阴影。可能是因为最近几个月实在太劳累了，他以前从未有过这么高的训练强度。普通人天天玩电脑身体尚且有不良反应，更何况是他这种打法。

感觉是应该休息一下了。

左正谊叹了口气，心想好烦，难道他不想休息吗？清晨六点半，他仍然坐在沙发上发呆稍稍活动了一下手腕，那种别扭的感觉又变得不明显了，似乎只是被冷水刺激出来的反应，很快就恢复如常了。

左正谊盯着手腕看了几秒，心里觉得问题应该不大，休息一阵子就好了，算是劳累过度后的正常反应吧。但不知是不是因为昨晚做的那个梦实在不吉利，他莫名有点心慌。

就算是他小题大做了，也应该找队医来处理一下吧？

……

左正谊忍到了八点，终于坐不住了，去敲对面队医房间的门。

队医叫孙稚心，和翻译宋妍住在一起。她开门看见来人是左正谊，有点惊讶，问他："有什么事吗？进来说吧。"

两个女生住的房间，左正谊不好意思进。他心情不好，脸色略微发白，站在门口说："孙姐，我感觉手不太舒服……"

孙稚心比左正谊还"小题大做"，听了这话顿时吓了一跳，紧张道："你先进来，给我看下。"

伤病是电竞选手职业生涯的痛点之一，大家都恐惧它，但它又很普遍，几乎会"平等"地降临在每个选手身上，区别只是病种不同和时间早晚。

颈椎、腰、手指、手腕、手臂，甚至眼睛和耳朵，都有得电竞职业病的风险。

左正谊早有心理准备，但没想到它来得这么早。他的症状很明显，是圈内最常见的腱鞘炎。不幸中的万幸是，他很谨慎，在症状较轻时就发现了，早期比较好治疗。他在队医的房间里，跟孙稚心聊了一个多小时。

这次出国，队医带了不少口服药和外敷膏药，还有理疗仪器。在左正谊找上门之前，这些药大多是给宋先锋用的，他因长期坐姿不正，导致腰出了问题，不发病还好，发病时疼痛难忍。

孙稚心给左正谊做了一次热敷，又给他拿了点药。

他的主要疼痛部位是右手大拇指到腕侧这一段，但痛得不太厉害。

按孙稚心的说法，腱鞘炎在早期很容易被忽视，在早晨和受凉的情况下会感知得更清楚一些。左正谊发现得这么及时，其实沾了点运气。

但不论怎么说都是病，左正谊没法觉得庆幸。他知道，队医是为了安慰他才这么说的，她的意思是让他别慌张，问题不大。最让左正谊在意的，也是意料之中的是，她说应该减轻训练强度。

孙稚心的原话是，从今天开始，他应该尽可能地休息，配合治疗，避免病情加重，争取早日痊愈。

但什么叫"尽可能地休息"，她没有明说，左正谊也没有问。他道了声谢，拿着药走了。

蝎子订的几个房间都在这一层，左正谊刚出队医的房门，就碰到了来找他的领队。领队是来叫他去吃早餐的。

左正谊没第一时间跟他提及自己手伤的事，但这件事是不能瞒的，也瞒不住。当天下午，全队就都知道了。

队医要对管理层负责，跟教练组商讨左正谊的训练计划，并提供意见。孙稚心再三强调，左正谊的手伤现在问题不大，很好恢复。但如果他继续进行高强度的训练，问题就会变严重了。所以她的意见是：接下来的比赛，左正谊不应该打满，最好能轮换。训练也不能像以前那样每天持续十几个小时了。

教练问她："最多练习几个小时？"

孙稚心犹豫了一下，答："越少越好。"

在场的每个人脸色不一，而左正谊没抬头看他们。察觉到手腕异常的第一时间，他的确十分心慌，但当这一刀当头落下来之后，他的心情反而平静了不少。只是平静中掺杂了几分茫然和恍惚，他心里生出两个问号："少"是多少？轮换要怎么轮换？

他拿命打游戏，拼进了世界赛，是为了什么？为了得到一句"尽量少上场"吗？

比赛还没开始呢，就让他打退堂鼓。但队医完全是出于好心，为他的职业生涯考虑。管理层也是这样，没为了俱乐部的荣誉强逼他训练，给他最合适的建议，让他酌情休息。

第一天，左正谊随队训练，只打了一场训练赛；

第二天，他也只打了一场，但复盘之类的环节并未缺席；

第三天，他下午打了一场，晚上打了一场，单独练了两个小时。

孙稚心盯得比较紧，每隔一段时间就提醒他休息，帮他做治疗。但只能做保守治疗，效果其实比较有限。这种病说大不大，说小也不小，积劳成疾，关键还是在于休息。如果是普通人，这点程度的疼痛根本不必在意。但职业选手不能掉以轻心，必须要在病情加重之前把它控制住，以免影响比赛状态。

几天下来，左正谊的操作丝毫没有受到影响。这让他松了口气，但队医和管理层仍然十分紧张，把他的手宝贝得跟什么似的，从早到晚细心呵护，一天问三百遍"感觉怎么样"。

另一个紧张的人是纪决。这几天，左正谊和纪决的关系仍然维持着之前的状态，近似于冷战。但纪决并非故意要跟他冷战，而是信守承诺，不拿私事去烦扰他。每当队医在训练赛结束后为左正谊做治疗，纪决的目光就跟着飘过去，落在左正谊的那只手上。

左正谊知道纪决在看自己，但他不想抬头。他发现他有点奇怪，平时冷静得很，但只要一看见纪决就会生气，甚至想哭，愤怒、委屈，乃至怨恨……他将命运中的一切不顺都迁怒、归罪于纪决。不为别的，只因为纪决是世上仅剩的一个他能够去怪罪的人，其他人都与他无关。

左正谊知道，这种"怪罪"本质其实是他依赖纪决。纪决应该陪在他身边，借一个肩膀给他靠。可偏偏这个人伤他最深，逼得他不得不站直。

左正谊对这种感觉厌恶极了，他要把这该死的依赖也连根拔除，让自己变成一个正常人，真正独立的、坚强的、什么都不在乎的人。为此，左正谊对纪决的态度反而"友好"了点。

他怎么对待张自立等人，就怎么对待纪决。不再拒绝和纪决单独说话了,甚至会帮着别人给他递东西——一盒酸奶,宋先锋买来分给大家的。左正谊将酸奶盒捏在指间,递到纪决面前。

纪决微微愣了愣,盯着左正谊的手,好像他手里拿着的不是一盒普普通通的酸奶,而是什么稀世珍宝。

后来纪决没有喝那盒酸奶,他把它揣进口袋里,晚上去敲了左正谊的门。

6月30日的晚上,第一场小组赛前夕。左正谊刚洗完澡,穿着浴袍,头发还是湿的,一打开门就被纪决塞了一大堆纸袋,感觉还是热的。

纪决说都是些当地小吃,他刚才出去买的:"给你吃。"

"辣吗?"左正谊没拒绝,"孙姐让我忌辛辣。"

"我知道。"纪决说,"都是你能吃的。"

他站在门口,发丝微湿,身上带着几分潮气,静静地看着左正谊。

首尔今晚下了一场雨,淋湿了半座城。异国他乡的雨水和晚风以纪决为载体,迎面扑到了左正谊身上。他轻轻嗅了一下,客气地说:"谢谢。"

纪决听见这两个字后沉默了几秒,过了好久才问:"明天的比赛,你会上场吧?"

这是一句没必要的交流。朴教练今天下午当着大家的面交代过左正谊的轮换情况,每个人都知道。

左正谊点了点头,说:"明天会上,后天看情况。"

小组赛每天一场BO1,第一天蝎子打北美战队,第二天打越南战队。

纪决又沉默了一会儿。他的个性冷漠,五官棱角分明,有一种拒人于千里之外的森寒之感。这跟长得好不好看无关,他由内而外地散发出"不好接近"的气息,不讨人喜欢。

这是完全不伪装的纪决。

他在左正谊面前大多时候是收敛的,包括此刻。但凶气收敛了,却也笑不出来,整个人就显得格外安静,安静得近乎木然。

他看着左正谊,左正谊也看着他。

半晌,纪决道:"你的手会没事的,很快就能被治好,别怕。"

"我知道。"左正谊转开脸。

纪决似乎察觉到他不想看自己,低下头说:"比赛我会拼命地打,你可以相信我。"

"嗯。"左正谊应了声。

纪决又道:"那好吧,你趁热吃,吃完早点休息。我走了。"

"嗯。"

一个转身离开,一个回手关门。

左正谊把装着食物的纸袋放到桌上,打开来,每样尝了几口。他现在是一个人住,严青云不知被安排到哪个房间去了,换房换得悄无声息。左正谊虽然有点无语,但他现在根本没精力去计较这种无关紧要的小事。

睡觉之前,他又涂了一遍药膏,扶他林乳胶剂,用来镇痛抗炎的。待药物慢慢被吸收,左正谊轻轻活动了一下手腕,试图感受那痛觉究竟有几分。事实上,这几天他的手都不太痛,偶尔才会有一点点感觉,非常轻微。

左正谊往好处想,他的确幸运,发现得这么早,也许是因祸得福呢?

他不该因为这个病影响心态。

明天是世界赛的第一日,他将再次走上最高战场。说什么为自己创造新的辉煌之类的话太官腔太俗气了,但左正谊的确想比去年爬得更高。

他不想再当亚军了。

三

全世界范围内,凡是有电竞文化的地方,EOH 都是爆款之一。因市场规模不同,各大赛区的独立联赛受关注程度也不同,有的不大赚钱,勉强维持赛事运转。有的火爆吸金,衍生出一个繁荣的产业。但不论联赛多么火爆,关注度都远远不及世界赛。

"世界冠军"是无与伦比的最高荣耀。

7月1日,世界赛小组赛首日开战。连续八场 BO1,比赛从傍晚排到凌晨,中国的三支战队 CQ、SP 和蝎子分别排在第一场、第三场和第五场。

在比赛开始之前,场馆的主舞台上进行了歌舞表演,庆祝 EOH S12 世界冠军争夺战正式拉开序幕。台上的舞美灿烂绚丽,全世界的电竞爱好者共襄盛事,从观众席到互联网直播间,无数个镜头,无数双眼睛,一同对准舞台中央,等待表演结束后各大战队登台亮相。

十六支战队亮相的顺序和比赛的顺序一致。

蝎子与今日的对手 KTE 一左一右同时登台，两队均由队长带队，身着队服，高举国旗，一起向台下的观众打招呼，引起一阵热烈的欢呼。

舞台巨幕亮起，开始播放两支战队的介绍视频。蝎子的视频里有不少左正谊的镜头，他的伽蓝和劳拉本赛季连续两场拿到五杀，冠绝全球，ECS 赛事联盟主办方给他打出了"中路之王"的高度评价。即便台下大多是韩国观众，他们也毫不吝啬地为那两个五杀镜头献出了掌声。蝎子短暂的亮相过后，另外两支战队登台。

等十六支战队全部亮相完毕，今天的比赛终于开始了。

第一场：CQ 对阵 DN8。中韩之争，EPL 冠军和 ECS 冠军之战。这场比赛堪称今日最大的看点，小组赛一开始就吸足了观众的眼球。

蝎子全队在后台观战，左正谊坐在朴业成身边，后者从 Ban & Pick 环节开始，就不断地发出点评。

由于这是游戏改版后的第一场正式比赛，CQ 和 DN8 的 B/P 都比较保守，但仍有区别。CQ 侧重阵容的硬度和容错率，倾向于在对线和推塔上占据优势，稳定运营，不易猝死。这是汤米的风格，他是个不太喜欢依赖选手个人发挥的教练。DN8 则更侧重阵容的灵活度，在刺客被削了一刀的今日，仍然主打前期节奏，给足了中野信任。

朴业成问："你们觉得哪边阵容的赢面更大？"

张自立说："CQ 吧。"

宋先锋说："我觉得是 DN8。"

严青云摇头："差不多吧，看选手的发挥。"

纪决没做评价，他曾经和左正谊一起看了几十场 DN8 的比赛视频，比其他人更熟悉 DN8 的中野。特训的一个月里，他研究最多的也是他们。

从纸面实力看，CQ 虽然不弱，但 DN8 明显更强——一支全面发展、没有弱点的"六边形"战队，今年实打实的夺冠第一热门。

纪决看向左正谊。察觉到他的目光，左正谊也看了他一眼。尽管他没开口，但左正谊明白了他想说什么，他觉得无所谓，耸了耸肩，显然并不畏惧 DN8。

这一随性的动作让左正谊身上笼罩的阴云般的沉重感减淡了几分，他仿佛是为比赛而生的人，走上赛场就突然活了过来，脸上甚至有了笑容。

在 CQ 和 DN8 打得激烈，上单傅勇塔下一打三还反杀了一个人的时候——左正谊吆喝了一声，高兴得差点跳起来："行啊，菜勇！没给你爹我丢脸。"

张自立也看得激动，趁机攀亲戚占便宜："行啊你，真不错！没给叔叔我丢脸！"

左正谊猛拍了一下他的头："乱叫。"

然而，尽管傅勇打得很好，CQ 还是输了。

DN8 不仅中野强势，另外三个位置也无瑕疵，全队配合默契，稍处于劣势时也能很快调整过来。虽然阵容坦度（生存能力）没有那么高，但打出了一种坚不可摧的气势。

在这种情况下，CQ 最大的弱点就暴露出来了：进攻性不足，不够"锋利"。

BO1 赛制只打一局，CQ 下场的时候，选手们的脸色都很凝重。世界赛开门不利，对他们来说是个打击。这种气氛也影响了蝎子，大家不约而同地收起笑闹的心思，紧张了起来。

第二场是两支外国战队对打，第三场是 SP 打日本战队。

SP 赢了，为中国赛区带来了今晚的第一场胜利。与 CQ 明显不同，刺客被削弱后，SP 掏出了看家本领，放他们的 ADC 上场大杀四方，打出了十成的攻击力。但由于对面的那支日本战队并不算一等强敌，不论怎么打，这场比赛的结果都不令人意外。SP 毕竟是上届冠军。

轮到蝎子上场的时候，时间已接近深夜。

左正谊衣袖下不经意露出的膏药贴吸引了摄影师的注意，他的出场特写镜头第一次没有聚焦到脸上，而是照在了手腕上。这个镜头一闪即逝，他面色如常地调整键盘，眼神中稍微多了几分谨慎。

世界赛在中国区的转播权被龙象 TV 买断，除开官方直播间之外，还有几十种不同视角、不同风格的分流解说，EOH 分区的顶级大主播们无一例外，全都在直播间观战。龙象 TV 的流量进入了一年一度的高峰期。

此刻，整个电竞圈的目光汇聚于午夜的首尔，无数的期待遥传千万里，化作压力，成为左正谊背后流下的一滴汗。

"奇怪，我比预想中紧张。"左正谊的大脑被比赛塞满，忘了他和纪决正处于尴尬期，下意识倾诉了一句。

"没事。"纪决道，"我们最近练得很好，照常发挥就行。"

他把手遥遥地伸过来，拍了拍左正谊的手腕。

Ban & Pick 很快开始，蝎子按照原计划，选出了一套与 DN8 思路相近但又区别很大的阵容。

从思路上看，蝎子和 DN8 对当前版本的理解比较接近，都认为在现在各英雄的实力相对平衡的环境下，难以靠单一英雄 carry 全场，节奏和配合更重要。刺客虽然被削弱了，但它只是回到了合理的强度，不是被打入下水道了，用中野联动做全队的节拍器，依旧强悍无敌。

但 DN8 的输出点较为分散，蝎子却是很明确的法核输出，因此选的阵容也更偏向于中后期作战。不过这不等于放弃前期，恰恰相反，蝎子最近练习的打法就是前期打节奏，后期打团。

即中野二人一主一副，中单在前期未发育完成时，给不出太多输出，主要作用是配合打野游走打副手、补伤害——打野和线上队友是主要输出点，但如果能击杀敌人，人头让给中单，就能为左正谊争取超前发育的机会。一旦左正谊的装备成型，蝎子就会进入强势期，这时中野二人的主副定位将会发生颠倒。

这乍一看是个很完美的战术，前后期皆可应对，但实际执行起来却并非如此。它要求打野在前期必须要非常 carry，养活像挂件般给不出太多支持还要吃他人头的中单。同时要求上下两路在配合中野 gank 时不能犯错，每一次都要有切实的收获才能滚起雪球，否则中单发育不起来，打野也逐渐废掉了，后期的压力过大，甚至可能进不了后期。

对左正谊来说，最大的难点不是他要承担后期所有的压力，而是打前期的时候，他不得不把自己当成辅助来打，依赖队友，信任队友，把一半的指挥权交到打野手上。

朴教练简直像来整治他的。

他越是坦言自己对团队型打法没自信，朴业成就越逼他走团队路线。朴业成熬鹰似的活生生折磨了他一个多月，当然也折磨纪决和上下两路。

一开始，蝎子打得一团糟。

一个多星期之后，渐渐打得有了点模样。

一个多月之后，他们就非常熟练了。

比如现在，纪决带着左正谊潜伏在上路的草丛里。前期打野掌控节奏，蝎子走双指挥路线，纪决负责指挥队友 gank，左正谊关注其他细节。他们和宋先锋简单沟通了两句，确认对面上单的位移技能已放出，当机立断控住对面的上单，强杀了它，顺势攻下了一座防御塔。

一套配合如行云流水，KTE 的上单反应过来时已没有逃走的机会。这是本场的第六个人头，给到左正谊的第三个人头。

战绩 3-0-3 的法师还未进入中期就已经能开始横着走了。

国内直播间里一派喜气洋洋，前阵子在三支出征战队里最不被人看好的蝎子意外地令所有观众眼前一亮——他们的整体实力提高了不止一个档次。

这不同于左正谊以前那种一次又一次刷新大众认知的恐怖 carry 能力的提升，而是团队配合能力的提高，就连一贯为人诟病、最不稳定的"神经刀上单"宋先锋，都稳得不行。中野的每一次 gank 他都能打出完美配合，失误操作大大减少，不隐身也不冒进了。下路的严青云和张自立也是如此。

蝎子活了过来，又像是完全"死"掉了。活过来是因为队伍突然有了"一体感"，大家同心协作。"死"了是因为每个人都像一颗螺丝钉，被牢牢地钉死在各自该在的位置上，只在合适的时机干合适的事，流畅得近乎机械化了。

BO1 结束得极快，一场胜利到手，左正谊如梦初醒般站了起来。

赢得好容易，比他想象中的要轻松。KTE 不够顶级是一方面，蝎子这局打得比训练时更完美也是一方面——他们甚至都没打到该左正谊全力发挥的时期，就早早地结束了战斗。

尽管如此，左正谊起身下台的时候，后背仍然汗湿了。几个队友挤在一起走，玩闹般互相撞击着，不知是谁把他推到了纪决身上。左正谊斜斜地栽过去，纪决回手一捞，扶住了他，轻轻握住他的手腕，问："感觉怎么样？"

左正谊习惯性地不想给纪决好脸色，但水晶爆炸的声音像烟花般不断地在他脑海里升起、炸开，他不受控制地扬起了嘴角。

"不疼。"左正谊忍了又忍，拼命把唇边的弧度压下去，故作平静地说，"你今天打得不错，再接再厉吧，打野。"

说完，不等纪决出声，左正谊就飞快地钻进了人群。

世界赛的第一场，蝎子顺利拿下开门红，左正谊的"通天之路"现出了第一道曙光。

第八章　征服

"我要把韩国队打成哑巴。"

一

接下来的五天，依旧是每天八场 BO1，直到小组赛结束。

但这连续六日的比赛左正谊没有全部打满，他在队医的建议下，只上了四场，另外两场是替补中单打的。

这几天，左正谊的训练强度又逐渐升了回去。今年世界赛的强敌格外多，DN8、F6、SP、HN 等战队频频精彩发挥，强强对决一场接一场，蝎子全队从开门红的轻松胜利中清醒过来，绷紧神经，备战慎之又慎。

由于训练强度提升了，孙队医每日都十分忐忑地盯着左正谊，如果现在是在国内比赛，她已经直接叫停了。但世界赛的紧张情况大家有目共睹，谁也说不出那句"应该休息"。

六天六场比赛，蝎子的最终战绩是五胜一负，唯一输的那场是替补中单打的。打一场正式比赛比打一场训练赛对身体和精神的消耗都大得多，轮换十分有意义。但左正谊是战术核心兼主指挥，他不上场，对蝎子实力的削弱是巨大的。他只能在蝎子打弱队的时候休息。但即便如此，蝎子还是输了一场。不过，五胜一负已经算是非常漂亮的战绩了。

蝎子以 A 组第一的身份晋级。比蝎子战绩更好的是 C 组的 DN8，六场全胜，连一局逆风都没打过，韩国人为 DN8 疯狂摇旗呐喊，甚至为了 DN8 和中国网民在推特上吵了起来。

吵架的起因是 DN8 和 CQ 的第二场比赛。

CQ 可能是因为不仅输给韩国冠军 DN8，又输给了澳洲冠军 UNT，连着两场下来有点士气不振，影响了后续发挥。导致第二轮对战 DN8 的时候，CQ 的选手心理压力过大，尤其是他们的 ADC，脸色发白，透过直播镜头都看得出他在冒虚汗。他在团战时犯了一个非常明显的低级错误，被 DN8 的打野当场发了一连串的表情嘲讽。那些一般只出现在路人局里的嘲讽"组合拳"，在全世界观众的面前捶到了 CQ 的脸上，无异于直接捶到了中国赛区每个战队的脸上。

互联网战争连夜爆发，中国网民怒斥韩国选手"空有技术没人品""不尊重对手"，建议 DN8 的打野"打职业赛之前先学做人"。

韩国网民则极尽刻薄之能事，理直气壮地说："菜鸡不值得被尊重。"

叫人生气又无力，在电子竞技的世界里，赢就是一切。

整个中国电竞圈都窝着一股火，憋屈地看着 CQ 被淘汰，垂头丧气地回国。

CQ 的 ADC 甚至公开发表了一篇道歉声明，自称是"罪人"，辜负了教练和队友的信任，也令全 EPL 的战队颜面无光。

这件事看得左正谊频频皱眉。

其实在比赛中发表情的情况并不罕见，赛前放狠话互相挑衅的例子也很多，但凡事讲究时机和气氛，也要看尺度，嘲讽过头就显得恶意太重了。

DN8 打野发的那一连串表情在 EOH 游戏文化中属于最脏的那一类——喷子辱骂其他玩家的经典"连招"，即便是在路人局中出现，也是会引起其他人反感的，更何况这是世界赛。

中国赛区的人如此愤怒，除了被嘲讽之外，最主要的原因是，DN8 打野的这番行为明显违背了职业道德，却没有受到 ECS 联盟的处罚。赛事主办方睁一只眼闭一只眼，纵容了他。

可能这就是主场优势吧。

中国赛区电竞爱好者的怒火无法平息，他们的期待便都放在了 SP 和蝎子身上，大家渴望他们能为 EPL 争光，亲手扑灭 DN8 的气焰，一雪前耻。

但尴尬的是，DN8 是 C 组第一名，蝎子是 A 组第一名，SP 是 B 组第一名，这意味着，在八进四的淘汰赛里，蝎子和 SP 都遇不到 DN8。为此，龙象 TV 的赛事资讯频道头版上打出了一句醒目的"君子报仇，十年不晚"。

张自立将这句话截图，发进蝎子的微信群里，配了一个"压力山大"的表情包，转头冲左正谊猛叹气，说："欸，End 哥哥，假如，我是说假如啊，假如我们也被 DN8 淘汰了，还能回得去吗？会不会被浸猪笼？"

左正谊正在做手部按摩，听了这话直感晦气，不悦道："你别长他人志气，灭自己威风。"

"DN8 最近有点太飘了。"纪决在一旁看着他的手，头也不抬地说，"听说他们昨晚全队去唱 K，被路人认出来臭骂了一顿，今天就连忙在官方账号上发了一组'深夜疲惫训练图'，为自己澄清。"

张自立道："HN 也去唱 K 了，但他们光明正大，主动把唱 K 的照片发了出来，欧洲人还是会享受。"

HN 战队是 D 组的第一名。

左正谊没吱声。纪决看了他一眼说："其实偶尔的放松也很有必要，别把自己逼得太紧了。"

左正谊的表情没有一丝变化，好似没听见。

这两天，他们的关系没有变好，但也没变得更糟。左正谊心情好的时候对纪决的态度就会好一点，这让纪决分不清他这好脸色究竟是冲着什么给的。除了训练交流，他们私下里仍然没说什么话。纪决每天都给左正谊买吃的，当作夜宵，也仍然是每天晚上在左正谊睡觉之前送上门。

有一回，纪决来早了，左正谊还没洗完澡，听见门铃声就匆匆跑来开门，身上的水还未来得及擦干，打开门时，潮湿的水汽扑了纪决一脸。

那一瞬间纪决的表情变得有点微妙。左正谊的心情也很微妙，他知道敲门的是纪决，才会这么随意地出来开门，忘记了"不合适"。

这是匆忙中下意识的行为。

左正谊在沉默的对视中感到了一丝尴尬，连忙把门关小，客气道："今天我不想吃了，你自己吃吧。"

纪决的手按住门板，往外掰了两寸，露出一张完整的脸，沉沉地叫了一声："左正谊。"

"干什么？"左正谊有点心烦。

纪决道："别讨厌我了。"

左正谊沉默了一会儿。纪决紧接着道："能把微信加回来吗？平时联系有点不方便。"

"……"

平心而论，人不能每时每刻都带着怒火，永远活在愤怒里。时间过去得久了，左正谊看见纪决也能心平气和了。甚至，痛恨的怒火逐渐平息之后，曾经的那些依赖的情绪又有死灰复燃的趋势，西风压倒东风，成了他心情的主方向。但这种日渐平息和死灰复燃何尝不是一种妥协？

他的理智明明在拒绝，情绪却遵从本能，想让自己快乐——忘记那些不开心的事，糊涂一点，才能活得更轻松，他总不能愤怒一辈子吧？

可是……

左正谊不知道该怎么办，但他平生最恨"妥协"。他甚至弄不清楚自己究竟想要什么，只知道要"正确"，要"有尊严"，一切与此相违背的事情，他都断然不能接受。

他的心里翻江倒海，望向纪决时，面对那张熟悉的脸，千言万语只能化作一句"你好烦"。他把纪决往外推，不高兴道："不加，也别再给我送夜宵了，我都长肉了！"

长肉是假的，左正谊最近又瘦了一些，他身体劳累，还心事重重，每顿吃的量跟猫食似的，怎么胖得起来？

纪决被他赶着走也不恼，态度良好地说了声"晚安"。

左正谊不愿被私事干扰，最佳处理方法就是延后，把一切事情推到世界赛结束之后再解决最稳妥。

他不为纪决烦心，却被这些韩国人烦死了。

蝎子的八进四淘汰赛对手是 F6 战队。F6 和 DN8 一样是韩国 ECS 赛区的老牌战队，虽然他们在国内时一直内斗，但上了国际赛场，俨然成了兄弟战队，开始"互相帮助"了。

就在中国网友发出希望蝎子和 SP 虐一虐 DN8 的呼声之后，左正谊手有伤的消息上了新闻。

F6 的中单看见新闻之后，发出了一句疑问。他说："End 真的有手伤吗？操作还是那么流畅，不像啊，笑：D。"这句发言一出，带了一波大节奏。

他本人虽然没有明说，但F6和DN8的韩国粉丝都明白该如何攻击左正谊了。他们说，左正谊手有伤的消息可能是烟幕弹，用来故意迷惑对手。也可能是他怂了，还没打DN8，就提前开始为中国赛区的失败找借口，真是让人看不起。

左正谊气得火冒三丈，连夜编辑微博骂人，他已经很久没有这么冲动过了。但这条微博最终没发出去，他终归不是当初的他了，现在的他能沉得住气，不把情绪浪费在不该浪费的地方。

打口水战是小人所为，退一步说，他天天把"我是世界第一中单"挂在脸上，有其他中单不服很正常。他应该做的是拿起键盘亲手把韩国队打服，而不是在互联网上当另一种"键盘侠"。

但自信不等于没有压力，左正谊的压力直观反映在他不断增长的训练时长上。孙稚心看得直叹气，经常强迫他停下来，让他休息一会儿。

蝎子和F6的比赛在7月11日。

7月10日这天，原本就压力山大的蝎子又得到了一个让他们心理压力更大的消息——SP在八进四淘汰赛中，被澳洲UNT战队以3∶2的战绩送走了。

至此，中国赛区仅剩蝎子这一根独苗了。

▬ ▶▶▶

SP被淘汰，就像是在国内沸腾的舆论上浇了一盆冷水。电竞论坛与各大社交平台上哀声一片，然后那沉重的期望，就全部压向了蝎子。

中国赛区不能再输了。

7月11日，首尔时间晚上7点。

EOH S12全球总决赛，八进四淘汰赛，蝎子和F6的对战在万众瞩目下开始。淘汰赛采用BO5赛制，五局三胜。相较于小组赛的BO1，BO5更考验选手的耐性、体力和战队的临场调节能力。通常来说，BO1的胜负具有一定的偶然性，BO5更能体现战队的实力，但也有强队因各种问题被弱队翻盘的情况出现。

电子竞技的魅力有很大一部分来源于其结果的不确定性，不论对手是强是弱，都可放手一搏。

今天晚上，比赛现场早早坐满了韩国观众，他们为中国战队准备了一份"厚礼"。第一局刚开始，Ban & Pick 才进行到一半，台下的声音就压不住了——是嘘声。每当轮到蝎子选择英雄时，观众席里就响起一阵唱衰和威吓的声浪，现场的安保人员压都压不住。

在小组赛第一日蝎子亮相时，韩国观众基于对强者的尊重为左正谊送出了掌声。但今日，在他们眼里，所有来自中国赛区的战队都是敌人，左正谊也只是个因害怕战败而故意放出手伤"假消息"的胆小鬼罢了，不值得被尊重。

一浪又一浪的嘘声源源不断，到 Ban & Pick 结束时也没停止，其中夹杂着零星的韩语脏话。

这座比赛场馆并非电竞赛事专用场馆，而是为举办国际大赛临时征用的大型体育馆。主舞台上没有隔音玻璃房，现场容纳的观众数量也比普通电竞馆多了数倍不止。

那些喝倒彩的声音如山呼海啸一般，从四面八方袭来，穿透耳机，震得蝎子全队都黑了脸。

"吵死了。"左正谊满心不快，冲拍他的摄像机瞪了一眼。他的脸，他的眼神，通过特写镜头同步直播到现场的各大屏幕上，360 度无死角放送。

台下顿时群情激愤，连刚才没开口的韩国观众被他这么一瞪，也加入了嘘声大军里。一时间，体育馆的天花板几乎要被掀翻，互联网上的中韩两国电竞粉丝又开始了新一轮的"赛博战争"。

现场的韩国解说嘲讽："End 并不理智，他应该专注看电脑屏幕，而不是摄像机。"

中国解说远在万里之外为左正谊鼓掌："韩国人不尊重我们，我们也没必要尊重他们。从表情可以看出，End 想给他们一点颜色看看了。"

左正谊的确是这么想的，第一局打得格外有血性。

蝎子艰难地练出了团队协作的打法。中野当节拍器盘活全队，便要将自己的强项发挥到底，以强打弱，专攻 F6 的下路。此处的"弱"并非弱点，而是软肋。

F6 是金至秀的前东家，惯常围绕 ADC 建队。当年金至秀带领 F6 横扫整个 ECS 赛区，一举夺得联赛冠军，当了赛季的 FMVP，然后被当时的 Lion 战队重金挖到 EPL。F6 因此消沉了一年多，直到接班的新 ADC 成长起来。

当时，F6 的粉丝一致认为金至秀的出走是背叛，并迁怒于 EPL。有此前情，今天的这场比赛可谓是新仇旧恨一同爆发。左正谊打得凶，对面也不甘示弱，前期虽然没有爆发大规模战斗，但小规模团战频频发生，且大多发生在下路。

左正谊和纪决像两个游魂，F6 一不留神，他们就无声无息地飘到了下路附近。

第一次 gank 没成功，F6 的辅助对 AD 的保护很到位。

第二次 gank，纪决和对面的 AD 一换一。

第三次 gank，F6 的中野前来支援，双方四打四。左正谊并未完全发育起来，但控制给得稳准狠，配合纪决和张自立打出完美的零换三，他吃到一个人头，纪决双杀。

蝎子从这波团战开始就打出了优势。

F6 的 AD 不得不收敛气焰，开始龟缩发育。

见此情形，台下的观众扯着嗓子为 F6 加油，频频响起的 F6 队歌和口号声对左正谊来说全是噪音，他从来没有一刻像这样强烈地想把观众的嘴都堵上。

四分钟后，他做到了，是一波来自中路的交锋。

纪决正在帮张自立打红 Buff，左正谊察觉到中路有危险的信号，喊了纪决一声。但还没等纪决过来，战斗就开始了。

对面的中单率先发起挑衅，一开始左正谊以为他身后有人，动起手来才发现他只是想跟自己 solo。

法师 solo 的成败无非就是看技能能否命中。左正谊玩的是劳拉，对面是路加索。在装备还未成型的时候，劳拉跟路加索 solo 并无优势。

但世界第一中单不畏惧任何 solo。左正谊非但不畏惧，还像是网络卡了一样，待在原地一动不动。

路加索以为他是在骗技能，试探着朝他背后丢了一招。敌人原地不动，他往敌人的身后放技能，画面显得有点滑稽。但大家都知道，这是在预判劳拉的走位。可惜纯属是他想多了，接下来两三秒钟内，劳拉仍然不动。

路加索终于开始往左正谊站定的位置放技能——命中了，一下、两下、三下。劳拉的血量肉眼可见地减少，在进入斩杀线的那一刻，路加索想开启大招，直接秒了这个傲慢的法师。

就在这一刻，左正谊动了。他转头往防御塔里撤退，撤出了一种"网络恢复后发现自己残血并不知道该怎么办"的惊慌感。

导播迅速将OB镜头拉近，只见F6的路加索果断开大招，追魂索命一般冲进了蝎子的防御塔里。毕竟他满血，而劳拉残血，越塔强杀劳拉轻而易举。就在全世界观众的心弦被他拨动的这一刻，他一向精准无比的大招打空了。

左正谊手里没有闪现，但他仿佛早知道路加索会这么做，走位险险错开一步，反手控住路加索，一套技能照脸砸下。技能伤害与防御塔伤害叠加，F6的中单顷刻间命丧塔下，左正谊踩在他的尸体上发了一个嘲讽表情。

台下的韩国观众齐齐安静了两秒。他们终于学会了闭嘴，但紧接着，更加震耳欲聋的声浪朝左正谊涌了过来。

左正谊不为所动，他没抬头，但伸手做了一个"一"的手势。

摄像机对着他拍。那略显纤细的白皙手腕上贴着缓解疲劳的保健膏药，看起来不堪一击，实则却有力敌千钧的狂妄，引全世界慕强的电竞爱好者竞相折腰。

"1∶0。"左正谊平静地说，"我要把韩国队打成哑巴。"

之后正如他所言，蝎子1∶0赢了第一局。F6的中单solo战败之后，他们的中路防御塔就被及时赶来的纪决和左正谊一起推掉了。

蝎子如今的战术只要前期不处于劣势，后期几乎就能稳赢。

第二局也是如此。

F6在B/P上做出了一定的调整，给自家的AD选了一个在前期更加强势的射手，想在一开始就遏制住蝎子的优势。但蝎子以毒攻毒，拿出了一套坦度极高的阵容，前期比F6更加强势，又肉又滑，一级团直接朝脸砸，六分钟杀了对面的 AD 三次，打出了堪称一边倒的大顺风局。

这个阵容的缺点是在后期没有输出，连左正谊都玩了半肉法战——几乎是史无前例的。

正所谓出其不意有奇效，F6 的 AD 在前期被废掉，中期打得磕磕绊绊，并没有迎来后期，就结束了战斗。

在结束之前，左正谊朝镜头比了一个"二"。

终于，之前不明白他是什么意思的观众们，这回全都明白了。

蝎子以 2：0 领先，第三局来到了赛点。

中场有十五分钟的休息时间。左正谊去上了个卫生间，洗完手，他把手腕上的膏药揭开看了一眼，大拇指连接的腕侧微微发红。他把膏药重新按上，回到了休息室。

纪决在等他，虽然并没说什么，但那眼神一看就是亲眼看着他出去了，一直盯着门，直到他回来。

打到 2：0，蝎子队内的气氛十分好。赛前的紧张消减了大半，大家互相鼓励，再接再厉，只需再赢一小局，就能拿下今天的比赛。

还有什么比 3：0 更光荣的吗？在韩国人的地盘上，抽他们三个耳光。

孙稚心却看了左正谊一眼，说了一句有点影响大家心情的话。她说："自从 End 发现手受伤以来，还没有打过持续这么久的高强度比赛，BO5 太累了，要不……"

让他休息一场，换替补上。但这话孙稚心不敢说，在现在的舆论形势下，蝎子万万不能输。左正谊一定不肯下场。就算他愿意下，替补中单都不敢上——输了就是中国赛区的罪人，哪个能扛住？

"没事。"在教练和队友听了队医的话齐齐看过来的时候，左正谊轻描淡写地说，"你们不要把我的手伤看得太严重，想太多了。"

他的眼神绕不开纪决，但一对视，左正谊就移开了视线。

"速战速决，一鼓作气打赢吧，别给他们翻盘的机会。"如果打满五场，那他的手是真的受不住。

左正谊分别拍了拍队友的肩膀，轮到纪决的时候，纪决反握住了他的手腕，给他轻轻揉了几下。

但纪决没有劝他。左正谊不需要规劝和安慰，只需要支持。

纪决跟在他身后，与他一同回到比赛舞台上。

直播摄像机第一时间转向他们，左正谊刚落座，就面无表情地向镜头伸出了手——"三"。

左正谊的狂妄点燃了韩国体育馆，台下鼎沸的骂声几乎要将他淹没，连中国的观众都忍不住为他捏一把汗：如果他们赢不了，该怎么收场？但左正谊好像没考虑过这个问题，也可能是他考虑得比任何人都清楚，所以不在乎了。他一如既往地坐在比赛台上，表情竟然是蝎子全队选手中最放松的一个。

这是 BO5 的第三局，蝎子的赛点局，F6 的最后一个翻盘机会。两队的教练神色凝重，每一步都谨慎选择。明明是和前两局相同的 Ban & Pick 时间，却给人一种格外漫长的错觉。

F6 把劳拉 Ban 了。

在如今这种舆论形势下，承受压力的不只中国战队，韩国战队也同样不敢输。他们不想表现出对左正谊的畏惧，但犹豫再三后，还是把劳拉 Ban 了。

金发女法师被锁进 Ban 位的一瞬间，中国互联网上一片嘲讽。但能赢才是最要紧的，B/P 时被嘲讽几句有什么大不了的？

F6 的教练一点也不上头，该怎么 Ban 就怎么 Ban，以胜率为重，使出了浑身解数，跟朴业成斗法。

朴业成作为韩国人，却站在中国战队这边，处境较为尴尬。但他很敬业，心态也极好，眼睛只管盯着屏幕，不往台下看。

蝎子有意速战速决，这局仍然想打前期阵容。两局交手下来，他们已经发现，F6 最怕的就是打前期，如果他们处理不好开局的野区入侵和低等级团战，打野就会完全被纪决压制。

F6 的教练显然也明白这一点，第二局的时候还想在前期挣扎一下，硬碰硬化解蝎子的攻势。不过到了第三局，他们就不敢再冒险了，开始选更稳定的阵容。

蝎子要前期猛攻，他们就出肉装；蝎子出控制，他们就出解控。

一番 B/P 下来，蝎子选出了一套稍微有些脆但先手战斗力极强的前期阵容，F6 则一味求稳，中野对位弱势就放弃中野，把希望寄托在 ADC 身上，选择了能给予他最大保护的阵容。

今天的F6就像是曾经的蝎子，被逼到穷途末路，最终选择回到自己最擅长的路线上。今天的蝎子就像是曾经的Lion，锋利无比，但防御力不足，破釜沉舟，不成功便成仁。

左正谊拿到的英雄是冰霜之影，这个以前他不喜欢玩的法刺。纪决拿到了红蜘蛛，张自立拿到了赤焰王，严青云拿到了玛格丽特，宋先锋拿到了狮子。

这个阵容里没有硬辅，没有大肉，也没有AOE输出。蝎子如果前期打得不好，必定会死得很惨。

左正谊并非不紧张，拿到冰影时也犹豫了一下。但台下不知有多少双眼睛一齐盯着他，那些厌恶、蔑视、嫉妒、仇恨的目光像丢进天地洪炉里的一把把干柴和热油，火光烧得冲天，煎熬着他的血，激发出了他从未有过的深重杀意。

如果说键盘是把剑，那么此刻，剑尖应该在滴血了。第一滴血来自F6的打野。交锋十分短暂，纪决的红蜘蛛控制住他，冰影使出一套技能直接将他秒杀。

剑走偏锋的阵容有明显的缺陷，也有明显的优势。即使现在刺客不像之前那么强势了，但只要节奏抓得好，依旧可以在前期横行霸道。

第二滴血来自F6的中单。他清完一波兵线，正准备回城补状态，此时埋伏许久的红蜘蛛进塔强控，同一时间冰影开大招将其击杀。

第三滴血来自F6的ADC。左正谊和纪决一起去下路gank，对面有所察觉，在第一时间撤退。但严青云的玛格丽特把大招开在了最精妙的位置——一道切割战场的技能墙竖直铺开，插在F6的辅助和ADC之间，后者被隔在墙外，当场暴毙。

第四滴血……

蝎子拿到十个人头的时候，对面的人头数是零。

场馆内的喧闹声渐渐止息了。但韩国观众不肯轻易认输，只停了片刻，便继续为F6加油，一声声的呐喊激励他们振作。这声音也是对蝎子的激励，左正谊被推着往前走，没有一秒放松，不断地下命令推塔，推塔，杀人，杀人，不给F6一丝喘息之机，誓要在对面ADC黑枪装备成型之前拿下比赛。

但看似顺利的局势却在大龙刷新之前发生了变故。

蝎子卡着时间打小龙，准备在拿下小龙之后先打一波团战送走F6，再回去打大龙，然后一鼓作气推上高地。计划得不错，若能成功执行，胜利唾手可得。可就在蝎子把小龙打到血量只剩一半的时候，F6来抢了——他们可能是嗅到了死亡逼近的气息，不得不鼓起勇气搏一搏。

激烈的团战在龙坑附近爆发。蝎子不可能没有防备，在巨大的经济差距下，F6很难打赢他们。这堪称一场自杀式袭击，F6打出了惨烈的四换二，只有ADC在队友的拼死掩护下侥幸逃生。更幸运的是，那两个人头一个是左正谊的冰影，一个是严青云的玛格丽特，一个价值五百金币，一个价值四百金币——F6的ADC直接把经济拉高了一截，合成了一件神装。

这对蝎子来说不致命，但从局势发展来看，是一个微妙的转折点。

F6仿佛被打了一针强心剂，忽然间又重振了士气。台下的呐喊声也提高了几个分贝，韩国人整齐划一地为F6加油，一声接一声，一浪接一浪。

"F6！"

"F6！F6！"

左正谊沉下了脸。

蝎子节奏不乱，继续处理兵线，吃光F6的野区资源，往F6的水晶处推进。对面的ADC当然也不弱，一个人胆大包天地跟蝎子的三人绕着走，吃不到野区资源就吃兵线，拼命地抢机会发育。时间一分一秒过去，蝎子的优势在逐渐减小。

左正谊复活的第一时间，就选择放弃打大龙，直接开团中推。但蝎子的阵容此时已现疲态，最大的缺陷是打团时没有AOE输出，这意味着不论他们打得多凶，伤害总是不够，很难在短时间内结束战斗，被迫拉扯着打，这就给了对面ADC发挥的空间。

这位AD选手终于发挥出了他作为F6核心应有的水平，在辅助的掩护下，他在战场中不断地灵活走位、来回穿梭。只要他还活着，即便F6丢了两路高地，蝎子的兵线也推不进塔里。当时间进入二十五分钟以后，蝎子的阵容优势彻底变成了劣势，猛烈的进攻不得不逐渐变成防守。

F6的兵线第一次越过中路河道，拔掉了蝎子的中路外塔。

第三十二分钟，大龙被F6击杀。蝎子陷入更深的危机，不得已外出分推，尝试用偷家的方式缓解兵线的压力。打到这个时候，胜率随着时间推移急速变小，从理论上来说，蝎子已经很难赢了。

后期是 F6 的天下。

左正谊沸腾的血液逐渐冷却，但手还是热的。他听不懂韩语，场馆太吵，即使听得懂也听不清，但他能从台下那些变了调的呼喊声里感受到韩国观众的情绪。

他们兴奋了。

他们又自信了。

他们又嚣张起来继续骂他了。

左正谊剑尖上的血还没干，杀气和戾气相混淆，一瞬间灌满全身经脉。不知是他把键盘按得太重，还是他的手在疼，手腕隐隐有发麻的感觉。他并没注意到发麻的不是按键盘的手，而是放在鼠标上的那一只。他的全部注意力都在游戏里，在艰难地维持局面，等待一个可以一击必杀的机会。

蝎子要想赢，就必须打赢团战。要想打赢团战，就必须把 F6 的 ADC 切死。但对面也知道他们做什么打算，把 ADC 保护在一重重人肉围墙里，简直密不透风。

蝎子从第三十二分钟又熬到了第四十分钟。

比赛逐渐有往"膀胱局"发展的趋势，因为蝎子这边有玛格丽特，这个功能型辅助进可攻退可守，不想打就隔墙挡人，专注清理兵线，以至于F6 优势巨大也久攻不下。不断增长的时长带来不断增长的疲惫感，不知从什么时候开始，左正谊发麻的右手腕疼得更狠了，他忍不住用左手揉了两下。

这一不经意的动作没被摄像机错过，但直播画面一出，发现他果真有伤的韩国观众并未表示同情，反而发出了一阵幸灾乐祸的起哄声。在这一刻，即使语言不通左正谊也感觉得到，他们巴不得他断手。

电子竞技在国别差异面前，失去了它本该有的纯粹。

左正谊的愤怒遮盖了痛觉，他没法停下，更不想示弱。

这局游戏已经打了四十多分钟，几乎已成死局。蝎子三路高地全被突破，苟延残喘都快退到自家水晶前了。水晶前堆积的小兵密密麻麻一片，它们迫切地想冲破最后一道防线，攻破蝎子的基地。

严青云捏着大招，已经走了过去。他想挡住F6，把这波兵线清掉。

左正谊却在关键时刻叫住他："等等。"

他们在队内语音里进行着最后的交流，直播里却什么都听不到，只有游戏的BGM，和快到让观众的大脑根本跟不上的局势变化。

只见严青云的玛格丽特收势回撤，但他并不是真的撤退，在F6打前锋的上野猛扑上来的一瞬间，玛格丽特突然开启了大招。在玛格丽特的技能墙落地之前，有一个动作前摇，也就是说，只要敌方有预判，完全可以提前躲开。

严青云放得并不果断，角度也有点偏了。

F6的上野乃至中单全都轻松地躲去了同一边，他们没有被技能墙分割阻隔，以至于在躲避的那一瞬间短暂地抱了团。

纪决等的就是这一刻。红蜘蛛的大招"蛛网"兜头降下，如神降临的惩罚一般，奇迹地控住了F6的四个英雄，包括辅助！

只有习惯性飘来飘去的ADC逃过一劫，但冰霜之影早已绕到他们身后，左正谊的所有位移技能都留给了他，追、控、杀——以冰锥做武器的法刺在满场的惊呼声里使出致命一击，森森的寒气破开黑枪的胸膛，F6的核心当场倒地！

左正谊冲摄像机瞥去一眼，面无表情是最有力的嘲讽。

现场一片死寂。捅进黑枪胸膛的那一锥也同时割断了韩国观众的声带，他们集体失声了，没有欢呼，没有鼓励，也不再咒骂。

冰霜之影单杀黑枪，吹响了胜利的第一声号角。另一边蝎子先手四打四，蛛网下的活人一个个变成尸体，近乎完美的零换五为蝎子带来了一场绝境翻盘的胜利——3：0！比赛结束后，左正谊站起身，拔掉键盘。

当摄像机拍遍了全场选手再次转向他的时候，他停下和队友的交流，高高抬起手，神色漠然地冲镜头比出了最后一个极具挑衅意味的手势——"四"。

蝎子晋级四强，F6卷铺盖滚蛋。

第九章　出剑

剑客唯一要做的，就是出剑。

　　风光地大胜一场，捍卫了中国赛区的尊严，蝎子全队回酒店时却没有一个人脸上有笑容。

　　左正谊的手伤加重了。下场之后，他揭掉膏药丢进垃圾桶里，露出的腕侧肿起一片，红得骇人。手腕肿成这样，明显是在第三局比赛中途就发作了，那种疼痛完全可以想象，但曾经被 WSND 全队哄着、以"公主病"著称的左正谊竟然一声不吭。队医惊慌地扑向他的时候，他轻轻摇了摇头，说"没事"。

　　左正谊成了蝎子队内最平静的人。但他的平静更像是一种麻木，他短暂地停止了思考，任由队医用各种药物和器械为他处理患处，眼神一直放空，盯着酒店房间里黑沉沉的落地窗。

　　窗外灯火遥远，宛如镶嵌在漆黑夜空上的群星，斑斓闪烁。

　　从深夜到凌晨，没有人能睡得着。也没人问队医"多久能治好""下一场左正谊能不能上"这类问题，大家都心知肚明，腱鞘炎不是大病，但它禁不起连日的劳累。

　　如果左正谊早听队医的话去休息，伤情根本不可能加重，或许早就被治好了。但如果左正谊选择休息，蝎子就没有今天，中国赛区也没有今天。有些事看似有选择，实则根本没得选。

即便不为任何人，只为自己，左正谊也无法在走上世界赛场的时候选择放弃。他二十岁了，谁也不知道明年是什么情况，没有那么多机会可供他浪费。可是现在……

左正谊的手腕将将消肿，又被插上了一排电针。用电针辅助治疗极不好受，那通电的开关一打开，他疼得半边肩膀都有点哆嗦，但仍旧一声不吭，只皱着眉，极力忍耐住了。

纪决一开始坐在一旁的沙发上，默默地看着他，后来垮下肩膀，双手捂住脸，抬不起来头似的，不敢再看了。

这是左正谊的房间，室内一片静默。后来工作人员和队友们纷纷去休息了，队医也收拾东西准备离开，只有纪决还在沙发上坐着，成了一座僵硬的雕像。

他不走，左正谊只好亲自送客："你也去睡觉吧，纪决。"

他若无其事地站起身，还说了句好听的话："你今天打得特别好，最近进步很明显。"

纪决终于抬起了头，视线里的左正谊的袖口高高挽起，露出了半个右臂。左正谊的皮肤很敏感，经不起折磨。如今被电针扎过好几回，又上过各种药，那手腕上红痕斑驳，乍一看触目惊心。左正谊把手收回袖子里，他神色淡淡的，客套得几乎有点敷衍："我没事，你别担心了。"

纪决眼中闪过挣扎，忍不住说："在我面前你不用逞强。"

"……"左正谊背过身去，"你烦不烦？快点走行不？我要睡觉。"

"正谊，"纪决忽然叫了他一声，"需要我抱抱你吗？"说完不等左正谊回答，他就上前一步抱住了左正谊。

拥抱的确有安抚作用，左正谊虽然没配合但也不反抗，他的脸深埋在纪决肩膀上，呼吸轻轻的，好半天才说出一句话。

"我好讨厌你，纪决。"

"我知道。"纪决发自肺腑地接受了，说，"再骂我几句吧。"

但左正谊只说了这一句，没有下文了。

人在最煎熬的时期，需要的是一个能让他卸下一切重担的温暖怀抱。

正如此时此刻，左正谊不需要一个男人或女人来爱他，他需要的是一个港湾，"妈妈"一般的存在，像游子还乡，倦鸟归巢。

纪决是左正谊在人世间的最后一个巢。可现在还没到该归巢的时候，他还要往前走，就不得不"逞强"。否则怎么办呢？

在国内拼死拼活才拿到进入世界赛的资格，然后小组赛出线，千辛万苦地打进四强——行百里者半九十，他不能回头了。

下一场怎么打？左正谊想都不敢想。

既然如此，索性不想。多愁善感是懦弱之源，左正谊要摒弃无用的情绪，做一名无坚不摧的剑客。

"你走吧。"左正谊挣开纪决，"不管怎么说，谢谢你还能在这个时候陪我几分钟，但现在还没到该松懈的时候，我不想……"

他顿了顿，没有说出后半句。

纪决很怕他提"谢"字，但也只能接受，盯着他看了一会儿，待到不得不离开的时候，纪决才转身出去，关上了门。

二

7月12日，包括接下来的两天，13日和14日，中国互联网上喜气洋洋。

蝎子的大胜及左正谊张狂的"一二三四连招"令整个EPL赛区扬眉吐气，狠狠踩了韩国人一脚。但喜悦之下有隐忧，蝎子并未对外公布左正谊手伤的详细情况。一开始大家以为左正谊没事，后来渐渐察觉到蝎子队内的气氛似乎不太对。期间也有媒体和行业内的熟人来向蝎子的管理层打听，但什么都打听不到。

蝎子之所以保密，一方面是出于首发战术不宜公开的考虑，另一方面是左正谊本人不想公布。

但下一场比赛左正谊究竟能不能上场，其实连他自己也不知道。

12日和13日两晚比赛打完，四强名单已经出炉：UNT、蝎子、DN8、HN。

蝎子在四进二比赛中的对手是HN——欧洲联赛冠军。

就在国内电竞粉丝火热分析蝎子打HN的胜率有几成的时候，突然传来一个噩耗——左正谊被禁赛了。

韩国主办方给出的理由是，End选手在国际大赛上屡次使用手势恶意挑衅对手，违背了职业道德，有辱电竞精神，造成了相当恶劣的影响，违反了EOH全球总决赛赛事联盟管理条例第XX条。该处罚一出，互联网一片哗然。

按条例办事自然没有错，但问题在于，"恶意挑衅"的定义十分模糊，是与不是，基本全靠自由心证。如果左正谊的行为算"违背职业道德，有辱电竞精神"，那么DN8打野的做法又算什么？

韩国人公然双标，大手一挥，让左正谊禁赛一场。

四进二的比赛之后就是决赛，总共也就剩下两场比赛了。

中国赛区的粉丝简直集体愤怒了，事情是在7月14日下午发生的，仅仅两个小时，EPL官方账号下就被刷了十几万条评论，联盟办公室的电话也被打爆。中国所有电竞粉丝发出统一诉求：EPL联盟官方必须去跟韩国ECS乃至美国EOH全球赛事委员会进行交涉，为中国选手争取最公正的待遇，取消禁赛的裁决。

一时间，国内沸沸扬扬，首尔满城风雨。

左正谊作为风暴的中心，却莫名有一种参与不进去的抽离感。他的全部心思都在自己的手上。这几天，他的训练项目停了大半，每天只参加一场训练赛。即便如此，治疗效果也微乎其微。

队医的建议是：一场都不要再打了，专心治疗，彻底休息才有可能恢复好。否则伤势变得更严重，就不得不做手术了。

但手术的风险……

孙稚心哀愁地望着左正谊，口不择言地说："虽然韩国人不做人事，但禁赛或许是件好事，你不应该再犹豫，End，休息吧。你要为自己的前途考虑，除此以外什么都不重要。"

他们身边没别人，孙稚心把他当弟弟，掏心掏肺，压低声音悄悄地说："蝎子还可以再等一年，中国赛区还有无数个'再等一年'，但你的青春只有一次。"

"……"

左正谊道了声谢，在孙队医的叹气声里转身走了。

除了孙稚心，没人敢劝他放弃，包括纪决。纪决是最希望左正谊休息的人，也最清楚左正谊是听不进劝的。

他不言不语，把左正谊减轻的那部分训练强度，全部加到了自己身上。他想，他要做最坏的打算，如果四进二的比赛左正谊不能上场，他也必须要带蝎子赢，给左正谊一个打决赛的机会。他要为他分担，不能劝他放弃。

纪决闷声不响地练，每每从天亮练到凌晨。

左正谊把一切看在眼里，心情却不好描述。人在江湖，总归是有点身不由己的。事到如今，左正谊根本说不清自己心情复杂究竟是为了什么。

在全中国赛区的电竞爱好者的强烈抗议下，EPL联盟主席亲自飞了趟美国。他是怎么交涉的，外人不得而知，但EPL为左正谊争取到了上场的机会——禁赛一场BO5变成禁赛一小局。也就是说，下一场蝎子打HN的比赛，左正谊除第一局不能上之外，后面可以正常打。这个结果虽然不如预期，但大家也勉强接受了。

国内的网友又兴奋起来，左正谊得到了空前的爱戴和拥护。一夜之间，仿佛中国所有的电竞粉丝都爱他，那么热切的期望和信任，跟韩国人更加激烈的咒骂搅在一起，如两场摧枯拉朽的风暴，猛烈相撞，倾泻下滔天的暴雨，最终汇聚成汪洋的沸海。国家、赛区、俱乐部、队友、粉丝、敌人，都是海中巨浪。

左正谊被裹挟在海浪中央，被命运推着走，有一瞬间他觉得快要溺毙了。也许他曾经有选择，可以在百分之九十九的坚定信念和百分之一的人性懦弱里稍做犹豫，但此时此刻，他的确是没有选择了。

7月17日，晚上7点，蝎子和HN的四进二淘汰赛按时开始。

这场比赛赛前风云四起，但比赛的过程并不像大家预想的那么激烈，一边倒的战斗形势让胜负没悬念了。

第一局执行禁赛的裁决，左正谊不能上场。在替补中单代替他出战之前，左正谊专门跟对方聊了几句，以鼓励为主，他说："压力别太大，把这一局当成普通比赛去打，尽力就好。"

这位替补选手私底下管左正谊叫哥，听了他的安慰，明白他的意思：输了也没关系，后面几局有他兜底。这让替补红了眼，又叫了声哥，作势要抱他，手都伸出去了，却被纪决一把拽开。

纪决说："我们不会输。"

纪决不敢多看左正谊一眼，尤其是不敢再看他的手。

左正谊的手伤会不会影响他的发挥暂且不说，主要是疼，剧烈地疼。可他会沉默，会皱眉，却不会诉苦，不知他从什么时候开始变成这样的，连眼泪都不掉了。

第一局开始，蝎子出战的五个选手和教练上台B/P，左正谊和其他几个替补一起坐在台下观战。

摄像机频频扫向替补席。左正谊面色如常，脸上没显现出一丝情绪。他冷静极了，专注地看着直播大屏幕。

左正谊不能上场，给了蝎子很大压力，但好在最近一个多月练的都是偏团队协作的打法，蝎子的整体实力提高了不少，尤其是把前期抓节奏的能力练出来了。因此，第一局的思路就是主攻前期。教练给中路选了一个跟打野比较好配合的法师，自带的大部分是指向性技能，连选手操作失误的风险都避免了。但这个法师的作用有限。这样选是为了尽量降低更换中单对胜率的影响，但其实所谓的"降低"，是一种转移，这部分责任压到了纪决的肩上。

纪决要全程指挥，还得保证操作不能有一点失误，否则没人能救蝎子，没人能救左正谊。他这些天练的就是这个。

也是到了这一刻，他走上左正谊曾经走过的路，才更深切地体会到左正谊肩上的担子究竟有多重。只看是不够的，陪伴也不够，要切肤，要剖心，才能真正懂他。可即便如此，纪决想，自己仍然是有退路的，左正谊却没有退路。同样，也是走到今天，纪决才发自肺腑地后悔，后悔到肝胆俱裂。

左正谊仿佛命犯寡宿，如今感受到的快乐少之又少，而他是左正谊命中的灾难之一，罪大恶极。他还有什么资格求他原谅？他只希望左正谊能稍微开心一点，不要总是沉默着皱眉了。可纪决能为他做的全部事情，就是打赢这局比赛，让他轻松些，在1:0的时候上场，少一局少吃点苦。

纪决做到了。他抱着无论如何都不能输的决心，打出了从未有过的绝佳状态。他像一个全神贯注的杀手，不出手时无声无息，出手便一击毙命，操作极其精细。

纪决打得强势，使蝎子一开局就很顺利。

顺风局比逆风局好打得多，不易暴露问题，替补中单和几个主力选手配合不够默契的毛病也被掩盖了，第一局赢得毫无波澜。

禁赛解除，第二局左正谊上场。他一出现在主舞台上，台下便是一阵骚动。

蝎子对今日的比赛做了详细的规划，准备了几个方案，都是可供选择的前期阵容。考虑到左正谊的手伤，他们要尽量缩短比赛时长，也不能给左正谊选那种特别依赖操作的英雄——不是不信任他，是不想增加他的负担，让他的伤情恶化。

教练用心良苦，左正谊心领了，他同样也不想给团队增加负担，否则他带伤上场的意义是什么？当吉祥物吗？

左正谊要求一切照常打，既然已经上场了，玩什么英雄都一样，能有多大的差别呢？该伤的还是会伤，该疼的还是会疼。左正谊早已做好心理准备，他的手指、手腕越发力，痛感就越剧烈。但他的反应没有因此慢下来，连身体出于自我保护的条件反射性缩手，都被他忍住了。

冷热交替的汗浸湿了他的鬓发，左正谊面色苍白，但仍旧神情平静，指挥时的声音一点都不抖。纪决今天的状态奇佳，可他竟然打得比纪决还凶。

第二局 HN 在 B/P 上做出了调整，可惜面对蝎子开了挂一样的中野，HN 一点优势都没争取到。如果说第一局是输得猝不及防，准备不得当，那么第二局就是输得毫无还手之力，准备了也没用。

左正谊频繁地双杀、三杀，让他看起来不像个有手伤的人。

到了第三局，HN 做 B/P 时十分犹豫。但这支欧洲战队比 F6 有魄力，他们决定选一套优化到极致的前期阵容来和蝎子硬碰硬。

可惜这个选择魄力有余，计谋不足。蝎子中野的风头已经压制不住，前期硬碰硬的结果就是 HN 猝死，提前宣布比赛结束。

比分 3 : 0。一个令中国赛区无比满意的结果，蝎子全队也松了口气。但这口气刚松下去，很快又被提了上来——左正谊的伤情又加重了。这是必然的，谁都不意外。可他就像个机器人，仿佛感觉不到痛，他的脸色堵住了所有试图关心他的人的嘴，他不想听那些毫无意义的"疼不疼""要不要休息"之类的废话问候，没必要。他也没接受赛后采访，沉默地回到酒店，接受治疗。

三

孙稚心在他面前哭了一场。7月17日与18日之交，年轻女队医的眼泪流在首尔喧嚣的夜里。中国互联网上，乃至欧洲、美洲、澳洲，甚至韩国的一部分观众，都被End折服，他们说他是真正的中路统治者，为他冠上各种美名，说他的打法独一无二、空前绝后。

他们想象中的那个强悍又完美的天才中单，在女队医哭完之后，终于露出了一点不为人知的胆怯。他悄悄地说："孙姐，我疼得有点控制不住了，决赛还能上场吗？"孙稚心刚停止流的眼泪又止不住了。

7月19日，网络上关于蝎子和HN这场比赛的讨论热度基本降下去了，仅剩的话题是"HN是否太菜""欧洲赛区的整体水平亟待提高"，除此以外大部分人的关注点转移到了即将到来的决赛上。

18日晚上，DN8战胜UNT，顺利晋级决赛，成为蝎子的终局对手。

刚刚停战一天的中韩两国网友又因立场对立而再次吵了起来。

要知道，DN8的打野是一切纷争的源头，而不论蝎子在淘汰赛中表现得多么好，即使淘汰了F6，韩国人也不服气。根本原因就是，DN8才是能代表韩国ECS赛区最高水平的战队。

几场淘汰赛打下来，左正谊的表现征服了不少韩国观众，但这些人终归是少数，他们甚至也要被讨伐，是"胳膊肘往外拐的叛徒"，被教育"高估了End的水平""我们DN8的中单难道比他差？""蝎子的中野只是二流货色，DN8的中野才是世界顶级选手""不服就决赛见分晓"。

DN8的确够强，ECS赛区有嚣张的底气。但EPL也不甘示弱，不知是哪位网友PS了一张名为《不服》的赛前宣传海报，是武侠风，蝎子五位选手人手执剑，脚下踩着DN8的队旗，意气风发，剑指世界冠军奖杯。

这张海报开了个头，之后各式各样的PS海报都发了出来，为蝎子热场。帮蝎子抽奖攒好感的微博也层出不穷，奖品多到平时不关注电竞比赛的路人网友也震惊的程度。还有一条转发抽奖因为奖品实在太丰厚而被转了几十万次，甚至上了热搜。除此以外，蝎子的队歌也被一遍遍唱起，投稿到各大短视频平台上。

一时之间，全网应援。死忠粉、路人粉、大赛跟风粉，如过江之鲫，好不热闹。

越是如此，蝎子队内的气氛越焦灼。

左正谊的手伤已经到了比较严重的地步，艰难止痛后，一碰游戏又会立刻发作。如果他坚持要上场，就不得不打封闭针来暂时缓解疼痛。但孙稚心强烈反对左正谊打封闭针，因为风险极大，无异于饮鸩止渴，除非左正谊想断送自己的职业生涯。

可他才二十岁。

7月20日上午，蝎子的管理层内部开了个会，研究决赛时左正谊是否应该上场这件事。他们开会的时候，左正谊在自己房间里摆弄键盘。纪决在一旁陪着他。这几天纪决也瘦了一圈，夜夜睡不好觉，眼下隐约有了黑眼圈，憔悴得不那么英俊了。

左正谊看了他一眼，开玩笑似的说："你好丑。"

纪决苦笑一声，半天才说："我想给你一个建议，但不知道你想不想听。"

"我知道你要说什么。"左正谊低下头，目光从键盘的一排排字母上扫过，最终停在"W"上。他沉默了。后来左正谊也没再说什么。

蝎子的管理层在会议结束后来通知他，说他们现在有两个方案：一是左正谊照常上场；二是左正谊休息，由俱乐部出面举行新闻发布会，郑重地向外界公布他的手伤情况，尽可能地为他担下舆论压力。怎么选择，依旧尊重左正谊的个人意愿。

左正谊道了声谢，给出的回答是："让我想想。"

他想了很久。纪决陪着他从中午待到天黑。

左正谊一直盯着他的键盘，后来他转过头，说："纪决，我还是想上。"

"W"在键盘上，也在左正谊的心里。他不会退缩。即使身陷沸海之中，狂澜之中，他也要做那个移山填海、力挽狂澜的人。

EOH全球总决赛，终局对决，时间定在首尔时间7月25日，晚上7点。

在决赛开始之前，左正谊手伤加重的消息不知怎么被传了出去，有自称业内人士的人说他"绝对不会上场"。粉丝们拿这个消息向蝎子官方询问情况，却没有得到明确答复，一时间闹得国内人心惶惶。直到比赛日当天，"End"出现在了首发名单上。

这份名单犹如定海神针，安了所有支持者的心。他们甚至有一种莫名的直觉：只要左正谊上场，就绝对不会输。

蝎子队内气氛却比较压抑。左正谊要上场，但不打封闭针。封闭针可能会损伤身体组织，带来终生伤害。他思虑良久，决定不要再给自己险上加险了，宁可忍痛比赛，撑过这最后一场。但严重的腱鞘炎痛起来会有抽搐感，手抖难忍，连吃饭、写字都困难，何况集中精力打高强度的竞技比赛？

左正谊好像神志不清了，才会做出这种疯狂的决定。可他的表情却那么平静。

队医说："就算你不怕疼，它也会影响你的操作，手抖是没法控制的。这是生理机制，你的身体用疼痛来提醒你、保护你。"

左正谊说："没关系，我能控制。"

队医叹气："你不能。"

"我能。"左正谊斩钉截铁，不容置疑，"打HN的时候也很痛，但我忍下来了，无非是再多忍几局。"

"……"

或许成大事者，就是要忍常人所不能忍。天赋异禀是左正谊的大幸，但必须要千锤百炼，才配得上他无与伦比的天赋。这么想其实也是一种自我安慰。只有把生命中的苦难都当作磨炼，告诉自己有尽头、熬过去就会好起来，才能在绝望的时候鼓起勇气，继续往前走。

那如果好不起来呢？左正谊不往这儿想。他一如两年来的每一个比赛日那般，穿上队服，走进赛场。他面无表情地出现在直播画面中，手腕隐在衣袖下，上台坐定，插好键盘。身侧是队友，台下是观众，眼前几十寸的小小屏幕，就是他的战场。

今天，除了跟队医和战友进行必要交流之外，左正谊没有说过一句闲话。他不知道张自立等人此时是什么心情，能打进决赛，应该是很开心的吧？开心才是正常的，他也应该开心，多点激情和热血，享受电子竞技最本真的魅力。

左正谊分不出一点多余的情绪来，手腕上的疼痛让他分心。为了控制这种分心，他必须拼命集中注意力盯着游戏，尽量忽视身体上的不适。除此以外什么都顾不上了。

四 >>>

第一局蝎子打得并不顺利。DN8 来势汹汹，显然研究过蝎子的前期打法，战术出得很有针对性。但蝎子也并非原地踏步，没有新东西，只是没有在第一局亮出来。

交手的第一回合，双方的阵容都选得比较常规，互相试探状态。不仅阵容选得常规，蝎子在打法上也想先稳一点。但 DN8 不想稳，他们可能是想向全世界证明，自家的中野才是顶级水平，频频入侵蝎子的野区和中路。开局便是快节奏，乱战时时爆发，连对线期都没安稳过。

不间断的激烈战斗对左正谊来说是一种折磨，他要控制生理性的手抖，手腕就必须比平时更用力，甚至一次比一次用力。这个时候左正谊发现，当指挥大有好处。他要留意队友，注意场上的情况，这就在一定程度上减少了对自身的关注。

第一局前十五分钟，双方打得难分高下。防御塔互相推了不少，但经济差距拉不开，谁都滚不起雪球，也挡不住对方的攻势。

转折点出现在第二十二分钟。在这之前，两边总有小规模战斗，但竟然一次 5vs5 的团战都没打过。这是第一次全员参与的团战，发生在 DN8 的野区蓝 Buff 处。

纪决帮左正谊偷蓝 Buff，被 DN8 的打野撞见了。战斗从 2vs1 升级成 3vs4，很快又变成 5vs5。支援速度是团战胜利的决定性因素之一，蝎子的支援速度比 DN8 的稍微慢了几秒，参战英雄的血量就不太多了，短暂的交锋过后，第一个人头送了出去，是严青云的。这时左正谊想下令撤退，及时止损。但 DN8 的中单有点激进，走位太过靠前，有一瞬间走到了一个蝎子能抓他的位置上。

左正谊手疼但脑子不慢，当机立断下令集中火力猛攻。他和纪决两个将控制技能一前一后地砸过去，配合队友的输出，顷刻间把对面的法师融化在原地。

蝎子趁机转守为攻，又先后收了 DN8 的打野和 ADC 的人头，打出了漂亮的一换三。

DN8 不得不撤退，蝎子立刻把兵线带上高地，并将优势保持到了最后，通过打赢第二次高地团战，用二十七分钟拿下了本局的胜利。

1∶0。

虽然这局赢得并不容易，但已经比预想中顺利很多了。

左正谊心里潜藏的悲观情绪散去一些，在后台休息时，破天荒地握住了纪决的手。他倚在休息室的墙上，在纪决看过来时主动说："给我点好心情。"

今天他就是要纪决的命，纪决也愿意。但怎么才能给他好心情呢？纪决自己都没有好心情。

纪决沉默片刻，一向善辩的他竟然想不出好听的话，过了好久才说："我觉得我们今天一定能赢。"

"为什么？"

"因为你是世界第一中单。"纪决轻声道，"我最近的状态也很好，自立他们也都特别拼命，比以前进步太多了。现在的蝎子就是很强。我们强，理应能赢，这是比赛的基本逻辑。"

像是为证明自己所言非虚，纪决在第二局打出了他最好的状态，甚至可以说是超常发挥。他开局去反野，跟 DN8 的打野 solo，虽然没抢到 Buff，但以微弱优势拿下了第一个人头。之后便一发不可收拾。

纪决不仅自己打得好，还能给左正谊创造机会。左正谊的大部分击杀都有他的助攻，让他打龙或是抢龙，他也没有一次失手。不仅纪决如此，张自立、严青云和宋先锋都状态极佳。所有人憋着一股劲儿，不但为蝎子的冠军而努力，更是为左正谊的心血不白费而努力。

他们不曾在左正谊面前煽情，把那些因笨拙而难以表达的情感都融进了默默无声的训练里，像左正谊曾经拼命带他们往前走那样，他们也给出了自己最有力的回报与支持。

蝎子的第二局打得完美，杀出了一种山可移、海可倾的气势，一鼓作气地炸碎了 DN8 的基地水晶，打得 DN8 全员都有点发蒙。但 DN8 毕竟不是一支普通小战队，他们在第三局飞快做出了调整，连那对傲慢不可一世的中野也被迫收敛了锋芒，开始"低头"打比赛。

但蝎子的状态正佳，即便 DN8 谨慎起来，也难以轻易占到便宜。

开局后的很长一段时间里，双方互相压制，经济值和人头数都咬得很紧。

左正谊依旧主要跟纪决打配合，一开始打得很顺利，但中间有一波抢小龙的战斗，团战激烈了些，左正谊照常操作，但他手腕上的痛随着比赛时长的增加而逐渐加重，他竭力忍耐，仍然没控制住放技能时微微的手抖。技能一放歪，本该死在他手下的敌人侥幸逃生，现场响起一片诧异的惊呼声——蝎子团战打输了，龙也丢了。

那一刻，纪决不敢细看左正谊的表情。

DN8 乘胜追击，最终拿下第三局的胜利，场上的比分被改写成 2∶1。

左正谊从未有过这样的经历——因他自己的失误而拖累队友，害团队失败。打从加入 WSND 的那天起，他就是 APC，是救世主。来到蝎子之后，他更是用亲身行动诠释了一遍什么才是真正的"carry"。但人力总有尽时，手伤必然会对操作产生不良影响，能怎么办？

三局几乎已经是他强撑的极限了，但这是 BO5 局。

左正谊第四局回到场上的时候，人已经有点恍惚了。刚才教练问他，要不要换替补上。他摇头拒绝，反问了一句："能想个办法放 Ban 吗？我想玩伽蓝。"

朴业成愣了一下："大概率不行，伽蓝肯定放不出来。"

左正谊有点失望，但也没多说什么。

结果正如朴教练所言，DN8 的第一个 Ban 位就给到了伽蓝，但蝎子在 B/P 上的努力也没白费，他们给左正谊选到了劳拉。选劳拉的后果是，把当前游戏版本中最强势的辅助玛格丽特放给了对面。

DN8 刚扳回一局，士气正盛，很想打蝎子一个"让二追三"，一举夺冠。于是他们又干回了老本行，打起了中野双刺客体系。

这时，漫长的 BO5 进行到第四局，左正谊打得好不好，他已经没感觉了。他的手又肿又麻，时不时抽搐一下，才开局五分钟，他就有点后悔上场了。不是为自己，而是为队友。有生之年第一回，左正谊想：也许我不在，他们的胜率会更高。

对一个职业选手来说，最可怕的莫过于此——他控制不住自己的手了。

可能他的选择是错的。左正谊想，他是人而非神，是人就有极限，他不能移山填海，也不能力挽狂澜。

也许这世界在等待英雄，但他不是英雄，他连自己都救不了。

……怎么会这么痛苦？怎么会走到这一步？

左正谊咬紧牙关，却受不了那几乎要将他的身体切成两半的剧痛。他的精神也分成了两半，一半在打比赛，在激烈的战斗中靠肌肉记忆操作着。另一半灵魂出窍，以上帝视角审视着场上几近崩溃的"左正谊"。

今天这场比赛，大概是他一生中最特殊的比赛。这可能是他辉煌的顶峰，也可能是他生命的至暗时刻。但辉煌也好，至暗也罢，究竟有什么意义呢？

左正谊追求的是冠军，但冠军的魅力不是金色奖杯背后的名利，而是能配得上"冠军"二字的，更强的他自己。

左正谊拼命压住手腕，疼得想死。

场上战斗打到了最关键的时刻。蝎子在赛点局依然信任他们的中单，用以劳拉为中心的法核后期阵容，硬生生跟DN8拖了将近三十分钟。

能拖这么久，纪决、张自立、严青云、宋先锋功不可没。但大法核体系打到最后一刻，还是要法师亲自站出来，为他的团队定乾坤。

所有人都看着左正谊。

全世界的目光都注视着这里，7月25日，首尔的夜晚。

蝎子和DN8终于爆发了最后一波团战。

左正谊尝到了自己口腔里有血的味道。他身上所有有知觉的地方都在疼，他怀疑，他今天要死在这里。但即使下一刻就是死亡，至少此刻，他手里还有剑，还能战斗。

不必想对与错，不必后悔，不必恐惧。

剑客唯一要做的，就是出剑。

左正谊在团战的中心，使出了最后一招。

第十章 离群

左正谊像一只离群的鸟，飞出了大众的视野。

一个月后。

8月28日，星期日，上海下了一场雨。密集的雨滴像断了线的珠子似的从天上掉落，左正谊今天出门没带伞，他收回刚迈出超市大门的脚，被迫站在屋檐下，等雨停。

屋檐下不止他一个顾客，有一个老头带孙子来买零食，男孩应该是初中生，捧着手机，在爷爷的絮叨声里自顾自地开外放看直播。他看的是游戏直播，英雄自带的语音和击杀播报频频响起，夹杂了几句男主播的自吹自擂："兄弟们，我打得怎么样？国服第二伽蓝没争议吧？要不是我不去打职业，End 哪有机会称第一？"

初中生翻了个白眼："呸。"

左正谊转头看他。只见初中生在手机屏幕上用一根手指打字，敲击了半天，发送了一条弹幕："菜鸡，你连国服前一百的边儿都摸不到，还敢碰瓷世界冠军？"

左正谊收回视线。雨没停，他紧了紧口罩，拎着装有食材的塑料袋，抬脚走进了雨幕里。

雨急风大，竟然有点冷。

马路两侧林立的高楼呈现出毫无活力的铅灰色，天空暗沉，鸟雀低飞。左正谊独自走在人行道上，拂了一把沿发梢流到脸上的雨水，打开手机看地图。他住的小区离这家超市不远，但附近的路很绕，他才搬来两天，没走熟。选择亲自买菜而不是送菜上门，也只是因为他闲得无聊，想出门逛逛罢了。

房子是租的，九十多平方米，一个人住不小。除开卧室、厨房和卫浴等必要空间外，他还专门收拾出一个房间，稍做装饰，用来直播。想法很好，但从回国到现在，一个多月过去了，左正谊一次直播也没开过。不仅如此，他甚至都没露过面。

8月10日，EPL举行年度颁奖典礼，把赛季FMVP颁给了他。联盟工作人员提前打电话通知他，请他出席领奖典礼。可左正谊不接电话，人也不在蝎子基地，不知道躲哪儿去了。联盟联系不上他，竟也不觉得尴尬，照旧让主持人在台上把那篇提前写好的赞颂End的千字颁奖词读了。

当时蝎子已公布了左正谊手伤的详细情况，大家都知晓了他带伤出战的无奈和苦楚——重点是，他竟然能在那种情况下登顶，亲手摘取桂冠，简直是天选之子。

主持人读得声泪俱下，满面泪光，还因此上了热搜。

当天晚上，左正谊的微博评论区又增加了几万条评论。粉丝纷纷在评论区哭号，求他给一个准信：手伤治好了没？新赛季究竟能不能上场？

左正谊看完，把微博APP卸载了。他仿佛已经年迈，开始闭目塞听，厌恶这世界的吵闹。那些哭声像是在给他哭坟，可他还没死呢。虽然现在活着的状态跟死了差不多。

他消失了。所有人的电话他都不接，微信不回，微博不发，直播不开，游戏也不上线。

左正谊像一只离群的鸟，飞出了大众的视野。

一个月前，他在首尔的决战之夜打出了堪称完美的操作，犹如华山之巅的惊世一剑，为中国赛区斩下了世界冠军奖杯，举国狂欢。但这一剑也斩在了他自己的手腕上。下场接受检查后，左正谊得到通知："要么冒险做手术，要么就这样结束职业生涯，考虑一下吧。"

左正谊问："术后能恢复几成？还能回到巅峰状态吗？"

医生说："这不能确定。"

医生只负责把他的病治好，并不能保证病好后他打游戏的状态和以前一样。

职业选手的"状态"本就带着几分玄学因素，选手在身体健康的情况下状态下滑的都不在少数，何况动过手术的？就算切开了腱鞘，祛除了炎症，也不知道会不会影响哪条神经，导致反应变慢。反应慢了毫厘，状态就差了千里。

左正谊沉默片刻，答复："回国再说吧。"

他要好好考虑一下。

但他回国后也没考虑出个结果来。摆在他面前的选择看似有两个，实则只有一个。

他能不做手术吗？除非二十岁就退役。但他不想做手术，也不想退役。

左正谊的坚强仿佛在首尔的七月被透支一空，回到上海后，他每日盯着自己的手，整个人脆弱得仿佛一碰就会碎掉。

冠军是他的，但快乐是别人的。他变得不爱跟人交流，听不了任何一句安慰或恭喜的话，不愿被人用钦佩或怜惜的目光注视。他像一根燃到尽头的蜡烛，只剩下烛泪。

左正谊向蝎子请了长假。他的手伤情况难以预测，新赛季很难上场，蝎子的管理层没为难他，批准了他的休假申请。

他的合同还剩半年，但双方都没提续约的事。

左正谊原本可以留在蝎子慢慢治疗，在合约期内，这部分花费俱乐部会全部报销，还能照顾他。但他实在是不想在人多的环境里待了，他连纪决都不想见，请假时专门避开了纪决，然后挑了一个纪决有事外出的日子，悄无声息地搬走了。

事到如今，跟任何人交流都会让他心生烦躁。他怀疑自己的精神状态出了点问题，但他的外伤还没治好，更没心思去看心理医生。

这其实也只是他的猜测，他大部分时候心情平静。他已经参悟，大喜和大悲的最终结局都是回归平静，平静才是生活的真谛。

左正谊打开门，把刚买回来的菜放进冰箱。两根茄子，一棵西蓝花，三个土豆，一把香菜。大概没人能想到，失踪的世界冠军此时正待在上海一个不为人知的居民小区里，琢磨着今天晚上该炒什么菜。

左正谊很久没碰游戏了，只顾着享受生活。

勉强算是享受吧。

他最近突然意识到，在前二十年里，他竟然从来没有独自生活过。这是第一回。

几个月前，左毅找上门来告诉他自己得了胃癌快死了的时候，左正谊伤感了一回，自哀自怜，"孑然一身，踽踽独行"。当时没想到，当他真正独行的时候，竟然感受不到那种情绪了。

左正谊平静到灵魂近乎抽离出身体，心想，古往今来的天才也好，庸人也罢，不论成功还是失败，到头来都只有一个结局——成为漫长历史中一粒微不足道的尘埃。最终尘归尘，土归土，大家混在一块儿，一场大雨浇下来，都成了烂泥。

他用如此超脱的思想来排解郁气。难说是真的超脱，还是在故作高深，总之，他心里舒服了。但每每看见摆在电脑桌上的键盘，他还是会眼睛发酸，所以他今天在出门之前，把键盘拔了下来，收进了柜子里。

手术是一定要做的。就算变成烂泥，左正谊也是一摊会往前翻滚的烂泥。但他实在太累了，如果不休养一阵子，他觉得自己都有点活不下去了。

至于手术之后，他的技术是否会变差，他不做设想，网上替他操心的人已经够多了。

就在他手伤从初发到恶化的全过程被公布的第二天，微博、论坛和直播平台的网友就联合起来，给他搞"三方会诊"。然后，他还没说什么，他们就先哭了起来。各种煽情言论层出不穷，还有人剪了一个"End 个人向"的冠军纪念视频，里面用到了他出道第一年时"诸葛出世"的名号，引用了一句古人写诸葛孔明的诗："时来天地皆同力，运去英雄不自由。"

视频里配的是决赛结束后，左正谊下台时低头擦脸、队服湿透、手腕红肿的画面。

网友哭倒一片，他们仿佛是在坟头给他唱悼词，让左正谊怀疑自己真的死了。并非他对别人的好意心存刻薄，而是他只能这么想，他不想和他们一样，沉浸到那种无法遏制的悲痛里去。

End选手还没有退役，世界第一中单的冠军奖杯也不该只有这一座。左正谊这么想着，却仍然不想立刻去做手术。他决定今晚烧茄子吃，但他不擅长做菜，炒个鸡蛋都得上网搜菜谱，烧茄子对他来说已经属于高难度菜式了。

他换掉被雨淋湿的衣服，坐在沙发上研究茄子的做法，在菜谱软件里乱搜的时候，手机又响了。从他"失踪"的第一天起，找他的人就特别多。

第一个找他的自然是纪决。

他统统不想回复，只发了一条朋友圈，说："休息一阵子，别担心，也别来烦扰我，谢谢。"

自这以后，朋友们大多消停了，但纪决仍旧一天给他打很多遍电话，没完没了。

左正谊很烦。他已经搬出蝎子基地半个多月了，一开始住酒店，这两天才处理好租房的事，安定下来。他知道纪决一定想见他，或许还很伤心，但他有什么义务一定要安抚纪决呢？他自顾不暇，现在只想一个人安静地待着、疗伤，当一摊谁都打扰不到的烂泥。

左正谊拉黑了纪决八个电话号码，连纪决托朋友转达的问候也没回复。到了这个地步，左正谊已经不在乎什么家不家的了。他隐约有种不祥的预感，如果他做手术后技术变菜了，他可能真的活不下去。

这时，微信消息弹窗突然跳出来，挡住了烧茄子的菜谱。

"End，你在吗？"

左正谊冷淡地扫了一眼消息，没理。他都懒得看对方是谁，一切交流性文字在他的眼前自动变模糊，虽然那个ID掠过视网膜时让他有一丝熟悉感，但大脑立即开启了屏蔽模式，让他短暂性失明。

他的视线回到菜谱上，但紧接着又收到了一条消息——一张图片，布偶猫的照片，是小尖。图片右下角有"@蝎子电子竞技俱乐部"的水印。

绝："你们战队的小猫咪好可爱。"

绝："看到没？它想你了。"

"……"

左正谊终于注意到发消息的人是谁了，绝，和他一起打过游戏的那个满嘴跑火车还乱发腹肌照的网友。

End："你怎么知道它想我了？"

绝："你们官博说的。"

绝："网友们都说你失踪了，谁的消息都不回。"

绝："喂？"

绝："怎么又不说话了？"

绝："End 哥哥？"

绝："世界冠军左正谊？"

熟悉的味道。

左正谊没回复，菜谱也看不下去了。他在房间里转了两圈，想找点事做，但似乎没什么事能做。

手机还在振动。

绝："小猫离开主人会不开心的，你知道吗？"

绝："[官博猫咪照片 1.jpg]"

绝："[官博猫咪照片 2.jpg]"

绝："[官博猫咪照片 3.jpg]"

绝："看，和以前相比，小尖都瘦了。"

End："……"

End："我不是它的主人。"

End："基地里有饲养员，我充其量只算它的玩伴。"

绝："但它很想你。"

End："不关你的事吧？"

End："那么久不联系，你怎么突然冒出来了？"

绝："之前你比赛太忙，我没敢打扰。最近看新闻有点担心你，所以来问问，没想到你竟然真的会理我。"

绝："你心情不好吗？"

End："你别烦我，我的心情就会变好了。"

绝："……"

发完这条，左正谊把手机静音了。其实他想过，要不要像卸载微博一样,把微信也卸载了。

　　但现代人被互联网绑住了手脚,很难彻底跟外界断绝联系。或者说,他可以不联系别人,但不能什么都不知道。他会看消息,偶尔也刷朋友圈。只是不想说话,累。尤其是跟熟人聊天,聊个两三句便会聊到手伤和他以后的职业规划上,这些让左正谊无比烦躁,一个字也不想提。

　　前几天,连周建康都来找他了,给他发了几条消息,先是询问他的近况,他没回,周建康就自顾自地给出了安慰和建议,像一个温柔体贴的长辈。以前左正谊享受他的这种照顾,把他当作自己的第二个父亲看待。现在他却深感吃不消,可能是因为长大了,周建康给的那些东西都不再是他需要的了。

　　左正谊沉默片刻,去他昨天收拾好的"直播室"里待了会儿。他签的合同里有规定直播时长,太久不直播不行。

　　但他不想播。

　　退一步说,就算他愿意播,现在也打不了游戏,不知道该播什么。

　　左正谊回到客厅,拿起沙发上的手机。以对面那人的作风,他以为微信里会有一大堆未读消息,没想到只有一条。

　　绝:"忙吗?不忙的话一起玩手游?[链接]"

　　左正谊打开链接,发现是那种很常见的"邀请X位好友注册游戏给XX奖励"的套路。什么意思?拉他凑人头?左正谊仔细看了一眼。

　　这款手游叫《猫咪大庄园》,经营加养成类,背景设定在猫咪王国,小猫们种植、开店、交友。玩家注册成功后可以自选一只猫,用来充当自己的游戏角色。不同品种的猫有不同的天赋技能。

　　可能是因为刚看了小尖的照片,左正谊突然有点想它了。闲着也是闲着,他鬼使神差地下载了游戏,安装、登录,一气呵成。

　　进入游戏后,第一个步骤就是选择猫猫的品种,左正谊毫不犹豫地锁定了布偶,屏幕上跳出一行系统提示:"为您的布偶猫取一个可爱的昵称吧!"

　　左正谊输入:"小尖。"

　　系统:"该昵称已被使用,请重新取名。"

　　左正谊:"尖尖。"

系统："该昵称已被使用，请重新取名。"

左正谊："小尖宝宝。"

系统："该昵称已被使用，请重新取名。"

"……"

左正谊不服气，把"小尖宝贝""可爱小尖""可爱尖尖""尖尖宝贝"等全部试了一遍，结果都重名。他怀疑有蝎子的粉丝在玩这款游戏，否则不至于这些名字都被使用了吧？

左正谊取不出名字，直接摆烂，顶着一个"就是布偶猫少管我叫什么"的暴躁 ID 进了游戏。

他是从绝发来的邀请链接下载的，那边似乎有系统提示，很快微信就来消息了。

绝："你注册好了？加我好友，我给你分点猫粮。"

绝："我 ID：正谊宝宝不要哭。"

End："……"

End："你有病吧？"

绝："：）"

左正谊心想，他的猫不吃嗟来之食，不稀罕那猫粮。但当他三番五次被系统提醒"您的猫粮不足，猫猫很饥饿"之后，他终归还是妥协了。

新好友：正谊宝宝不要哭。

品种：布偶猫。

等级：20 级。

身份：正谊玩具店主人。

性格：傲娇、可爱、公主病。

左正谊只扫了一眼，冷漠地发消息："猫粮拿来。"

几秒钟后，系统："您的好友'正谊宝宝不要哭'赠送您 520kg 猫粮。"

左正谊发了句"谢谢"，然后便埋头开始养猫，经营他的小鱼干店，再也没有搭理绝。这款游戏的玩法非常简单，年龄限制写的是"9+"，意味着 9 岁小孩都能玩。如此幼稚的游戏，左正谊却一直沉迷地玩到天黑，连晚饭都忘了做。

七点半，他终于放下了手机，走到冰箱前，把茄子从冷藏室里拿出来，冲洗了一下，削皮、切块——他一刀下去，忽然莫名地觉得累。左正谊握着刀，站在厨房里发了会儿呆。两分钟后，他洗干净手，离开厨房，给自己点了一份外卖。等外卖的时候，他仍旧无事可做。

现在已经是八月末了，距离 S13 赛季开始只剩不到半个月的时间，转会窗口也即将关闭。今年夏天的转会市场似乎没有大动作，也可能是他不常刷新闻，错过了。他唯一有印象的是，纪决和蝎子的合同似乎到期了，不知道续约没有。

左正谊一想这些事就头疼，还不如继续玩低龄游戏。

他打开游戏 APP，重新登录。

看见自己养的小布偶猫的那一瞬间，他的心情好了不少。

好友列表里无人在线。

左正谊自顾自地做任务，给小猫升级。小猫很快就升到了 10 级，解锁了一个新功能：猫咪衣橱。他研究了一下，发现这是一个类似 EOH 里给英雄换皮肤的功能，简而言之：骗氪（骗玩家充值）。但玩都玩了，氪一点也没什么。

左正谊飞快地充好钱，把喜欢的猫咪衣服都买了，然后继续做任务：浇花、钓鱼、晒小鱼干……他一直玩到午夜十二点，中途吃了份外卖，喝了两杯水，给手机充了一回电，后知后觉地把今天换下来的衣服丢进洗衣机……后来他洗了个澡，上床，窝在被子里继续玩。

凌晨一点左右，系统提醒："您的好友'正谊宝宝不要哭'上线了。"

他打了个呵欠，当作没看到。

微信消息很快弹了出来。

绝："你竟然还在线。"

End："嗯。"

绝："一点多了，不睡觉吗？"

End："不睡。"

绝："吃晚饭了吗？你不会还饿着吧？"

End："吃了。"

绝："那就好。"

绝:"你的猫升级好快啊,竟然都21级了。不愧是你,猫咪大庄园的高端玩家,国服第一布偶。"

End:"……"

End:"你没事吧?"

绝:"想夸夸你罢了。"

绝:"全世界最可爱最厉害最迷人的 End 哥哥——"

End:"谢谢。"

绝:"只有谢谢吗?"

End:"不然呢?"

绝:"你有没有开心一点?"

End:"你猜。"

左正谊在手机上输入一行字:"你最好别把我当傻子。"

但犹豫了一下,删除了。

他当然不是傻子。

当初他和纪决当队友后,网友绝就消失了,人间蒸发了。现在纪决联系不上他,绝又出现了,毫无预兆。

如果这么明显他还看不穿,他就是个弱智。但左正谊没有揭穿他。他突然觉得,这种遮遮掩掩的马甲游戏还挺有趣,适合当作休息期间无所事事的消遣。最重要的是,被蒙在鼓里的人不是他。而且纪决假扮网友的时候,多半不会提那些他不想听的现实话题,只会变着花样地哄他开心。

左正谊的心情莫名其妙地好了起来,有一种站在智商高地的快感。当初绝是怎么骗他的来着?花言巧语一堆,恶劣极了,至今都没向他道过歉。

他在床上翻了个身,他困了,但不想睡,已经很久没遇到能搅动他情绪的人或事了,现实中的纪决也不能。

End:"既然你也不睡觉,陪我聊一会儿吧。"

绝:"你想聊什么?"

End:"如果我没记错,你是我的粉丝吧?"

绝:"是的。"

End:"以前是,现在也是吗?"

绝:"现在也是。"

End："那你愿意见我吗？"

绝："？"

看着屏幕上不断闪烁的"对方正在输入"，却迟迟收不到回复，左正谊那张很久很久没有笑过的脸上，露出了一个久违的笑容。

End："不是玩笑，我认真的。"

绝："……"

纪决又不说话了，屏幕上再次显示"对方正在输入"。

左正谊想象了一下网络对面的纪决可能会有的表情，越发想笑。

好坏啊。

他还有更坏的。

End："你不愿意吗？"

End："我最近心情不好，想找个人陪我聊聊天罢了。"

End："既然你不愿意，我去找别人了。"

绝："……"

绝："等等。"

绝："所以你只是想找个陪聊的网友？"

End："呃……怎么说呢，我很难给你解释清楚。"

绝："？"

左正谊卖关子，故意停顿了一分钟。他心想，纪决应该也明白这个马甲来得突然，引人怀疑。所以现在纪决的心理活动很可能是："他猜到我的身份了吗？是不是故意这么说的？为了报复我？"没错，左正谊就是要报复他，但一个聪明睿智的"复仇者"怎么能让人轻易看穿？

左正谊要继续装笨蛋。

End："不瞒你说，以前我怀疑你是我某个朋友的小号，后来打比赛太忙，就把这事儿放下了。"

End："现在我已经不怀疑了，他知道我最讨厌被欺骗，把以前做过的坏事都坦白了。所以如果你是他，今天不会来找我，他怎么可能拿小号骗我第二回？"

绝："……"

End："对不起哦，我误会你这么久，还为此疏远你。"

绝："没事……"

End："我最近精神状态不好，不想再去想那些让我不开心的事。"

End："你愿意陪我聊天吗？"

End："喂？"

End："说话啊，你怎么不回答？"

End："快点说愿意。"

绝："……愿意。"

左正谊乐得仰倒在床上，把枕头都撞歪了。

End："你是省略号成精了？多打几个字行不行？"

End："再不说话，我就找别人去了[发怒]。"

绝："别，不要找别人。"

End："[微笑]"

绝："你得让我缓一下，我现在感觉……"

End："像做梦一样？"

绝："差不多。"

End："我理解，突然要见到偶像了，换谁都很难冷静。"

绝："我有个问题。"

End："你说。"

绝："为什么选中我？"

End："不是说了吗？我心情不好，想找个人陪我聊天。"

End："我的朋友大多是现实中的熟人，他们都很烦，我不喜欢。你是我在网络世界里的朋友，和我有一段距离，能给我安全感。"

绝："你没有安全感？"

绝："为什么？是比赛的那些事把你逼得太紧了吗？"

左正谊察觉到，纪决在打探他的内心想法。但他不想让好不容易轻松下来的心情再次转向沉重。

End："你好烦啊，聊点我爱听的行不？"

绝："对不起。"

绝："你爱听什么？说说看。"

End："会不会聊天？这还要我教？"

绝："……"

End："再发省略号我就把你的头打歪。"

[对方撤回了一条消息。]

End："[微笑]"

绝："聊点以前的事？"

绝："你还记得我们是怎么认识的吗？"

End："记得，我直播单排的时候你总狙击我，次数一多就熟了。"

绝："嗯，那时的你好傲慢，不爱搭理我。"

End："哪有？我一直都很讲礼貌。"

绝："是吗？我印象中给你发十条消息，你能回两条就不错了。"

End："我忙嘛。"

End："你干什么？翻旧账？"

绝："没，我是想说，那时的你很有趣，跟现在稍微有点不一样。"

绝："有几回你明明在线，读了消息，但就是不回消息。过会儿就装模作样找个借口敷衍我，说没看见。"

End："……"

有吗？左正谊完全不记得了。当时他游戏里的好友列表满了，消息比较多，要说敷衍人，也不是没可能。

那时的他的确跟现在不太一样，主要是脑子单纯，把什么事情都想得简单，快乐也来得简单。现在他却发觉一切都变得困难了起来，他"报复"纪决的兴致忽然消减了一大半。

End："你好烦。"

End："我困了，不跟你聊了，再见。"

绝："怎么了？"

绝："这个也是你不爱听的吗？"

绝："End哥哥？"

绝："好吧，早点休息也好，明天见。"

纪决没再啰唆。

左正谊最后看了一眼手机，关掉卧室的灯，强迫自己进入睡眠。他很努力地睡，但独自一人睡在尚未熟悉的房间里，夜越深，寂寥感越深。

前阵子左正谊给左毅打了个电话,问他奶奶的墓地在哪里,他想去扫墓。

左毅告知他之后,画蛇添足地说了句:"很快我就会葬在她附近,你顺便也来看看我吧。"

末了又问:"我的葬礼你来不来?"

左正谊心想,你人都没了,还在乎葬礼啊?他习惯性地答了句"训练太忙,没时间去",冷漠地推掉了。

今晚不知怎么回事,左正谊突然忍不住反思起自己来。他想,他似乎有点冷血,对待任何人都毫不留情,请求说推就推,关系说断就断。他心里对他们生出依赖的时候,还要警告自己不许依赖,不能屈服于人性的弱点,必须站得直,永远不妥协。所以他不是被别人逼得太紧,而是自己逼自己。

他对自己的职业生涯规划也是如此。以他如今的名气和地位,换个聪明的,可能就此退役了。转行当主播,每天轻轻松松的,还可以签一单大合同,比打职业赚得多,后半辈子生活得轻松自在。可他过不了轻松自在的日子,那不是他的追求。

人的矛盾之处就在于此。他明明知道要往哪儿走,却迈不开脚步。犹如被卡在理想和现实的夹缝里,不断地给自己争取多一天、再多一天的喘息之机,来消化内心的忧惧。

胡思乱想到天亮,左正谊终于睡着了。

二

8月29日,近日少见的晴天。

左正谊一觉睡到了下午,醒来时微信里已经攒了一堆消息。

绝:"醒了吗?"

绝:"看你游戏没上线,看来还没醒。"

绝:"你的猫饿了,在院子里叫个不停。我想帮你添点猫粮,但才走进门,就被你的管家当成私闯民宅的贼猫逮捕了。"

绝:"我进监狱了。"

绝："我出来了。"

绝："十二点了，你怎么还在睡？"

绝："是不是昨晚睡得太晚了？和我道别后你又做什么了？"

绝："两点了，还没醒？"

绝："你不会是故意不理我吧？"

绝："End 哥哥，我明白了。"

绝："你并不想跟我聊天。"

绝："你只会和 Righting 聊心事、聊烦恼是吗？"

绝："算了，你还是跟他聊吧，不用在意我的感受：)"

绝："我只希望你开心：)"

演得挺像，左正谊刚睁开眼睛就被娱乐到了。

他把消息从头到尾读了一遍，先上线喂好猫，然后穿着睡衣下床洗漱，随后从冰箱里拿出一颗苹果，随手洗了下，咬着吃。总共不到二十分钟。

纪决看见他游戏上线，又发来一条消息。

绝："你果然是故意不理我的。"

左正谊吃了大半个苹果，饥饿的胃舒服了点才回复他。

End："我刚睡醒，昨晚没睡好。"

End："Righting 哪有你好呀！"

绝："……"

End："你是不是不想当我的陪聊了？"

End："说话。"

绝："没，我想。"

End："好敷衍，感觉不到你的真心。"

End："再来几句。"

这条发过去后，对方半天没回复，纪决似乎有点撑不住了。

左正谊一口一口吃完了苹果，他盯着微信对话界面，忽然想，他是不是有点过分了？纪决现在的心情一定也不好，他还要在这种情况下，逼纪决扮成另一个人来哄自己开心。

算了。左正谊突然觉得没意思。他的确心情不好，但也没必要故意踩着别人的真心来找乐子。如果只是为了"报复"，这些已经够了，不必闹到不好收场的地步。

  End："不想回就不用回我了。"

  End："不好意思，我不该自己不开心就拿别人消遣。"

  End："昨晚那些话当我没说过，你忙吧。"

  左正谊的手点到了删除好友上，还没来得及按，新消息就跳了出来。

  纪决发来了两段：

  绝："我没生气，刚才是在想怎么回复才能让你高兴点。你消遣我也没关系，除此以外，我还能为你做什么？能和你说话我都已经很开心了。"

  绝："左正谊，不要一个人躲起来，让我陪你好不好？"

  纪决发出这两条消息近乎自脱马甲了，完全是在用他本人的口吻和左正谊说话。他应该也明白了，左正谊认出了他。即便如此，双方心照不宣，谁也不揭穿谁。

  左正谊的眼睛盯着那句"让我陪你好不好"，盯得发酸。

  但他没回答。

  他放下手机，一个人走去阳台，打开窗，任午后灼人的阳光照在身上。过了好半天，直到他那颗湿漉漉的心被晒干了，沉重感有所减轻，才转身回到房间里。

  左正谊在竭力控制自己的情绪。

  据说，如果一个人天天不高兴，日日不开心，他的大脑分泌的多巴胺量就会有所下降，长此以往，容易抑郁。那时再想开心起来，就很难了。

  他拿起手机，有新消息弹出来。

  刚才那条他没回复，纪决也不追问，只问他："你刚起床，吃饭了没？"

  "吃了"，他敲出这两个字，删掉，又重新输入。

  End："不想吃，累。"

  绝："吃饭都嫌累吗？你还是个宝宝吧？"

  End："是啊。而且不知道吃什么，我做菜难吃，又嫌麻烦，外卖也不好吃，太油腻。"

  这是实话，左正谊决定宣泄些压力，抱怨给纪决听。

  绝："地址发来，我去给你做饭。"

  End："不好吧？"

End："我们只是网友，还没见过面呢。"

绝："……"

才聊几句，左正谊忽然又想笑了。他的心情时好时坏，飘忽不定。但对面的纪决似乎心情不太好。

绝："我担心你。"

绝："一想到你不好好睡觉，也不好好吃饭，我就不知道该怎么办。"

End："其实我睡得挺好的，刚才吃了一个苹果。"

绝："真的？"

End："我干吗骗你？"

绝："但只吃水果不行，点一份外卖吧，挑点不油腻的。"

End："不要，点外卖好累。"

绝："……"

绝："我帮你点，给我地址。"

End："不给。"

绝："给我。"

End："不给不给不给。"

绝："……"

绝："左正谊，你故意的。"

End："我怎么了？看不懂你在说什么。"

左正谊把拖鞋蹬掉，往后一仰，躺在沙发上打了个呵欠，修长的手指在手机屏幕上戳戳戳。最近他的手腕仍在保守治疗，用了一些外敷药，不活动就不会疼。他实在是太闲了，一个闲人能在沙发上从天亮躺到天黑。纪决也这么闲吗？他不知道，也不想问。他一点正事儿都不想管，只想聊一些口水话，没营养，但舒服。这似乎是他平生仅有的，把一切都抛开，专心体会放松滋味的时刻。假装他谁都不是，对面那个人也谁都不是，只是他此时此刻的朋友。

纪决安静了一分钟，突然开始给他发美食图，让他选吃什么。

绝："[水果比萨 .jpg]"

绝："看看呢？"

End："不喜欢。"

绝:"[番茄意面.jpg]"

End:"不喜欢。"

绝:"[豚骨拉面.jpg]"

End:"不喜欢!"

绝:"[小炒肉.jpg][宫保鸡丁.jpg][炒牛河.jpg]"

End:"……"

End:"别发了,你好烦。"

End:"我吃还不行吗?"

左正谊打开外卖软件,点了一份水果比萨,然后把订单截图发给了纪决,顺便发了个打人的表情包。

纪决很满意,开始得寸进尺。

绝:"等会儿你吃饭,我们视频吧。"

End:"?"

绝:"我想监督你吃东西。"

End:"不要,我才不想吃饭被盯着。"

绝:"……"

绝:"昨天晚上我梦到你了。"

绝:"梦到我们一起打游戏,你让我玩中单,你打野。结果我们俩都玩得很菜,被对面暴揍一顿,惨败。"

End:"怎么可能?我打野也很强的好吗?"

绝:"我还没说完。"

绝:"输掉之后,你砸了电脑,哭得很伤心。"

绝:"你哭的一瞬间,我醒了。"

纪决半晌才发来下一条消息,口吻竟然是伤感的。

左正谊差点笑出声。

纪决实在是有耐心,一本正经地陪他玩这无聊的马甲游戏。

绝:"我换个话题,聊点八卦好不?"

绝:"你知道Righting和蝎子解约了吗?"

绝:"[链接]"

左正谊点开纪决发来的链接,里面是一篇转会期的新闻报道,标题是

《因家庭不和 Righting 出走蝎子，疑似正与 SP 接触》。

左正谊愣了下，他只知道纪决的合同到期了，不知道后续的事。

绝："对不起，我知道你不想看这些内容。但转会窗口要关闭了，我必须和你商量一下。"

End："……我知道了。"

End："怎么回事？因为家庭不和？"

绝："嗯。"

无须解释，左正谊都懂了。纪决和他爸妈的关系一直不好，现在又闹掰了也在意料之中。谢兰那么爱插手纪决的生活，他要是留在蝎子，恐怕要一直受父母的挟制。

但左正谊给不出建议，他现在已经明白了，有些话纪决能说，他不能说。即使纪决摆出一副"你比我爸妈更重要"的态度，他也不想挡在纪决和谢兰的中间，当那个离间他们亲子关系的人。他这么想并非把纪决当外人，正相反，他是想给纪决在家庭关系里留一条后路。

可能是因为最近又联系了左毅，谈到了父亲的葬礼，左正谊对亲情有了和以前不同的理解和感受。这种感觉很难描述，他也不愿意将这方面的情绪掰碎，细细地分析出个子丑寅卯来。但直觉告诉他，也许纪决未必要走到他今天这步：彻底断绝亲子关系，当茫茫天地间的独行人。

……虽然纪决本来就挺独的。

左正谊心里有点乱。这就是他不想看这些内容的原因，每一个把他拉回现实的消息，都让他心生压力。他也明白纪决拿转会的事来问他是什么意思——纪决想知道，他以后还会不会留在蝎子。

纪决想和他在一个战队，这不得不跟他商量。

果然……

绝："你的合同期限还剩半年吧，要和蝎子续约吗？"

绝："如果 Righting 希望你和他一起走，你愿不愿意……考虑一下？"

第十一章 重来

当人、事散去，前尘皆成覆水，至少他和纪决还能回到正确的起点上，重新开始一回。

一

纪决实在太乐观，又太信任左正谊，以为今后的事全凭他一句"愿意"就都能解决。如果是这样，左正谊怎么会压力大到独自躲起来疗伤？他如今前途未卜，且不说想待在哪个战队，就连能不能继续照常打职业赛都是未知数。

左正谊不愿意多想这些，站在纪决的角度帮他考虑了一下。

End："SP 需要强力打野，是个好去处，适合 Righting。"

End："至于我么……"

左正谊犹豫了一下，亲口讲出了他一直躲避的话题。

End："看手术后手的恢复情况吧。"

End："如果恢复得好，对我来说去哪儿都一样。如果恢复得不好，我不想打了。"

也不想活了。

左正谊把这句偏激的言辞忍了回去，故作轻松地敲出一行字。

End："Righting 不是小朋友，不用什么都问我。转会这么重要的事，自己做决定好不?"

他发了一个可爱的表情包,然后没看纪决的回复,放下手机,又跑去阳台上晒太阳了。

左正谊的心情忽阴忽晴,很不稳定。但这会儿他没有觉得特别伤心,只是又不想说话了。他心想,纪决现在是冠军打野,选下家其实很简单,即使不和 SP 接触,也有不少合适的去处。另外的几个队友也都变强了,身价也提升了,大家都有光明的未来。

除了他。

左正谊又想起他曾经在 WSND 的时光了。当时他怎么都想不到,有一天 WSND 会消失,他会离开。这样一看,他生命中的每一次转折,本质似乎都是一种"离开"。一次是离开潭舟岛,一次是离开 WSND。他伤筋动骨,未来规划和心理状态都大受影响,不止一次以为天快塌了,人生无望了。

但这两次他都熬了过来,天没塌,人也好好的,而他走得更高、更远了。

这次……他会离开职业赛场吗?

如果噩梦成真,他就真的一无所有了。

左正谊有点不想再拖下去了,日复一日看不见结局的煎熬让他休息不好。他根本不是在休息,是在自我折磨。他还没做出决定,就收到了一条新的消息。

时间是 8 月 30 日的下午,发信人是金至秀,内容只有简短的一句:"End,我要,回韩国了。"

左正谊愣了下,问:"转会?"

金至秀显然听说过谁给他发消息他都不理的传闻,收到回复很开心,发了一串表情,答:"对,转会,F6。"

左正谊:"……"

回老东家?对金至秀本人来说,这未尝不是一个好选择,但应该又少不了流言和诋毁。

左正谊想了想道:"能好好打比赛最重要,祝贺你。"

金至秀似乎从这句话里感受到了左正谊的个人情绪,反过来安慰他:"你的,手伤,会好起来,别担心。"

左正谊道:"谢谢。"

金至秀道:"以后,世界赛见。"

他想起当初左正谊和傅勇一起离开 WSND 时,傅勇说过的那句话。

"是兄弟就来砍我。"金至秀发了句语音,用蹩脚的中文模仿了一遍傅勇的腔调,说,"再见,End。"

左正谊回:"再见。"

天地浩大,飞蓬各自远。WSND 的每一个选手都奔向自己的前程了。

左正谊发了会儿呆,心里泛起一股失落感。他忽然觉得,身边的一切都在离开他,成长似乎就是一个不断失去的过程。

他沉浸在伤感里,手机却仍在不停地振动。

绝:"End 哥哥。"

绝:"你已经二十三小时四十八分钟没理我了:)"

左正谊:"……"

说什么来什么。

纪决就是一个不会离开他的人,只是他有点烦,不肯给左正谊一点喘息的时间,无论如何都要粘上来。

End:"你好讨厌。"

绝:"谁叫你总是晾着我。"

End:"……"

绝:"我想见你。"

End:"不见。"

绝:"别这样,我们应该当面聊点事情。"

End:"聊什么?"

绝:"你不想聊的那些。"

End:"……"

左正谊沉默了一会儿。聊天界面上不断显示着"正在输入",但过了半天,他只收到一句。

绝:"来吗?下午四点半,我在这里等你。"

绝:"[定位]"

那是一家咖啡店,离他们基地所在的电竞园区不远,离左正谊现在住的小区也不算太远。纪决之所以选择约在外面,而没有问他地址,显然是知道他不愿意回答。在陌生的地方见一面,他更容易接受。

即便如此,左正谊也心怀几分抗拒。但他知道,纪决说得对,他们应该见面聊一聊。如果他迟迟不能做出决定,就需要有个人在背后推他一把,陪他面对这一切。不论纪决是什么身份,家人也好,战友也罢,哪怕只是普通朋友,左正谊都承认,他需要纪决。

左正谊长出一口气,决定去赴约了。

左正谊是乘地铁去的,出站后有一小段步行路程。下午四点钟的太阳照在身上已经不觉得烫了,他刻意放慢脚步,在街边游荡。他卡准时间,在腕表的指针转到四点三十分的时候,终于推开了咖啡店的玻璃门。这家店叫"雪山",此时店内客人不多,有些冷清。

左正谊一眼就看见了坐在窗边的纪决,纪决也抬头看过来,目光在他身上停留了几秒。

左正谊在他的对面坐下,他才收回视线,低声道:"你是不是又瘦了?"

"有吗?"左正谊漫不经心地应了一声,也打量着纪决。

半个月不见,纪决似乎过得并不怎么好。他本人不像在微信上表现得那么活泼,相反,他有点消沉了,眼神都暗沉沉的,眼底不见光,唇角像挂了千钧重担一般,抬不起来。

左正谊心里一紧,说不上来是什么滋味。

纪决趁他沉默的空隙,说:"能见到你真好。"

"……什么怪话。"左正谊低下头,发现面前摆着一杯拿铁,是纪决刚才帮他点的。

他端起咖啡杯,一时心不在焉地用了右手,沉重的瓷杯在手上一晃,手腕传来的痛感迫使左正谊猛地松开手,杯底撞到托盘上,发出一声脆响。

左正谊飞快地收手,面色没变。他习惯了,但纪决愣了一下,刚到嘴边的话硬生生咽回了喉咙,好几分钟都没发出声音来。

有些心情无须用语言描述,沉默令它更鲜明。

事实上，左正谊的右手不仅端不动咖啡杯，握筷子时都会有点发抖。那是一种失控的抽搐感，让左正谊的情绪也屡屡失控，变得阴晴不定。但他在别人面前，就会表现得正常点。他装作什么都没有发生，换左手拿起杯子，喝了一小口咖啡。

"你别盯着我看。"左正谊说，"这算网友奔现吗？我应该演戏演全套，对你的真实身份表现出一点惊讶吗？"

他还有余力开玩笑，纪决是一点都笑不出来。

"去做手术吧。"纪决把事先打好的腹稿忘得一干二净，哑声道，"马上就去做，求你了。"

左正谊没回答。他的目光落在咖啡杯上，面容平静得仿佛被冻住了，连睫毛都没有一丝颤动。他似乎一点也不想听纪决说话，但如果真的不想听，今天他就不会来。

"这段时间，我一直在联系医生。"纪决说，"我知道你害怕什么，我也害怕。如果你以后不能打职业比赛了，我都不知道我要不要继续打了。"

纪决苦笑了一声："对我来说，追求冠军始终是次要的，我更在乎和你一起奋斗的过程。"

听了这番话，左正谊还是那副表情。

静默半晌，他忽然叹了口气，这一口气把左正谊连日来的伪装都卸掉了，他终于肯在纪决面前露出真实的一面了。他轻轻吸了吸鼻子，撇开脸，松口道："我知道了，做手术。"

纪决立刻说："你同意就好。医院以及术后复健需要的一切，我都会帮你安排好。"

左正谊点了点头，犹豫了下，还是说："谢谢。"

每当听到他说这两个字，纪决都会有点伤心："为什么要说谢？难道我不是你弟弟了吗？"

"好吧，弟弟。"左正谊应了声。

纪决好像忽然想起了什么："不对啊，说好的网友见面呢？"

左正谊抬头看了过来："我还没追究你骗我的事呢，你还好意思提这茬？"

纪决噎了下："对不起，我向你道歉。"

"你要道的歉可太多了。"左正谊说，"建议你多写几份检讨书，一次性道清。"

骂完人后左正谊脸上终于有了颜色，纪决顺竿就爬，微微往前一倾身："然后就能和好了吗？"

左正谊瞥他一眼："到时候再说。"

这一句话好比给纪决画了张大饼。纪决心里高兴了起来，但还不太敢表露出来。左正谊不是个不讲道理的人，只是小脾气比较多。这些小脾气像是长在玫瑰枝条上的尖刺，靠近才摸得到，冷不防触到时觉得扎手，但习惯了就只觉得，它不让人觉得疼，只觉得痒。

没有人比纪决更习惯左正谊了。这种习惯已经成了他生命的一部分，无法割舍。小时候左正谊是他头顶的一棵树，他觉得他长大了无论如何都要站在左正谊身边，和他一起享受阳光，面对风雨，为此他可以不计代价。但后来，当左正谊知道他在背后做的那些事，仍然接纳他之后，他有了不同的感受。他希望左正谊能够因他的存在而感到幸福。

偶尔有一些时候，纪决又有一种无力感。当左正谊难过失意，躲起来谁都不想见，端咖啡都手抖的时候，他恨不能以身代之，但不能，不能。他只能眼睁睁看着，什么都做不了。此刻纪决只希望左正谊今天和明天都快乐，不要再伤心了。

左正谊仍然话不多，并不差遣他做什么。

他们离开咖啡店的时候，天色已经暗了，差不多到了该吃晚饭的时间。纪决送左正谊回家。一开始，左正谊不想让他送，因为不想暴露住址，但转念一想，都答应让纪决陪着做手术了，再隐瞒也没必要，只好别别扭扭地同意了。

左正谊这人有一项特殊技能，他别扭的时候，也不肯让对方好过，于是抓住纪决的小辫子，问他："你当初为什么要用小号来骗我？"

左正谊盯着他。

纪决诚恳道："我怕你讨厌我，大号加不上，就用小号来试试。没想到这样和你相处还挺有趣……"

左正谊瞪了他一眼："那天我们一起吃火锅，你本人就在我面前，我给你的小号打电话，是谁接的？还有后来的那次。"

"我花钱请的人。"纪决如实交代,"或许你不知道,现在网络上什么服务都有,代接电话、代开视频、微信变声器、虚拟定位、可持续更新的假照……只要我愿意,伪装成女生也很简单。"

左正谊:"……"

眼看左正谊面露不悦,纪决更加诚恳地说:"我发誓,以后绝对不会再骗你,好不好?"

"随便。"左正谊昂着下巴,指着纪决的鼻子说,"有本事你就再试一次。"

他大步走远,纪决连忙跟上,两人一前一后进了左正谊现居的小区。纪决看了一眼楼牌号,记住了地址,上楼的时候,掏出手机在外卖软件上买菜。

三

纪决做菜很好吃,左正谊过生日的时候他就露过一手,今天又有发挥的机会了。喂饱左正谊,是给他"顺毛"的第一步。

网上订的菜很快就送到了,纪决很自觉地拿去厨房处理。左正谊自然是不会帮忙的,这祖宗什么都不干,悠闲地趴在沙发上玩《猫咪大庄园》。

他不仅玩自己的猫,还要玩纪决的,远远地冲厨房喊:"纪决,把你手机借我用用。"

"干吗?"

"我有一个互动任务。"左正谊说,"不用你帮忙,我来双开。"

纪决没多想,把手机递给了他。

两台手机同时开着游戏,在茶几上并列摆开。左正谊噌地从沙发上坐起来,他的手指左戳戳、右戳戳,屏幕上的两只布偶猫开始进行交互,一起喵喵喵地叫唤。

纪决在厨房里也听得见游戏的声音,起初是任务互动语音(猫语),后来有喂猫时消耗猫粮的音效,biubiubiu 地响了半天。他竖起耳朵,忽然又听见了邮件发送声。纪决很警惕,说道:"左正谊,你在干什么?"

"没干什么啊,不小心按错了。"左正谊无辜地道,"你的猫粮都跑到我的邮箱里来了。"

"都？"纪决抓到了一个关键字。

左正谊佯装不好意思："是啊，都。你竟然有这么多猫粮，但现在它们都是我的了。"

纪决觉得又无语又好笑："恶霸啊你。"

"恶霸怎么了？"左正谊理直气壮道，"我奉劝你对我恭敬点，现在你的猫没饭吃了。如果你肯求我，我就给它喂两口。"

"……"

这游戏里的猫粮只能通过做任务和在线时间累积获取，不能氪金。

左正谊玩得相当开心，被游戏里几乎有点弱智的气氛萌到，双商也变成了九岁。

四十分钟后，纪决做好了晚饭。两道菜一道汤，一份水果沙拉，一齐被端到餐桌上。纪决打开餐厅的小灯，从外卖袋子里拿出几罐啤酒，问左正谊："喝点吗？"

"你自己喝。"左正谊坐到餐桌前，吃了口沙拉，"我一喝就头晕。"

"好吧。"纪决把炒菜时系的围裙摘了，挽起袖子，坐到左正谊对面，觉得有些遗憾，"我们好不容易又能一起吃饭，不喝几杯庆祝一下可惜了。"

其实他们才分开半个月而已，却被纪决说得好像几年不见了。左正谊抬头和纪决对上视线，从后者眼里看见了伤感。

他沉默了一下，心想，原来情绪不稳定的人不只是他，纪决也是。明明刚才他的情绪还好好的，这会儿又毫无预兆地晴转多云了。

"你坐近点好不好？"左正谊脸不红气不喘地使唤人，"我右手疼，你帮我夹菜。"

纪决把座椅搬到他旁边，顺着他，往他碗里夹了几筷子菜。左正谊用左手拿勺子，菜就着米饭一起吃。其实不至于这样的，左正谊的手伤没严重到这种地步，他只是大发善心哄哄纪决罢了。他哄人的方式别具一格——竟然是让人家伺候他。

纪决居然奇异地有被哄到。趁着左正谊使唤他，他犹豫了一下，问："今天晚上……我能在这儿留宿吗？"

意料之中，被左正谊拒绝了："只有一间卧室，你没地方睡。"

纪决不强求，改换了话题："之前我联系了一位很权威的医生，是孙姐推荐的。明天我们和他约个时间，先给你检查一下？"

左正谊闷声道："好。"

除此以外，也没别的好说的了。一顿饭安静地吃完，纪决主动把餐桌收拾了，碗筷都洗了。这让左正谊有些不好意思，送纪决走的时候，他欲言又止，在纪决期待的目光里蹦出一句："等会儿我把猫粮还你一半吧。"

纪决："……"搞了半天，还只肯还一半。

"不用还了，本来就是给你的。"纪决低声说着，腿已经迈出了门，人却迟迟不走。他转身看向左正谊，楼道的灯光为他的轮廓染上一层暖黄，他的手按住门框，收紧，又松开："我走了，拜。"

"嗯，拜。"

左正谊同他道别后，关上门，回到客厅里。纪决一走，刚才有人气的屋子忽然又变得空荡荡起来。他坐在沙发上发了会儿呆，大概有五分钟，或者更久，他忽然想起一个问题：纪决现在住在哪儿？纪决和蝎子的合约已经到期了，他应该已经搬出基地了。现在他也住在外面吗？住在什么地方？

左正谊抬头看向玄关，鬼使神差地，他走了过去。直觉促使他打开门，像小动物探头似的，他悄悄地往门外看了一眼，然后和站在原地的纪决对上了视线。

左正谊："……"

纪决："……"

"你怎么还没走？做贼似的，吓我一跳。"左正谊抱怨了一句。

纪决道："如果我说我在等网约车，司机被堵在路上了还没来，你会信吗？"

"那你继续等。"

左正谊作势要关门，纪决拦住他，叹气道："假的。我能进来吗？"

纪决活像一只不想被主人抛弃的小狗，卑微地请求道："哥哥，我睡沙发行不行？"

不得不说，左正谊是有点佩服纪决的。

纪决从六岁那年第一次主动叫他"哥哥"开始，就一直追在他屁股后面，之后不管遇到什么困难，都没离开过。暂且不说在这个过程中他使的某些手段是否光彩，至少，纪决是个百折不挠的人。

左正谊觉得很奇怪，这样的纪决突然激励到他了——他也应该百折不挠，不畏惧做手术，坚定地迈向人生的新阶段。这个想法此时在脑海里浮现出来，有点不合时宜，他不自觉地发起了呆。

门外的纪决也愣了一下，以为他在想新的理由拒绝，坚持道："如果沙发不行，我睡地板也可以。"

"……"

左正谊："好吧，你进来。"

话都说到这份上了，他不好再把人往外推。其实他租的房子有九十多平方米，并非没有次卧，刚才那么说只是为了拒绝纪决。但次卧的床上用品是上一位租客没带走的，不太干净，不方便给纪决睡。

左正谊简单说明了一下情况，让他自己决定睡哪里。

纪决去次卧转了一圈，回到客厅，指着沙发道："就这儿吧，挺好的。"

沙发的靠背可以放下来，平铺成一张小床。纪决躺上去比画了一下，他身高腿长，将近一米九的个子，窝在沙发上有点可怜，腿都伸不直。

但他的神情十分满足，没有透露一丝埋怨。

左正谊盯着他，视线从他的头移到脚，纳罕道："你是不是长高了？"

"是吗？"纪决闻言站起身，走到左正谊面前，把他这个大活人当标尺，用手粗略地测了一下身高差，"好像是长高了一点。"

他很快得出结论。左正谊翻了个白眼，退开一点距离，像招待客人一样，说："我去给你拿个枕头，你要被子吗？好像没有多余的……"

"没事，我将就一下就行。"纪决乖乖地答，到茶几前坐下，忽然问，"哥哥，有纸笔吗？"

左正谊不解："要纸笔干什么？"

纪决道："写检讨，你不是说要多写几份吗？"

"……"

两双眼睛默默对视，左正谊的睫毛闪了闪，被哄高兴了似的，粲然一笑，又敛起嘴角，严肃地说："没有纸笔，你在手机上写吧，到时候发我电子版。"

"好。"

纪决听了他的话,在手机备忘录上按来按去,捣鼓了一晚上,不知写了多少字。

左正谊在一旁玩游戏,起初用余光关注着纪决,后来开始犯困,《猫咪大庄园》的背景音乐持续地响,手机却从掌心滑落,他不知不觉地倚在沙发上睡着了。半梦半醒间,左正谊感觉自己被人放到了卧室的床上,他察觉到是纪决,却还是下意识地挥出一巴掌。

纪决轻轻握住他的手臂,塞回被子里,温声道:"晚安。"

"……晚安。"左正谊在心里答了一句,陷入了更深的梦境。

他很久没有做过好梦了。在梦中,年少时眷恋的海鸥和珊瑚忽然出现,潭舟岛温暖的海水包裹着他。恍然间他仿佛躺在母亲的臂弯里,她哼着摇篮曲,温柔地唱:睡吧,我亲爱的……宝贝……

尽管左正谊早就不记得母亲的声音了,但她的温柔如此真实,抚平他身上和心里的伤,将爱意融入一声声的"宝贝"里,哄他入睡。这个梦让左正谊在第二天醒来后既舒心又有点窘迫,他没想到,原来自己骨子里是一个"妈宝男"。更尴尬的是,他睁开眼睛的一瞬间,看见在床边叫他的人是纪决。

纪决不知几点睡醒的,此时正神清气爽地盯着他,说:"哥哥,再不起床早餐要凉了。"

左正谊:"……"

今天是八月的最后一天,星期三。吃早餐的时候,纪决告诉左正谊,他已经和医生约好时间了,下午就可以去医院做检查。

这位医生姓张,从业经验丰富,据说曾经给其他职业选手做过手术。从理论上来说,腱鞘炎手术不难做,一般有两种做法。一种是微创不开刀,但有损伤肌腱的风险;另一种是开放性手术,要用手术刀切开腱鞘,这仍然有风险,但治疗效果相对较好,手术也做得很快,一般术后两星期即可拆线。如果是普通患者,到了这一步毫无悬念可以痊愈。但对职业选手来说,拆线后还得休息、复健,和听天由命。

纪决把他知道的所有信息,一五一十地讲了出来。左正谊听完问:"那个职业选手是谁？他做完之后怎么样了？"

纪决答："是 UG 的前打野，他退役之后才做的手术，现在在做主播呢，听说干得还不错。"

主播，左正谊心想当游戏主播需要什么状态？训练强度跟打职业的完全不是一个层次。但事已至此，他只能把这当作一个成功案例来鼓舞自己。

他已经不像前些天那么消沉了，纪决的陪伴让他的心情好了不少。下午他们去医院，所有的手续都是纪决帮他办的。他像一个小学生，乖乖地跟在纪决身后，仿佛什么都不懂，连东南西北都分不清，被"家长"牵着走。

医生的询问也是纪决回答的，他只在确定手术时间的时候点了个头——9月2号，也就是周五做手术。

离开医院的时候，沉默许久的左正谊终于开口，他说："明天我想出趟远门。"

纪决看了他一眼，竟然说："我知道你要去哪儿。"

"你知道？"

"嗯，去看奶奶，对吧？"

左正谊默认了。他在回家的路上订好了机票，并在纪决的请求下订了两张。

每每提及奶奶，左正谊就难免有些惆怅。他心里的遗憾太多，且都不能再填补了。后天即将切向他的手术刀，又要把他的人生切断，逼他不得不走向全新的未来，不论结果如何，都没有机会再重来了。

不能再重来的，还有他躺在墓地里的亲人，以及已经远去的少年时代。

可能是察觉到他的情绪不对，纪决打从左正谊订机票开始，就夹紧尾巴做人，如非必要，一个字都不多说，存在感低得像是生怕左正谊发觉身边还有他这袋犯过错的垃圾，然后拎起来，丢掉。纪决的寡言一直保持到了左正谊奶奶的墓前。

他们是中午下的飞机，顾不上吃饭，直接买好祭品，来到了墓园里。

左正谊专程来这趟，一是为祭奠奶奶，二是为求一份心安。纪决却是来道歉的，以至于左正谊还没说什么，他就先跪下了。

花岗石墓碑耸立着，黑白照片上的老人面带微笑，一如在世时那般慈祥。

纪决难得地红了眼眶，他说对不起。那年他十一岁，改电话号码和扔掉信的时候与其说是胆子大，不如说是胆小，他太怕左正谊被接走了。

一个人一生中能有几件恐惧到骨子里的事？对纪决来说，和左正谊分开是头一件，连死都要排在后面。但将心比心，他想和左正谊在一起，老人又何尝不是？

纪决喃喃道："当时我想，也许在哥哥心里，我更重要。但奶奶能给他更好的生活和未来，这样一比，我又显得微不足道了。"

左正谊瞥了他一眼。

纪决低着头，跪在被太阳晒得发烫的砖石上："但最近我才意识到，和与左正谊在一起相比，其实我还是希望他能有更好的未来。"

纪决嗓音滞涩，轻声道："是我错了，对不起。"

左正谊把鲜花摆到墓碑前，也跪了下来。墓园里的风吹过身畔，仿佛有人在轻抚他的脸庞。他微微一愣，心有所感，一时没忍住，从世界赛积蓄到今天的眼泪终于夺眶而出。

"奶奶，"左正谊重重地磕了个头，"我知道，现在无论说什么，你都听不见了，所以这些话其实是说给我自己听的。这些年来，我一直希望有人能给我一个家，也许不是因为渴求亲情，而是想自己在被风雨暴击的时候，能有个地方躲雨。"

纪决怔怔地看着他。

左正谊道："但雨不会停，即使我能短暂地躲避几天，最终还是要走出来。我已经……不害怕这些了。明天做手术，不管最终的结果怎么样，我都接受。"

左正谊擦干眼泪，站起身。心中的阴霾散尽，他脱胎换骨般地站直了，仿佛狂风暴雨也不能将他摧折。

他低头看了纪决一眼，纪决仍然跪在墓前，弯曲着脊梁求取原谅，过了好一会儿才仰头看他，问："我还能有……为你撑伞的机会吗？"

左正谊默然半晌，最终还是点了头。

"重新来过吧。"

当人、事散去，前尘皆成覆水，至少他和纪决还能回到正确的起点上，重新开始一回。

四

9月6日,连续下了三天雨的上海终于放晴。阴云散尽,今天是个好日子,EPL联盟官方在万众期待之下,公布了S13赛季的揭幕战时间以及后续赛程。

就在昨晚,9月5日23点59分,EPL夏季转会窗口正式关闭。SP俱乐部压哨官宣了一条重磅消息:自由人选手Righting加入SP,担任打野。

在此之前,转会市场上流言四起,不断地将Righting和SP联系起来,但双方都未公开透露一字一句,流言没有得到证实。就在夏窗即将关闭,一众看客都以为这件事纯属谣传的时候,SP的官宣震翻了整个电竞圈。

世界冠军打野以自由人的身份加入SP,连转会费都免了,谁看了不说一句SP血赚?只有蝎子粉丝受伤的世界达成了。任谁都想不到,身为蝎子"太子"的纪决,竟然不跟蝎子续约,看来外界盛传的"纪家关系不睦"的消息是真的。

但实际上,事情远远比表面呈现出来的要复杂。

纪决加入SP,是和左正谊商量之后才做出的决定。

事情要说回很久之前。八月中旬,左正谊搬出蝎子基地的那天,纪决回了趟家。这是他从韩国回来之后第一次回家,还是被谢兰强行叫回的。有句俗话说,吃人嘴软,拿人手短,亲子之间也是如此——父母在子女面前不可撼动的权威就建立在养育之恩上。以前纪决对他爸妈不假辞色,是因为他不靠他们养活,后来被迫和好,则是因为他当初为了左正谊能顺利转会的事去找谢兰求了情,从此就低人一头,某些事情不得不听他爸妈的安排。

纪决被迫当孝子,再一次回家吃饭。

由于他成了世界冠军选手,名气很大,谢兰和纪国源也面上有光,终于发自内心地拿正眼看待他的职业,不再认为搞电竞是玩物丧志了。谢兰心血来潮,在饭桌上说,要给蝎子加大投资,甚至想直接买下蝎子,让纪决亲自来当老板,管理起来更得心应手。

谢兰还说:"虽然买俱乐部不便宜,但这点钱也不算什么,妈妈就把它送给你,当作你和正谊得到冠军的奖励。"

"……"

谢兰这么做只是想给纪决更多的好处,让她的儿子"嘴更软,手更短",彻底听话。

纪决没接腔,谢兰便自顾自地讲了一通买俱乐部的相关事宜,在她的设想里,她已经为纪决的将来铺好了路。提到将来,就自然而然地会提到结婚生子,提到继承家业。聊到这儿,她的真实目的昭然若揭。那天的饭没吃完。

纪决忍耐了大半年,终于忍不住了。他把筷子摔了,并当场给他爸妈转钱,就像左正谊跟他算账那样,声称"我一分都不欠你们的了""别想拿这个捆绑我""别再对我的人生指手画脚",然后摔门走了。

谢兰大哭了一场,打电话骂他是没良心的不肖子,一点也不体谅父母的难处。说到愤怒处甚至口不择言,拿蝎子来威胁他。那些威胁他的话自然是气话,俱乐部的管理层再糊涂也不会因为他们母子吵架而罚纪决坐冷板凳,但谢兰说什么"你在蝎子打得那么顺利,想打什么位置就打什么位置,还不是因为沾了爸妈的光?",这让纪决十分郁愤。

纪决自认为他今天得来的一切全靠自己打拼,是他和左正谊一起辛苦熬出来的。可只要他在蝎子待一天,就要被扣一天"太子"的帽子,粉丝说这是光环,他爸妈也这么认为,但这"光环"意味着他躲不开父母的干预,一辈子仰人鼻息。

纪决不想再在蝎子待下去了,随便去哪个战队都比待在蝎子好。他和他爸妈再次陷入冷战,几近断绝关系。

听说纪决不续约,杜宇成和几个队友都来劝他。大家的第一反应自然是挽留他,但在这种局面下,挽留的话不宜说太多,否则有道德绑架的嫌疑。虽然以纪决的脾气,他根本不会被"绑架"。

纪决唯一在乎的是左正谊的意见。

左正谊得知详情后支持他离开蝎子,但未来难测,不能跟他保证"你去哪儿我就去哪儿"。这让纪决心里没底,跟SP谈签约的时候十分犹豫,以至于拖到了夏窗的最后一天。

左正谊的手术在9月2日就做完了，术后为方便换药，他住了三天院。5日的下午，他出院回家，纪决陪着他。也可以说，是他陪着纪决，跟SP签了合同。

签约地点就在左正谊暂时租住的家里。

SP那边来了三个人，领头的是程肃年。程肃年是SP的现任主教练，一般来说，教练不够资格插手签约的事，但他的另一重身份是SP俱乐部的幕后老板之一。跟在程肃年身后的两个人，一个是法务，一个是SP的ADC——封灿。

门铃一响，纪决去开门。

其实把签约地点定在家里，纯粹是因为纪决要去接左正谊出院，并且要亲手准备一顿大餐，忙得走不开。

SP一行人不知详情，以为纪决故意耍大牌，又想起他曾经如雷贯耳的"禁赛咖"之名，心情相当微妙。但这份微妙的心情在走进门内，看见左正谊后，变成了惊讶。

左正谊已经很久、很久没露面了。蝎子在首尔夺冠之后，他不参加商业活动，不出席EPL的年度颁奖典礼，不回应外界对他的任何关心或猜测。谁都不知道他躲哪里去了，手伤有没有治好。而现在，他就穿着最普通的T恤和牛仔裤，坐在沙发上玩手游，悠闲地打着呵欠，后知后觉地抬起头看了他们一眼。

"End？"程肃年瞥见左正谊手腕上的纱布，敏锐地问，"你做手术了？"

大家都是同行，第一个关注点是他的手。

左正谊点了点头，把手机揣进兜里，礼貌地站起身欢迎了他们一下。今天是纪决和SP签约，左正谊是蝎子的选手，其实不方便在场。他准备离开，进卧室暂避一下，程肃年却叫住他，问了一句："哪天做的手术？"

左正谊道："二号，半个月后就能拆线了。"程肃年点了点头，没再多说。

如今程肃年做了教练，看待像左正谊这种年轻选手时的心态和以前大不相同，有了惜才之心。但他们没有太深的交情，关心点到即止。

左正谊关上卧室的房门，一直到签约结束他才出来。既已做了决定，签约的过程非常顺利。

纪决在转会这件事上不如一般选手慎重，他唯一担心的就是以后不能和左正谊做队友，其他的诸如年薪、奖金之类的条件，他都不那么在意。话虽这么说，但其实SP给出的条件很好，这在他们见面之前就远程谈妥了，纪决扫视了一遍合同就签了字。

　　程肃年等人来的时候他正准备做饭，屋子里充满生活气息，新买的菜摆在墙角，还有一条活鱼在塑料袋里扑腾，伴随着青虾和螃蟹在塑料袋里发出的声响，活蹦乱跳地滑到了地板中间。

　　"……"程肃年、封灿和SP的法务小姐姐全都齐刷刷地看向那条鱼。

　　在网上纪决是"六亲不认的冷面太子"人设，可此时此刻，他竟然在给左正谊当保姆，简直颠覆形象。

　　程肃年和封灿默契地对视了一眼。既然已经签完约了，那么以后就是队友，迟早要熟悉起来。封灿比程肃年活跃，悄悄指了一下卧室的方向，问纪决："你俩什么情况？"

　　纪决把鱼踢回墙角，如实回答道："惹哥哥生气了，说了你也不懂。"

　　封灿："……"

　　程肃年扑哧一笑，说回正题："你明天就来基地报到吧，新赛季马上要开始了，得抓紧训练。"

　　纪决看了眼卧室，欲言又止。

　　就在这时，左正谊推开了门，显然是听见了他们的谈话。他倚着门框，对纪决道："你去吧，我也打算回基地了。这个房子下个月就退租，不住了。"

　　左正谊虽然人单薄，面色也白，眼中却不再有抑郁之气。他和纪决一起送走了SP的三人，临别之际，象征性地客套了一下，问程肃年他们要不要留下一起吃饭，后者也客气地推辞了，毕竟他们现在还不够熟。

　　客人一走，家里又只剩他们两人。

　　纪决进厨房做饭，左正谊闲得无聊帮忙洗菜。但他只有一只手能用，与其说洗菜，不如说是玩水。他故意揪下菜叶子，把水弄得到处都是。纪决求他收了神通，赶紧去歇着。他才打着呵欠，懒洋洋地出了厨房。

第十二章 新秀

"世界第一中单"不仅受人敬仰,也是一根标杆,等着人来折。

第二天,他就和纪决一起从房子里搬走,一个回到蝎子,一个搬进了SP。同一天下午,"失踪"许久的冠军中单左正谊终于回归大众视野,开启了夺冠后的第一次直播。

龙象TV接到他开播的消息,一阵狂喜,更换版头,放上了左正谊的个人照,打出了一句高调的"END神归来",做足噱头。

龙象TV的EOH分区,是所有游戏分区中最火爆的一个。晚上七点到十二点左右,是直播的黄金时间段,每日的流量高峰期。

晚上七点半开播,左正谊调试设备花了五分钟,当他久违的出现在摄像头前的时候,由于观众太多,弹幕都卡了起来,直播间直接崩溃了。平台超管帮他把发言规则设置成了每位观众一分钟只能发一条,弹幕这才变得正常了一点,能看清楚了。此时,左正谊直播间的贵宾数量已经突破了三十万。

在龙象TV,"贵宾"是指有过消费记录的用户,一分钱都没花过的人上不了贵宾席。也就是说,现在直播间里的实际观看人数是大于三十万的。至于综合人气值,早就已经破亿了。

这样夸张的热度，让左正谊在黄金时间段里力压众多一线主播，飞速蹿升到了全站热门榜第一。他却在数十万观众面前，把直播标题改成了"下岗中单再就业"，然后连接手机投屏，单手操作，玩起了《猫咪大庄园》。左正谊的观众大部分是电竞圈的粉丝，EOH玩家，小部分是凑热闹的路人——没玩过EOH，纯粹是慕名而来。

弹幕说什么的都有。有人问他这些天去哪儿了，有人问他手伤好没好，有人问他对Righting转会SP有什么看法，也有人问他"下岗再就业"是什么意思，是不是退役当主播了，长得这么好看不如直接进军娱乐圈算了……

左正谊扫了一眼弹幕，只觉眼花缭乱，想回答问题，又有点懒得解释。而且他没法告知他的手伤情况，虽然做完手术了，但还没拆线，之后手能恢复到什么程度很难说，他不想带自己的节奏。

今天选择开播，也只是碍于合同，不得不播。

左正谊叹了口气，有点不耐烦，一口气答道："你们好烦，问问问，有什么好问的？我没失踪，手伤在治，Righting去SP关我什么事？等他去月球了再来问我的看法吧。我没退役，但最近不玩EOH，也不进娱乐圈，over。"

他一脸傲娇的样子，给观众摆臭脸，一如当初。

弹幕顿时又是一阵爆炸式增长。

"哟呵，熟悉的味儿。"

"Bking主播，我想死你啦！"

"End哥哥呜呜呜呜呜呜呜骂我！再骂我几句！"

"Righting转会不关你的事吗？你好无情，我的'决谊胜负'啊啊啊啊啊！"

"所以你的手伤到底怎么样了？新赛季能上场吗？"

"看看手！看看手！看看手！"

"冠军皮肤选了谁呀？是伽蓝吗？是伽蓝吗？"

"……"

左正谊看见了说冠军皮肤的这条弹幕。

EOH游戏官方会为每年的世界冠军战队定制一套英雄的专属皮肤。

这套皮肤的设计思路由冠军战队的选手提供，官方设计师酌情参照，试着将冠军战队的特有元素融入英雄皮肤里，作为夺冠的特别纪念。而且，每年的冠军皮肤销售收入，也会和战队分成。

钱是次要的，它的象征意义更为重要。试问，哪个热爱游戏的玩家，不想为自己的本命英雄定制一套专属皮肤呢？可惜普通玩家没有这个资格，这是独属于世界冠军的荣耀。

左正谊回答弹幕："不是伽蓝，是劳拉。"

他脸上掠过一闪即逝的遗憾，解释道："伽蓝在首尔没上过场，选不了。"

弹幕立刻安慰他。

"没事，再来一次呗。"

"明年得了冠军选伽蓝！！！"

"End 哥哥要努力治好手伤！伽蓝宝宝在 S13 的世界赛舞台上等你！！"

"伽蓝玩家落泪了，但我相信你一定可以给她一个冠军皮肤，加油。"

"伽蓝！伽蓝！伽蓝！"

"劳拉玩家也落泪了，劳拉宝宝只是 End 哥哥的备胎哇呜呜呜，终究是来晚了一步……"

左正谊无声地一笑，不再继续这个话题。他把直播界面切到《猫咪大庄园》，手游登录的系统 BGM 响起，是两声软绵绵的猫叫："喵——喵——"

登录完毕后，猫猫管家用猫语欢迎他："就是布偶猫少管我叫什么，你回来啦喵！人家好想你喵！"

"？？？"

"这是啥？"

"End 哥哥，你……"

"妈耶，这个养猫游戏我玩过！"

"我妹妹也在玩，她上小学五年级。"

"小学生玩的游戏？？？"

"哈哈哈哈哈哈哈哈哈哈！"

"别说，这只布偶还挺可爱，好像小尖啊。"

"说谁小学生呢?"左正谊不高兴道,"这游戏好玩得很,本国服第一布偶玩家在线授课,睁大你们的眼睛好好看,好好学。"

说着,左正谊飞快地把猫喂饱,在屏幕上点了一下。

他打开的是"猫猫擂台"功能:"不同品种的猫有不同的技能,布偶的技能里有减速。"

屏幕上出现了一个圆形的比赛擂台,台上一左一右两只猫。左边是左正谊的布偶猫,右边是他的对手,一只英短金渐层,29级。

十、九、八、七……倒计时结束,比赛开始!

金渐层率先发起攻击,举起胖爪向布偶猫袭来!布偶甩着毛茸茸的大尾巴躲开,使出一招减速!

"它被我控制住了。"左正谊故作平静的语气中透出一丝得意,"你们是不是觉得这看起来很简单?其实我有走位,看细节,看我的脚,往左边跳——看到没?它又扑空了。"

游戏画风 Q 萌 Q 萌的,让战斗画面看起来有点滑稽。但左正谊竟然不是在开玩笑,他的确靠走位躲开了金渐层的攻击,对面的猫猫根本摸不到他。他的反击又快又准,三两下就把金渐层打趴下了。

系统宣布"就是布偶猫少管我叫什么"获得本局胜利,奖励 10kg 猫粮!

"……"

"我傻了,这也行?"

"笑死我了。"

"左神不愧是左神,玩什么都厉害。"

"我也想夸他厉害,但一想到操控对面那只金渐层的可能是水友五年级的妹妹,就夸不出口了。"

"哈哈哈哈哈!"

"End 哥哥,小学生的神!"

"你们可真烦,承认我厉害很难吗?"左正谊坐直身体,威胁似的指了一下摄像头,说,"这游戏的竞技性比较低,操作发挥空间小。正因为这样,要保持全胜,更需要敏捷的走位和机智的预判,我可一场没输过。纪决也玩布偶,他都打不过我。"

屏幕上顿时刷过满屏的问号:

"？？？"

"太子也玩这个？"

"你俩私下不交流EOH，凑一起打猫拳？"

"想象了一下那个画面……"

"OMG！'决谊胜负'又活了啊啊啊啊啊！"

"我也下载了！可以加你好友吗？End哥哥！"

"加吧。"左正谊点头同意，又点开了下一局擂台。

打擂台赛需要体力，几局下来，系统就提醒他，猫猫累了，要回家休息。

左正谊只好回到自己的庄园里，在太阳下晒小鱼干。晒小鱼干的过程十分无聊，左正谊盯着进度条，晒完一条鱼，收入仓库，再晒下一条……才过了几分钟他就困了，把晾晒小鱼干的任务交给了猫猫管家，自己借口上厕所，暂时离开了直播电脑前。

这是左正谊回蝎子基地的第一天。

基地里一切如常，新赛季马上要开始了，今天上午他回来的时候，张自立他们正在打训练赛。纪决拒绝和蝎子续约之后，蝎子在夏窗买入了一个新打野，听说打得挺不错的，是个新人，上赛季在次级联赛表现得很好，被朴业成看中，故而来到了蝎子。

左正谊不认识对方，对方却认识他，见面时非常恭敬地和他打招呼，一副后辈尊敬前辈的模样。他不禁感慨，自己不知不觉都混成前辈了。

蝎子还买了一个新中单。新中单也是个没名气的小朋友，便宜，被丢进了二队养着。原二队中单被调入一队，暂时接替了左正谊的位置。因为左正谊的手需要休养一段时间，不知哪天才能重返赛场。

左正谊已经不着急了——急也没用。他的颓丧和抑郁都深藏在了那间不为人知的出租房里，如灰尘般被时间清洗干净，仿佛从未存在过。他已经接受了一切，接受之后便变豁达了。

今天朴业成找他聊了几分钟。这位韩国教练当初是为了他才来蝎子的，对他的手伤深表遗憾，同时也建议他，即使不能碰游戏，也别缺席训练。操作可以暂时不练，但对新战术的理解和吸收不能停，否则就落后太多了，尤其他是当指挥的人。

左正谊道了声谢，其实他心里也有数。但让他在队友打游戏的时候瞪眼干看着，实在是太折磨他了。他打算只参加复盘会议，该看的都能看到。

左正谊给自己做了一个短期的日程规划，除了参加复盘会议和必要的手部康复治疗，剩余时间大部分都用在直播上。并非他热爱直播，而是合同规定了每月直播时长的任务，他已经好几个月都没完成了，不得不补。另一方面，现在的他的确没什么事干，闲着也是闲着，不如开直播。

左正谊回到了电脑前。猫猫管家已经帮他晒好了一大堆小鱼干，累得气喘吁吁，系统不停地提示："管家累了""管家累了"。

弹幕里全是指责。

"无良主播还不回来！"

"管家，我的管家猫猫，呜呜呜好辛苦啊！"

"第十二条了！"

"主播！做猫要讲猫德！自己的任务自己干！"

"@ 就是布偶猫少管我叫什么，主播在吗？给管家涨薪！"

左正谊："……"

这群人好入戏，刚才怎么好意思笑他是小学生的？无语。

"涨什么薪？不涨。"左正谊一如既往地嚣张，说，"我就是庄园奴隶主，专门压榨小猫，懂？"

说罢，他给管家喂了点猫粮，让它继续晒小鱼干，自己则在电脑上翻出新赛季的赛程表看。

9月10日，EPL新赛季揭幕之战：蝎子对阵SP。

左正谊心想，他要休养两个月，还是三个月？不论如何，他暂时就安心当主播吧。

左正谊自己想得开，心态良好地开直播，不焦虑于手伤和比赛。但皇帝不急太监急，他的直播间里每天都有人像复读机似的，反复不停地问"End到底什么时候能上场"。即使他已经回答过了：要看情况。观众也还是很急。不仅他的直播间如此，论坛上，微博超话里，乃至蝎子官博的评论区，都天天有人催。

蝎子被迫郑重地发了一条声明，交代左正谊的手伤治疗情况，如实告诉粉丝，他在短期内不能参加比赛，保守起见至少要休息一到两个月。声明发出之后，粉丝不再催左正谊上场，转而关心起他的合同来。

众所周知，左正谊和蝎子的合同只剩不到半年。为什么夏窗时他没和蝎子续约？什么时候能续上？

这个问题蝎子官方没回答，左正谊也没回答。这件事实属难办，以左正谊如今的身价，续约也应当是一份大合同。而且他是蝎子夺冠的最大功臣，于情于理，都不该亏待他。但问题在于，他的手现在伤了，将来的状态难以预料。即使蝎子的管理层念他的好，也不能随随便便地开出一年几千万的高薪来，万一他的技术不行了呢？重金打水漂，蝎子就成了大冤种。

要知道，现在蝎子全队的身价加在一起，都比不过一个左正谊。今年夏窗时他们买的新打野和新中单，都是白菜价，转会费比不上左正谊的月薪。但也不能压价续约，那无异于故意羞辱左正谊，让选手和俱乐部都尴尬。所以，左正谊续约的事情就这样卡住了，续也不是，不续也不是。

蝎子的管理层和粉丝一样焦虑，一方面担心左正谊的状态下滑，另一方面担心他不下滑——如果左正谊的状态好，管理层却错过了续约时机，最终他和纪决一样以自由人的身份离开，蝎子岂不是竹篮打水一场空，什么都没捞到？这些利益权衡没被摆到明面上来，但左正谊心里跟明镜似的，只是不乐意为此纠结，才当不知道，一个字也懒得提。

他比职业主播还敬业，每天按时开播养猫，给《猫咪大庄园》打免费广告，硬生生把这款游戏带火了。游戏的官方制作组非常开心，专程来直播间给他刷礼物，一时传为佳话。

二

左正谊心情好，气色也变好了。和他的悠闲不同，纪决的日子不大好过。

提到纪决就不得不说，他们现在的关系微妙。表面上是纪决又开始粘着左正谊了，实际上是换了一种磨合的方式，两个人都在探寻，究竟应该怎么维护他们之间的感情。不过，主要是左正谊在探寻。纪决认为答案很简单：对哥哥好，哄哥哥开心。

当他这么说的时候，左正谊问："你也希望我同样对待你吗？"

纪决立刻摇头："不用。"

左正谊十分赞同："我也觉得。但是我听说，这种相处模式不健康，不能长久。"

纪决愣了下："你听谁说的？"

左正谊道："情感博主。"

纪决："……"

"他们都这么说，"左正谊现学现卖，模仿互联网情感大师的深沉腔调说，"如果一个人的付出始终得不到同等的回报，就会失望。当失望的情绪累积到一定程度，就会放弃了。"

左正谊好像是故意的。他有一万种理由不跟纪决和好，让纪决继续向他表忠心，无止境地迁就他。

但纪决觉得没关系，因为他觉得他亏欠了左正谊。左正谊无论如何都没有伤害过他，只是有点小脾气罢了。

其实左正谊这人最大的毛病，是看不清自己。他像个有"中二病"、自认为是坏脾气的大魔王，强迫地球围着他转，所有人都得哄他，可实际上呢？是他一直在做让步和牺牲，牺牲到连赛场都上不了了。他从始至终都没有对不起任何人，只把自己一次次推入绝境，然后在重压之下拼命挺起脊梁，重新站直，之后又像什么都没发生过一样。

纪决心想：事到如今，他孤零零一个人，我不对他好怎么行？他根本不知道怎么照顾自己。纪决很乐意哄着左正谊，这个过程本身就令人愉快。

这几天，让他不愉快的是在 SP 的训练。

纪决入队的时间太晚，6 号去基地报到，10 号就要上场打第一场比赛，短短四天，根本来不及和队友磨合好，所以第一天的比赛他大概率不会上场。

这是一个问题，另一个问题是，SP 现在的主指挥是中单，副指挥是 AD。中单是之前被程肃年从二队提拔上来的小选手，指挥水平还不错，但性格太弱了，镇不住场子。ADC 封灿倒是能镇场，但他天生不是冷静顾全大局的性子，程肃年认为他比较适合当"杀手"，而不是"主帅"。所以纪决一入队，程肃年就提议："你指挥几场试试。"

纪决对此没意见，全听教练安排。

封灿却不高兴了，他当着全队人的面，难说是在真发脾气还是故意撒泼质问程肃年："你什么意思？你是不是不信任我？昨天晚上你跟我可不是这么说的！你说 Righting 太独了，脑子里没大局，当不了好指挥。"

纪决："……"

程肃年冷着脸，一巴掌把封灿拍回椅子里，让他闭嘴。队友递给纪决一个"习惯就好，不要在意"的眼神。纪决皮笑肉不笑，心想，原来 SP 的队内气氛这么"弱智"。

但还有更"弱智"的。

封灿是那种乍一看很冷漠很傲，实际上越熟话越多的人。上回签约时他得知了纪决和左正谊住在一起，现在故意每天都追问纪决："你和 End 怎么样了？""今天他原谅你了吗？""不会吧兄弟，四天了还没进展？""我当初招惹了程教练，一天就摆平了。"

"？"纪决眼前冒出一个问号，有点不相信，程肃年那种性格不像是好摆平的样子。

但封灿不允许任何人质疑，不仅热衷于秀，还要造谣式地秀。他秀一次，纪决就给左正谊转播一次。

纪决也是有点心机在身上的，故意卖惨，说："哥哥，跟他一比，显得我好可怜。要不你看……"

左正谊不按套路出牌，聪明地指点道："就他会造谣？你也造啊。"

"……"

一句话把纪决酝酿好的台词全堵回去了。左正谊又说："我们都认识十几年了，我不信你能用来造谣的素材比他的少。不许输，纪决，不准给我丢脸。"

纪决："……"

End 哥哥的胜负心覆盖所有领域，在哪儿都要当第一。

由于已经冰释前嫌，左正谊把纪决的微信大号加回来了。他们每天晚上都要聊很久，除了聊一些八卦趣事，也会正经地聊聊比赛。但蝎子和 SP 毕竟是对手，左正谊懂得避嫌，不跟纪决交流战术。

对于蝎子的打法变革，左正谊是完全了解的，虽然他没有上场训练过。

最近朴业成忙于调教新打野和新中单，两个都是毫无名气的新苗子，潜力有待开发。其中朴业成更为中意的是中单，名字叫 Akey。

Akey 刚来蝎子的时候，被塞进了二队。他在一队和二队的内部训练赛中表现亮眼，很快就引起了朴业成的注意。朴业成让他和另一位中单 Don，就是在首尔给左正谊打替补的那位竞争上岗，说是要看看他们在前几场比赛里的表现，谁打得好，就让谁当主力。

朴业成还来问左正谊："你觉得 Akey 和 Don 谁更好一点？"

左正谊不太愿意评价他们，主要是 Don 和他比较熟，传到对方耳朵里影响怪不好的。Don 跟他熟，另一位却跟他一点都不熟。

Akey 今年十八岁，不知是腼腆还是孤僻，似乎不大愿意跟队友交流，转会来蝎子这么多天，总共也没跟队友说过几句话。

不知是不是错觉，左正谊发现 Akey 经常看向自己，而且眼神里带着几分不太寻常的味道，像敌意又不是敌意，好像是一种比较，他想跟左正谊一较高下。

左正谊不觉得奇怪，全 EPL 的中单，除了没上进心的菜鸟，没有不想打败他的。

"世界第一中单"不仅受人敬仰，也是一根标杆，等着人来折。想折左正谊的人那么多，他都习惯了，懒得搭理一个新来的弟弟。却没想到，Akey 竟然在新赛季首战这天，也就是 9 月 10 日的晚上，给了蝎子一个大惊喜，也让全 EPL 的观众都瞪大了眼睛——他在蝎子落后 SP 一局的时候作为替补上场，换下 Don，为蝎子打出了一局逆风翻盘的胜利。重点是，他复刻了左正谊在 S11 赛季冠军杯上的一个名场面：冷门法师葵火，1vs2 越塔双杀定乾坤。

比赛还没结束，摄像机就转到了坐在替补席上的左正谊身上。

EPL 每年揭幕战的关注度都很高，立刻就有电竞圈的 KOL 看热闹不嫌事大，发了一条挑事微博。

"Akey 好强啊，风采不输当年的 Friend。这就是蝎子不跟左正谊续约的原因吗？左神的手是不是真不行了？"

左正谊十八岁登上 EPL 赛场，毫不夸张地说，当年的他就如天神下凡一般，用无数个令人惊叹的极限高光操作，把"天才"这个词和他的名字画上了等号。在中单领域，End 之后再无天才选手，只有数不清的"小End""End 第二"。这些名号被扣在一个又一个的新人身上，成为他们的光环，吸引世人的目光。但也成为他们前进道路上的阻碍，让他们统统活在左正谊的阴影之下，即便成名，也成不了第一。

最恐怖的是，左正谊才二十岁。如果他的手没有受伤，以他如今的成就，Akey 的名字根本没资格和他相提并论。

那位电竞圈 KOL 抓住左正谊手伤这一点大做文章，称 Akey 是他的完美"代餐"，有了 Akey，蝎子不和左正谊续约也无所谓。

评论区里骂声一片，如果文字能杀人，博主的头都被砸扁千百回了。可能是骂他的人实在太多，他竟然觉得委屈，又发了一条新微博为自己辩解："我这不是合理推测吗？没别的意思，只是好奇蝎子为什么不和左正谊续约。"电竞圈的粉丝大多是资深喷子，谁看不出他在带什么节奏？

评论区又吵了起来，但这回也有不少人和他一起"合理推测"，即使大家都知道他是在故意带节奏，节奏也仍然被带飞了。

左正谊在现场观赛，没时间刷微博，比赛结束之后他才看见热搜。

今晚蝎子和 SP 打满了三场，除了左正谊和 Akey 之外，另一个备受关注的人是纪决。蝎子和 SP 敌对的传统由来已久，纪决这个"太子"竟转会去了老仇家。许多蝎粉接受不了，更有极端者说他把家庭矛盾带到工作中来是不对的，为一己私情抛弃队友和粉丝，简直薄情寡义。

正如他们所说，纪决就是一个"薄情寡义"的人，他从始至终连一句回应都没给。今天他出现在比赛现场和 SP 的队友一起亮相时，表情也十分平静，并不因为对手是蝎子而有异样。

如果是以前的左正谊，看见这样的纪决，也会和那些粉丝一样，责备他太冷血，竟然对前俱乐部一点感情都没有。但现在的左正谊和纪决差不多，早就不在乎自己会流落到哪里了。什么颜色的队旗，什么形状的队徽，对他来说都无所谓，都是外物，不可能再成为他的精神图腾了。也不会再有一家俱乐部能像 WSND 一样，让他恋恋不舍，甘愿为它头破血流，四处征战。所以，左正谊不太在乎续约的事。

蝎子续不续约都合理，做什么决定他都尊重。正如他不愿意自降身价主动提续约一样，蝎子也认为有手伤的他实在太贵，不会主动提续约的事。这太正常了，双向选择罢了。他不再是 WSND 的那个天真的小中单了，不会再认为谁对不起谁。

那么，假如他不和蝎子续约，以后呢？左正谊想过以后，但他心里的那个想法模糊而遥远，还没成型。

左正谊认真地看完了第三局比赛。

这是纪决今晚的第一次上场，前两局比赛时 SP 考虑到他和队友磨合不佳，让他替补。两局下来，比分战成 1∶1，SP 不想输，决定冒险让纪决一试。

纪决打得很好，虽然跟队友的配合时好时坏，但个人操作相当亮眼，尤其是在最后一波团战时，他献祭自己为团队创造出了一个绝佳的反打机会。封灿反应极快，顺势推上，为 SP 拿下了最终的胜利。

1∶2，蝎子输了。

左正谊虽然为纪决高兴，但看见张自立和严青云郁闷的脸时，还是被战败的气氛影响到，情绪有点低落，更多的其实是失落。他们输也好，赢也罢，至少都能在赛场上自由地拼杀，左正谊的手却还没拆线。

……原来他也不是一点都不急。

左正谊暗暗地吐了口气，把突然冒出来的负面情绪抛到脑后，跟队友们一起登上了战队的大巴车，回基地。

以前左正谊都是和纪决坐在一起的，现在身边的人换成了严青云。严青云当初受他提拔才成为蝎子的主力，是 End 哥哥坚定的拥护者，左正谊不上场也不影响他献殷勤。他们俩并排坐着，一起玩手机，同时看见了微博热搜。

"End&Akey"高高地挂在热搜榜前几名，广场上吵得不可开交。一个 KOL 带节奏，就有无数个营销号跟上，说什么的都有。其实事情闹大以后，重点就跟 Akey 本人关系不大了，他不过是看客们用来消遣左正谊的一把枪而已。左正谊是世界冠军，高光集锦按小时计算，Akey 却只是一个初次登上 EPL 赛场的新人，今晚第三局还打输了，谁会真心实意地认为他比左正谊强？

但某些网友在"造神"之后，又想写"毁神"的剧本，盯住左正谊的手伤，心里潜藏着兴奋，期待看见左正谊从高台上被推下来的样子，Akey 就是那个能推他一把的人。

严青云翻了一会儿，看得火大。

其中有一条热评说:"蝎子不跟 End 续约的原因不是很好理解吗? 在观望他的手伤状况呗。我追比赛这么多年,见过得腱鞘炎的选手海了去了,没一个敢在在役时做手术,End 就是把自己给坑了。他这人什么都好,可惜太自负,一意孤行。我听说他做手术的事都没跟管理层商量,这不是在胡闹吗?"

有人回复他:"层主有病吧?你以为他想做手术吗?他是怎么伤的你们这么快就忘了?"

"弱智一个。"

"哟,点进主页一看,原来是尊贵的队粉大人。左正谊给蝎队拿了世界冠军你还不满意?"

"要我说,你应该给左正谊跪下磕两个头,感谢他拿命 carry 蝎子全队的大恩大德。"

"队粉怎么了?层主哪里说得不对? End 不跟管理层商量就去做手术是客观事实。还有,进主页查户口谁不会啊,都 S13 赛季了,楼上的爹粉还没死光,跑这儿来掺和蝎子的家务事,你闲得慌,想给 WSND 招魂啊?"

"搞笑,他跟管理层商量了有什么用?杜鱼肠能亲自给 End 开刀吗?"

"End 的世界冠军奖杯属于蝎子,WSND 一辈子也不会再有,爹粉回答我,你们觉得扎心吗?"

"好嚣张啊。"

"有了 Akey 这个代餐,他们不 care 左正谊的手伤能不能好了,当然嚣张,装都不装了。"

"Akey 的年薪有一百万吗? End 哥哥的年薪可是两千五百万,如果续约不得奔着三千万去?谁养得起啊,不跟他续约正好。"

"Akey 的天赋不错,又有野心有血性,在朴教练的调教下必成大器。"

"我算是看明白了,你们蝎粉是真不在乎 End 啊。"

"End 也不在乎蝎子啊……这是可以说的吗?我一直觉得他身在曹营心在汉,从来都没爱过蝎子。我不是偏激队粉,承认他对蝎子做出的贡献,尊重他。但如果他们谈不妥续约的事,就好聚好散吧,不强求。"

"我服了,'好聚好散'都扯出来了,你们认定 End 的手废了是吧?等他的手痊愈别来哭着求续约。"

"兄弟，别天真了。End已经'死'在7月的首尔了，手术一做就再也回不去了。"

……

这层评论里的回复有几百条，前面还有人在就事论事地讨论，后面就吵起来了，留言几乎都是脏话了。

严青云翻到一半，忍不住转头去看左正谊。

左正谊也看见了这条评论，他微微皱着眉，神色复杂。

严青云安慰道："网上的喷子就这样，越没素质的跳得越高。他们也不一定真的是队粉，黑粉反串罢了，你别往心里去。"

"我知道。"左正谊低声道，"早就习惯了。"

电竞圈是全网的"素质盆地"之一，他这种在风口浪尖上走过好几遭的人，不会再轻易"破防"了。但难免还是会影响到心情，尤其是那句"再也回不去了"，他真想捶那二货网友两拳。

左正谊在心里打拳，脸上的表情却越发平静。他抬头往前排座位上扫了一眼，看见了另一位当事人Akey的后脑勺。不知是不是有所感觉，Akey突然转过头来。两双眼睛在光线昏暗的车内对视了一秒，Akey似乎有话想跟他说。果然，十分钟后，战队大巴停在基地门前，左正谊刚下车，就被对方叫住了。

夜色掩映下，Akey叫他借一步说话。

没走太远，走到基地附近的一棵树下，左正谊止住脚步，有几分不耐烦："你有事？"

Akey面目清秀，是没有攻击性的长相。但他的眼神太锐利了，让他整个人显得十分不友善，不招人喜欢。

左正谊只喜欢顺着自己的人，最讨厌这种刺儿头。

没想到，Akey一开口竟然是道歉："不好意思，我不知道事情会发展成这样，我不是故意带节奏的。"

"……"左正谊有点无语，"那你选葵火是什么意思？"

Akey的身上散发着一种天生不会说人话的气质，情商约等于零。他顿了顿，硬邦邦道："我是想让你看看，你能做到的，我也能做到。"

"哦。"

"还有——"

"你做不到的,我也能做到。"

"……"

不知这小子哪来的自信,把左正谊惹笑了。

"行,有志气。"左正谊带伤的右手垂在身侧,用左手抓住Akey的衣领,把他拽到自己面前。

他很用力,Akey猝不及防地向前踉跄了一下,险些跌到他身上。

左正谊盯着新人中单慌了片刻的眼睛,轻蔑地道:"但我建议你,多练技术少装X。盯着我的人从EPL排到日韩欧美澳,你还不配。"

Akey这种人很影响心情,但左正谊还不至于把他装进心里,骂完也就算了。

三

左正谊回到基地,稍微收拾了一下。队友们都在吃消夜,他不饿,闲着也是闲着,不如撸猫。他把小尖从训练室的花盆后面拎出来,单手抱起,放到肩膀上。小尖已经长大了,像一团毛茸茸的棉花球,甩着大尾巴,十分配合地扒住他的肩膀,喵喵叫着撒娇。

左正谊就这样带着猫,从二楼逛到一楼,回到了自己的房间。门一关,吵闹都被隔绝在外。九月初的暑热余威犹在,左正谊打开空调,侧躺在床上,有一搭没一搭地逗猫玩。

小尖长大之后,似乎没以前那么机灵了。也可能是因为它吃胖了——布偶的毛长,本来就显胖,它比别的布偶还要胖,圆滚滚一只,看起来傻乎乎的。

"喂。"左正谊轻轻戳了一下小尖的脑袋瓜,不满道,"我不在家你也能长得油光水滑的,你的心里是不是根本没有我?之前说想我都是假的吧?"

"喵喵。"小尖听不懂人类的胡话,开心地舔了舔他的手指。

左正谊又戳了它一下:"不许舔,你都不在乎我。"

"喵喵……"

小尖似乎看懂了他的表情，加大力度撒娇，猛地扑到了他的脖子上。左正谊立刻把右手挪开，左手没支撑住，竟然被小猫咪给扑倒了。小尖软绵绵地压着他，在他的胸前一通乱踩，小脑袋贴贴他的下巴，又"喵"了一声。

左正谊撸了它几下，忍不住亲了它一口："真乖。"

手机在一旁不停地振动，是纪决打来的电话。

左正谊慢悠悠地接起，说话声音跟要睡着了似的："喂？"

纪决一顿："这么早就休息了？"

"没，玩猫呢。"左正谊忽然叹了口气，"唉，我正在想，假如有一天我离开蝎子了，小尖怎么办啊？好想把它抱走。"

"……"

他的忧愁情真意切，但在今晚全网都在讨论他的手伤和他是否会被Akey取代的严肃气氛下，他这样非常偏离重点，显得有点滑稽。

纪决本来担心他心烦又没处发泄，特地来哄他，现在酝酿好的台词无处发挥了，只好改口道："到时候再说，实在不行重新养一只布偶猫。"

"不要，我只喜欢小尖。"

"那怎么办呢？"

"我跟蝎子谈谈吧，叫他们把小尖卖给我，怎么样？"

"……"

纪决想了想："可以是可以，但成功率可能不太高。"

左正谊半晌没吭声。

纪决问他："你晚上吃饭了吗？"

"比赛前吃的。"

左正谊在床上翻了个身。小尖不知什么时候跑到他脑袋后面去了，见他动作，傻傻地往他身下钻。

左正谊立刻顺势向后一靠，枕住了它。小尖呆了一下，被压得委屈地"喵"了一声。

左正谊却开心得很，懒洋洋地道："好舒服的猫猫枕头啊。"

纪决："……"虽然小尖的叫声听起来不大高兴，但怎么有点羡慕它呢。

纪决巴不得亲自给左正谊当枕头，可他却连机会都没有。他们一个在蝎子，一个在SP，连见面都不方便。更残忍的是，SP的队内规矩比蝎子严格，每晚训练一结束就收手机，禁止队员上网。纪决想跟左正谊煲电话粥都不行。

今晚也一样，他们才聊了几句，纪决就被叫去开复盘会了。

左正谊揣好手机，抱起小尖回训练室。他也得参加复盘会。

……

新赛季开始之后，生活就是这样无聊。无休止的训练和无休止的复盘把所有选手都变成了神经紧绷的机器，只有左正谊例外。别人打训练赛的时候他在开直播，别人排位上分的时候他在玩《猫咪大庄园》。

网络上仍然不消停，并且因为Akey在第二场比赛中发挥良好而愈演愈烈了。论坛上、蝎子的超话里的粉丝都在争论，但那些争论没新词，左正谊懒得看。Akey本人比网友讨厌多了，他虽然话不多，但每当眼神投向左正谊的时候，都带着一种微妙之感。赢一场，这种情绪就加一分，仿佛时时刻刻都在对左正谊说："看吧，我很强。"

左正谊一开始懒得搭理他，现在却想打爆他的狗头，倒出他脑子里的水，称称有几斤几两。他跟纪决吐槽，不知为什么，纪决十分警觉，问他："Akey还对你说过别的话吗？"

"什么别的话？"左正谊觉得莫名其妙。

纪决说："就是除了之外的，别的内容。"

左正谊想了想："没有吧。他总共也没跟我聊过几句。怎么了？"

纪决道："他盯上你了。"

"……"

左正谊很讨厌Akey，但蝎子的教练和队友都跟他相处得不错，至少能维持表面和谐，说说笑笑。这是因为Akey在别人面前勉强有人样，只有在左正谊面前才像个棒槌。

其实左正谊稍微能理解几分。电竞选手里有中二病的人很多，比观众更加信奉"强者为尊"，一旦盯上某个人，将对方视为自己的目标或敌人，就很容易陷入偏执里，认为打倒对方比一切都有意义。

Akey不是第一个。

上个赛季时，Lion的中单Record就是为了和左正谊一较高下，才从澳洲赛区回来的。结果被左正谊摁在地板上摩擦，得了一个"电竞周瑜"的花名。

　　Akey 现在连 Record 都不如，但脾气比 Record 还大。或许这就是年轻人吧。

　　左正谊十八岁的时候也以为自己是天下第一。当然，他确实是天下第一。

第十三章 冷遇

一个离开太久的人,当他的位置已经被别人替代,他再想回到原位,就不太容易了。

一 >>>

9月16日,左正谊终于能去医院拆线了。他的伤口已经长好了,拆线不算是大事,只是一道收尾程序。在此之前,他只能在队医盯着的时候做一些幅度很小的关节活动,今天之后就要开始好好复健了。虽然还不能立刻恢复高强度训练,但只要手能动,能摸到键盘,左正谊就有知觉,也有预感了。

他难得地又紧张了起来。现在的他像是一个被挑断手筋脚筋、武功尽失的剑客,重续筋脉之日,任督二脉再度被打开,剑客必须亲自执剑一试,才知道能不能重回巅峰。

16日的上午,纪决特地请了半天假,早起陪他去医院。天气仍然很热,一走进医院,左正谊被热气蒸得发红的脸,又受情绪影响而白了下来。

他们提前预约了,医生已经在等他们了。还是上次那位张医生,拆线之后,他给左正谊拿了点药,告知了一些复健时的注意事项。临分别之际,他还送了句祝福,祝左正谊早日重返赛场,大杀四方。

过程简单又迅速。

左正谊郑重地谢过，右手腕仍然习惯性地保持竖直，近乎僵硬地垂着。

纪决低头看了一眼，问："疼吗？"

左正谊摇了摇头，忽然抬起右手，试探般地，握住了纪决的手。

"试一下。"他说。纪决比左正谊更像伤患，一动都不敢动，谨慎地盯着他们手指交握的地方，仿佛这是什么开天辟地般具有重大纪念意义的仪式。但其实，天地仍在原位，被劈开的只有左正谊粘连的肌腱。

那么小的刀口，两厘米而已，拆线后的痕迹并不明显。医院里擦肩而过的路人看不出左正谊是哪一类患者，只看他的神情，恐怕会怀疑他来看的是精神科。但就是这短短的两厘米，却比开天辟地那一斧还重。

今天，虽然更值得高兴的事情还没发生，不应该高兴太早，但左正谊至少不用再为外伤而一直小心翼翼地护着右手。他忍不住冲纪决笑了一下。他们站在医院的走廊里，纪决也微微一笑，目光从左正谊的手指移到脸庞上。

"要不，"纪决抿了抿唇，真诚地问，"要不，庆祝一下？"

十点多的时候他们离开了医院，下午一点左右赶回基地。返回的路上，左正谊和纪决并排坐在后座。纪决时不时地瞄左正谊一眼，似乎有话想问，但屡屡欲言又止。

左正谊大概知道纪决想问什么，他斜睨了纪决一眼，姿态高得恐怕连珠穆朗玛峰见了他都得甘拜"下峰"。他别别扭扭地戳了纪决一下："喂。"

纪决一见他这副模样就想笑，强忍住道："怎么了？End 哥哥有什么指示？"

"拍个照吧。"左正谊极其委婉，"给你的手机里增加几张新照片，今天允许你拍我。"

纪决愣了一下。

左正谊不悦道："你不是挺聪明的吗？别跟我装傻。"

"……"

四个月前，纪决的手机相册被左正谊亲手清空了。今天，左正谊又愿意回到他的镜头前，给予他记录自己人生的特殊权利。纪决简直高兴得过了头，立刻打开手机，对准左正谊刚拆线的手腕，"咔嚓"来了一张。

"不错，这才有庆祝的气氛。"左正谊满意地点点头，制止他，"好了，数量有限，今天只能拍一张，第二张明天再拍。"

纪决："……"

End 哥哥真聪明，还会搞"饥饿营销"呢。

左正谊和纪决的关系恢复了百分之九十九，缺的百分之一是左正谊偏不肯松口。接下来的两天，他们背着双方队友跟对方偷偷见了面。在园区里的一个小超市附近，他俩像地下工作者似的，秘密接头。

不过，这在蝎子是秘密，在 SP 那边却不是秘密。

纪决给左正谊当保姆的事在 SP 几乎尽人皆知，而且除程肃年之外的每个人都对这件事表现出了在纪决看来实在很没必要的热情。他不理解，像程肃年那样的冷淡理智派，怎么能把 SP 的队内气氛培养成这样？像一个大型八卦基地。

蝎子的队友也很八卦，但和 SP 的不太一样。从纪决的角度看，主要区别在于他刚进蝎子的时候，不仅不主动融入团队，不和其他人接近，还跟队友闹矛盾、打架。但 SP 不允许任何人不融入团队，他不说话会有人找他说话，他不参加活动也会有人拉他参加，把纪决这种"精神孤儿"搞得浑身不自在。但效果不错，他在不知不觉中被迫融入了 SP。

"进基地的第一天，我就跟他们说，我只是来上个班，除非必要不用理我。"

小超市附近的人造景观凉亭里，纪决和左正谊面对面坐着，他说："但他们告诉我，SP 的企业文化就是团结，不允许有人搞特殊。还批判我的'上班论'，说我职业态度有问题。"

左正谊扑哧一笑："你确实有问题啊。"

这是纪决的老毛病。以前左正谊想要改变他，让他也发自内心地爱上电竞，拿出点电竞精神来。现在他无所谓了，正如也没人能改变左正谊，热不热爱不能强求，至少纪决的努力一分不少。而且，纪决也并非一点都不爱电竞，只是相比左正谊这种为竞技而生的人，他少了几分追梦的执着。

"其实我最近在想一个问题。"纪决突然说，"以前没进战队的时候，我考虑得最多的就是怎么才能跟你当队友。现在，我应该考虑更长远的事了，比如说怎么才能更稳定地赚更多的钱养你。"

"我又不缺钱，不用你养。"

"现在你是不缺钱,但以后的事谁说得准?万一我们退役之后做生意,一把就赔光老本呢?"

左正谊:"……"

纪决不仅很有忧患意识,还很会说晦气话。但左正谊这种人怎么可能去做生意,退役后,最适合他的职业是游戏主播。纪决不提这一点,是因为不希望他当主播。

游戏主播和职业选手一样,职业病太严重了,很辛苦。

当然,干哪一行都辛苦,所以纪决才想养他。

"欸,你想得太远了。"左正谊不高兴地说,"不要在我面前提退役,我才二十岁。你好烦。"

纪决却道:"我的话还没说完呢。"

"嗯嗯,你说。"左正谊表面听着,心里已经有点不耐烦了,语气里透着敷衍。

纪决安抚地捏了捏他的手背:"我知道你心里最想要的是什么,我也在考虑了。只是它对现在的我们来说,有点困难。"

纪决说得含糊,并未点明。

左正谊抬眼看他。两人目光一碰,相伴多年的默契让他们读懂了彼此眼神里隐含的信息。

"那不仅是你想要的,也是我的愿望。"纪决说,"你不用一个人努力,还有我呢。"

"……"

左正谊心里一松,被一种幽微又深刻的情绪击中。他有时弄不明白,纪决究竟有多包容他?仿佛对他的所有心思了如指掌,愿意陪他做任何事,不论目标有多遥远。

左正谊被彻底捋顺了毛,心里舒坦极了。

他低声说:"好吧。我们慢慢来。"

这是9月26号发生的事。

左正谊吊了纪决十天,终于松口了,纪决赢回了他的信任,再次成了与左正谊并肩的男人。

这十天里,他们几乎天天见面,大多是在夜里。

有一回，他们刚见面就被人撞见了，是程肃年和封灿。虽然这在 SP 不是秘密，但当场被撞见还是头一回。按理说，撞见就撞见吧，当作没看见不行吗？这俩男的偏不。尤其是封灿，一点面子都不给人留，当场"哟呵"一声，甚至把手机的手电筒功能打开了，往他们身上照。

"你们被逮捕了。"封灿说，"移交 EPL 联盟仲裁庭，按私通敌队处置。"

程肃年单手插兜，站在封灿旁边，类似于"纵容家养大型犬在小区里到处咬人还不牵绳"的缺德主人，睁一只眼闭一只眼地看热闹。

遇到这种事，纪决的第一反应是怕左正谊尴尬，把人往身后挡。左正谊却从他身后出来，当场掏出手机，对着封灿和程肃年拍了一张，先下手为强："威胁谁呢？我马上就发微博曝光你们深夜私自离队。"

封灿巴不得："你发呀。"

左正谊服了，震惊于封灿眼里竟然还有一丝期待，不愧是无论何时何地都喜欢秀的灿神。

他们两个之间的隔阂解除了，除了纪决训练的时候，微信聊天就没断过。但同时，左正谊在蝎子的处境其实并不太好。

九月中下旬，包括接下来的十月和十一月，整整两个半月，左正谊持续复健，不能上场。早在十月中旬，他就有恢复训练的想法，但被孙队医拦住了。

经过首尔的一番波折，孙稚心不知为左正谊哭过多少回，颇有几分亲妈心态。现在她简直是蝎子上下最关心左正谊的人，每天都把他盯得紧紧的。她劝左正谊不要心急，对他说："我知道你闲着手痒，但现在只需要熬个把月。如果复健不理想，以后恐怕时不时就会复发一次，痛苦一辈子。"

左正谊躁动的心硬是被她压住了，忍住不碰游戏。

之所以说左正谊的处境不好，不只是因为复健煎熬，还有 AKey。如果说一开始 AKey 受到追捧，只因为他是网友用来消遣左正谊的一把枪。那么现在，他开始真正地被人看好，也有了自己的粉丝。

最近两个多月，蝎子竟然是所有强队里表现最稳定的，连胜几场。原因主要有两个，一是韩国教练朴业成成功融入了 EPL，花样战术层出不穷，调教队员也十分犀利，蝎子的 B/P 几乎能压制所有对手，让 CQ 的金牌教头汤米也头疼不已。

左正谊听纪决说，最近程肃年的压力也直线上升，加班时间越来越长。这都是拜朴业成所赐。

S13 本来就是一个依赖战术的平衡版本。

第二个原因，是 Akey 的 carry 能力越来越强了。值得一提的是，他现在是蝎子的主指挥了。

新赛季初期，纪决转会，左正谊养伤，蝎子的指挥权落到了辅助严青云身上，前几场比赛都是他指挥的。后来 Akey 主动提出，他可以指挥得更好，于是朴业成就给他机会，让他试试。没想到，Akey 竟然真的很有指挥才能。这令蝎子队粉大为惊喜，顿时有了更多不需要左正谊的理由。

虽然左正谊的支持者很多，是蝎子队粉人数的几倍还不止，但一个选手在自家战队都不受队粉待见，个人的支持者再多也只是徒增矛盾罢了。双方的矛盾越来越激化，他们在超话里撕，在论坛上撕，蝎子输了要撕，赢了也要撕，已经到了水火不容的地步。加之，左正谊和纪决关系好是众所周知的，这也是蝎子队粉反感左正谊的原因之一。

左正谊和纪决每多一次互动，就要被队粉多骂一次。他跟封灿和程肃年微博互关的那天，队粉甚至把他骂上了热搜。

这不全是队粉的功劳。还是那句话，蝎子的粉丝根本没有左正谊的个人粉丝多。队粉骂他"里通外敌，早有二心"，还说他视联盟规定为无物，在非转会期私下违规接触其他战队，应该受到处罚。

"违规接触"和"私人交际"的界线本来就模糊，并没有哪个战队会明令禁止自家选手和其他战队选手交友，圈内人来往密切，谁还没有几个好朋友呢？本来正常的来往传着传着就变味儿了，哪怕左正谊和 SP 的交际其实并不多，除了偶然遇到过程肃年等人，私下见面一次都没有过，微信上也不交流。

总之，队粉负责带节奏，电竞圈各大营销号负责炒热度，热搜上双方粉丝撕得激烈，场面十分难看。

SP 为此发了一篇澄清公告，声称他们没有过任何违规挖人的行为。蝎子官方却一声不吭，被左正谊的粉丝骂过之后，才后知后觉地发了一篇澄清公告。但无济于事，想撕的还是在撕，拦不住。

第十三章

11月的最后一天,左正谊的复健进行到尾声。他终于再一次打开了EOH客户端,并且是在直播过程中打开的,当众登录了游戏。一时间,期待他好的和盼着他坏的,都涌进了直播间里。

11月30日,蝎子没有比赛。左正谊晚上七点多开播,心血来潮,打开了EOH的客户端。换句话说,他不是故意给谁展示自己的复健成果,不是为了证明什么,只是在登录《猫咪大庄园》的时候感到了一阵厌倦——玩了三个月的小学生游戏,换了谁都会有点厌倦。

所以他把手机投屏关了,直播画面切到了电脑桌面。鼠标的光标游移了片刻,最后落到了EOH的图标上。双击,打开,久未登录的EOH客户端开始更新,更新包大小:3.26G。

左正谊开着摄像头。只见画面里的他,在等游戏更新的时候从桌上的纸盒里抽出两张纸巾,轻轻地擦了一下键盘。

直播间的弹幕数量在EOH被打开的那一瞬间就爆炸了,观看人数直线飙升,粉丝开始刷礼物,一个个华丽得有些夸张的特效在直播间的屏幕中央炸开,全站广播礼物接连刷屏。

左正谊擦完键盘一抬头,被特效闪花了眼。

"别激动啊你们。"左正谊很久没登游戏,心里也不平静,但故作冷静地说,"我几个月没上线,客户端都积灰了,你们不会妄想我在天梯局里大杀特杀吧?"

弹幕顿时对他发起一通嘲笑。

"天梯局?主播想什么呢?不会以为自己的排名还在国服前一百名里吧?"

"我的好哥哥,你先看一眼自己的排名。"

"End宝宝的排名在哪里?我怎么看不见!"

"哈哈哈,早就掉到排行榜以外了!"

左正谊:"……"

好吧,忘了这回事。

左正谊无语道:"你们好烦,能不能给我留点面子。"

游戏更新完,他输入密码登录进去。恢宏大气、有史诗感的游戏 BGM 响起,唤起了左正谊心底那种近似于游子还乡的亲近之情。

如果一款游戏贯串了一个人的青春,那么它承载的意义就如第二故乡,让人欣喜又惆怅。

左正谊逐一点掉主界面上的红点,耐心地把游戏内的近期活动浏览了一遍,打开排行榜,果然发现他已经掉出国服榜了,区服内排名也看不见了。

他在一区,一区高手如云,榜上充斥着各种职业选手、准职业选手、高端代打和民间路人王,基本等同于大半个国服。

左正谊看了一眼国服榜第一,竟然是一个不认识的 ID,叫"RE"。他问:"这是哪路神仙?怎么没见过?"

弹幕答:

"是绝哥啊,他改名了。"

"果然,绝哥早就失宠了。"

"还有人记得大明湖畔的绝?爷青回,泪目。"

"水友都记得,只有主播忘了。"

左正谊:"……"

纪决,你干的好事啊。

"RE 这个 ID 怪让人浮想联翩的,到底是不是 Righting & End 的首字母缩写?"

"我觉得像。"

"不是有人扒马甲嘛,说绝很像太子本人,常用英雄都差不多……"

"End 哥哥回答一下,绝是太子的马甲吗?"

"不知道,别问我。"左正谊绕过这个话题,关掉排行榜,打开了皮肤商城。

他登录游戏十来分钟了,东看看西瞧瞧,半天不进排位赛。那些专门来看热闹的人等不及了,开始发弹幕催。

"开一局啊。"

"打排位!打排位!"

"手恢复得怎么样了?急死我了!"

"End 老师不会不敢打吧？"

"不敢打就别开直播玩啊，尿包。"

"有本事以后都别打，直接退役我敬你是条汉子。"

"怎么有人挂着 Akey 的牌子来挑事？滚。"

"少来碰瓷你 End 爹。"

"房管干活了。"

"End 已死！A 神当立！End 已死！A 神当立！End 已死！A 神当立！"

"冠军中单不秀一手吗？兄弟们都看着呢。"

"房管好杀，把那些刷屏的都杀了。"

"……"

左正谊看着弹幕，心里一阵烦躁。如果说他对蝎子的队粉没怨言，纯属假话，但要说怨恨有多深，倒也不至于。其实蝎粉说得对，左正谊确实不像爱 WSND 一样爱蝎子，毕竟他在 WSND 长大，待了四五年，感情深厚也是人之常情。但左正谊对蝎子也不是一点感情都没有，只是这点感情达不到队粉期待的"忠诚"和"唯一"。在他们眼里，他是外人，是"雇佣兵"，迟早要离开的。

队粉都在乎"血统"，WSND 的粉丝当初那么爱戴他，也是因为他出自 WSND 的青训营，是百分之百的自己人。如果左正谊的手没受伤，蝎粉不会这么快翻脸。说到底，是因为他没有利用价值了。

甚至有人说，新赛季他一场没打，训练赛也不能参加，拿着两千五百万的顶级年薪混日子，再混几天，S13 的上半赛季都要结束了。他们绝口不提左正谊给蝎子创造的商业价值，将他的半赛季薪水折算成一千二百五十万，说这部分钱就当作是蝎子为他在 S12 赛季中的功劳付费，现在两不相欠了。

好一个"两不相欠"。

左正谊第一次看见这个说法的时候，出离愤怒，心塞得半宿没睡着。他被气到了，但"一千二百五十万买一个世界冠军"的梗却在圈内成了笑话，广为流传。

其他战队的粉丝纷纷表示：

我队煤老板已经砸进来好几个亿了,连世界冠军的毛都摸不着。不就是区区一千多万吗,我们也出得起,请问在哪儿付款?谁卖冠军?给我主队来一箱。

蝎队粉丝几乎沦为群嘲对象,但因为目前蝎子的战绩非常好,所以他们总是理直气壮的。如果哪个战队的粉丝敢和他们叫板,他们就讥讽对方打不过蝎子,没资格开麦。

在电竞圈里,菜是原罪,强就是绝对正确。

也正因如此,左正谊的手伤迟迟不好,他的粉丝和蝎粉吵架的时候都不敢把话说得太满,只能用以前的功劳来争辩,没底气讲以后,就是怕他万一复出之后技术变差了,会遭到更多的谩骂。

总而言之,今天不光是黑子着急看左正谊打排位,粉丝也着急。

弹幕里的网友吵得天昏地暗,房管忙得不可开交,根本封不过来。

左正谊都把游戏打开了,不可能突然说不玩。就在他准备点开排位赛的时候,屏幕上突然跳出一条双人排位邀请信息。

邀请人:RE。

左正谊想也不想就点了拒绝。

手机立刻振动了一下,是纪决发来的微信消息。

决:"和我双排。"

决:"我不想看你挨骂。"

End:"?"

End:"看不起我是吧?我需要你带吗?"

决:"End哥哥,你都四个多月没碰游戏了,最近游戏地图都改版了。"

End:"我每天看比赛,又不瞎。"

决:"我的意思是手感不太一样,你需要时间适应。"

End:"你好烦,退下吧。"

决:"……"

纪决跪安了。

左正谊放下手机,开始打排位赛。

观众能看见他玩手机,但不知道他在和谁聊天,有人问,左正谊没搭理。他现在段位低,玩家超过三十天不上线,每周都会被系统扣积分,现现在他已经被扣到王者段位的 0 分了。

　　EOH 的排位赛有五大段位：青铜、白银、黄金、钻石、王者。王者以上全部按积分排名。排名又分为区服排名、城市排名、国服排名等。

　　左正谊心想，如果连王者 0 分的段位他都打不好，以后还混什么职业圈啊？不如回潭舟岛养鱼吧。

　　低分段的王者局组队很快，很快就组齐了对局玩家。

　　左正谊选的位置是中单，但不巧，有一个叫"最后亿局"的队友也想玩中单。

　　End："我中，谢谢。"

　　最后亿局："End？？高仿号吗？？？"

　　另外几个队友也看见了他的 ID，纷纷打开语音：

　　"我的天，好像是 End 本人。"

　　"真的是本人啊，我看见直播了。"

　　"你中，你中，能玩伽蓝吗？"

　　"上电视！"

　　"End 哥哥，我是你的小粉丝呜呜，好喜欢你呜呜。"

　　"糙汉音别卖萌，污耳朵。"

　　"别 Ban 伽蓝啊，别 Ban 伽蓝！"

　　"兄弟们，我躺好了。"

　　"这局稳了。"

　　"……"

　　队内语音里叽叽喳喳乱成一锅粥，但左正谊一点也不觉得吵，还诡异地被哄舒服了。

　　路人排到他的第一反应，仍然是"这局稳了"。

　　左正谊激情复活，天生的 carry 血脉觉醒，并如愿以偿地选到了伽蓝。他的右手用弹钢琴一般的动作，在键盘上横划了一下，按出一行乱码。几乎没有任何异样感的手腕和机械按键亲密接触，手指感受到的弹性触感熟悉得让他几乎有落泪的冲动。

　　但直播镜头里的左正谊面色如常，淡定得近乎冷漠。他一贯如此，一进入比赛就不自觉地严肃起来，整个人仿佛成熟了好几岁。

队友的语音仍然开着,选英雄时不停地问他:选XX行吗?选XXX会不会更好一点?

左正谊轻飘飘地道:"都行,你们随便选。"

"OK。"队友们被这句话鼓励到,不再拘束,都拿了自己最想玩的英雄。

见左正谊镇定自若,信心十足的样子,直播间里的粉丝也高兴了起来,满屏开刷"End哥哥带躺"。

显然队友在窥屏看直播,竟然跟弹幕一起整活儿,一进游戏就雄赳赳气昂昂地往前冲,还在公共频道里嘲讽敌方。

最后亿局:"End哥哥驾到——End哥哥驾到——"

最后亿局:"对面速速投降!"

左正谊:"……"

倒也不必这么弱智。

事实证明,纪决说得对,四个多月没碰游戏,左正谊需要适应一下。但不适应新的游戏地图只是影响很微小的一方面,基本功的生疏才致命。比如说对线补刀,他的补刀准确率远低于巅峰时期。

这在意料之中,如果他四个月没练,还能和之前天天熬夜加训时的状态一样,那么他的熬夜训练毫无意义。

左正谊微微皱起眉,盯着眼前的兵线和对手,试图找回曾经的手感。

就在不久前,EOH的作战地图改版了。草丛、小怪、防御塔等影响战斗的元素位置都没变,主要进行了一下美术优化。同时,游戏内加入了天气系统,从此有了阴晴雨雪和昼夜交替,变化随机,没有规律。

左正谊对天气系统没什么感想,但圈内盛传,现在的天气系统只是半成品,仅供观赏,官方正在这个基础上开发新功能。在将来的某个版本中,天气系统有可能会影响英雄的强度,比如某个英雄在下雨时伤害值会增强,在下雪时伤害值又会被削弱。这个传闻不知真假,但争议很大。

左正谊心里想着它,手上丝毫不放松。他甚至有点过于认真了,这场游戏只是低分王者局,竞技性没那么强,即使他的补刀水平不如当初,也压了对面的中单好几十刀。

对面的英雄是poke流法师风皇,技能嗖的一下、嗖的一下地往左正谊的身上丢。一开始，左正谊抱着打职业比赛的态度来和他对线，走位相当谨慎，默记他的技能 CD，观察他的动作前摇，还多次尝试对线换血压制他。打了几分钟，左正谊就发现他这么做是在白费力气。

这风皇似乎是一个王者 0 分段位的"守门员"，水平有限，段位升不上去也下不来的那种。即使左正谊不好好躲，他的技能命中率也不太高。而且，可能是因为己方队友在公共频道里的喊话吓到了敌方——喊话本身不吓人，主要是 End 哥哥的名声太大，他们打游戏不认真，一个个赶着来中路蹭上镜机会。

中间有一次对线时，左正谊操作失误了。他太久没玩伽蓝，连伽蓝的无限刷新连招都手生了，试图单杀对面法师的时候技能没连上，被迫转变打法，放弃刷新，将所有技能一次性全开了。

左正谊的心都凉了半截，相当不开心。

如果这是在职业赛场上，恐怕会被人拍照裱起来嘲讽十年。但对面的"守门员"风皇傻里傻气的，躲都躲不利索，似乎根本不知道该怎么应对伽蓝，两条腿在地上胡乱地扑腾，故作冷静地开大招和他对打。乍一看挺像回事，但交手结束，大家才发现风皇的四个技能放歪了仨，左正谊放歪的技能却被他精准地"接住"。

他倒地身亡的那一刻，还在公共频道里发出了一句"666"，用一副跟左正谊决战紫禁之巅、仅差一招遗憾落败的口吻感叹道："End 哥哥名不虚传，我心服口服。"

左正谊："……"

这是夸他吗？夸人跟骂人似的。

左正谊一脸郁闷，直播间里笑倒一片：

"哈哈哈——这啥玩意儿啊？"

"我的天，这个风皇笑死我了。"

"在风皇眼里：他和 End 决战紫禁之巅。实际上：菜鸡互啄。"

"End 哥哥太久没下凡了，不知道低分局的人这么菜吧？"

"没事，End 哥哥已经成功融入了他们。"

"重生之我是左正谊，第一章：勇闯鱼塘。"

"第二章：变成鱼。"

"第三章：退役当主播。"

"第四章：又进鱼塘了。"

"……"左正谊哽了一下，更郁闷了，"都给我闭嘴，你们看不起谁呢？等我秀起来打烂你们的脸。"

他冲摄像头挥了一巴掌，作势要抽人。直播间里的戏精多，弹幕一片嗷嗷乱叫，配合地喊疼。

左正谊没搭理这些人，继续专心打游戏。

从下半局开始，他的状态肉眼可见地好了不少。从一开始的刷不出连招，到后来伽蓝重拾风采，频频三杀、四杀，左正谊在队友们热情中稍带几分弱智的疯狂吹捧声里带领团队拿下了最终的胜利。

虽然这局游戏从他个人的角度来看打得不算好，但他玩得很开心。直播间里仍然有黑粉在挑刺，说他"变菜了""只会炸鱼""有本事打高分局"，不断地讥讽、挑衅他。左正谊理都懒得理，他没有继续开第二局，而是返回游戏主界面，打开了1vs1自定义房间。

弹幕上刷过一片问号，没人知道他这是要干什么。

只见左正谊打开后台，把直播间的标题改成了"中路法王SALA赛，给你一个打败End的机会"。

"？？？"

"开始了，开始了，主播装起来了。"

"哈哈哈——SALA赛，你牛。"

"S！A！L！A！"

"杀，给我狠狠地杀。"

"本国服第一sala高手来了，你等我上号。"

左正谊端起桌上的水杯，慢条斯理地喝了一口。

"sala"，即单挑，在电竞文化里是solo的同义衍生词，暗含瞧不起对手的意思，一般用于准备虐菜鸟时的场合，极具嘲讽性。例如，询问对方是否要solo，可以翻译为是否要1vs1单挑。而询问是否sala，则可以精准翻译为："你这个废物菜鸡，来跟我单挑啊。"

左正谊刚复出就如此嚣张，一点也不怕有国服级的中单开小号来狙击他。他慢悠悠地喝完一杯水，假客气地说："输赢无所谓，主要是想有人陪我练练手，就当复健。"他把进入房间的快捷号码发在公屏上，"技术菜的别来，不要浪费我的时间哦。"

水友们跃跃欲试，在他发出号码的那一瞬间，1vs1房间里就进来人了。

左正谊点开对方的资料看了一眼，钻石玩家，想也不想就把对方踢出了房间。

"我再说一遍，来几个高手。"

左正谊话音刚落，房间里又进来一个新人。他重复刚才的步骤，查看对方的段位，段位低的都被他踢掉了，直到对面换成了一个有区服排名标志的人。

左正谊点击开始游戏，进入选择英雄的界面，他略一思索，选了风皇。

"为什么不玩伽蓝了？"

"嗐，风皇solo有啥看头，观赏性太差了。"

"换伽蓝！换伽蓝！换伽蓝！"

"End哥哥，玩路加索！路加索！路加索！"

弹幕里吱哇乱叫，跟点菜似的刷各种英雄的名字。左正谊敷衍道："下把一定。"

solo地图是1vs1的专用地图，单线，有小兵没野怪，比的就是对线能力。1vs1模式不Ban英雄，两边可以选一样的英雄。

左正谊这局选择用风皇出战。对面选的法师是伽蓝。伽蓝亮相的那一刻，弹幕就开始刷"班门弄斧，左门弄蓝"。但没想到，对面这个伽蓝玩得挺不错，看起来有模有样的。

左正谊刚才说的是实话，他开solo赛是为了练手，选风皇也是为了练习技能施放的精准度，找手感。他并不急着杀人，按部就班地清兵，始终和伽蓝保持安全距离，不给对面开大招的机会。

风皇本来手就长，"苟"起来太简单了，清兵速度也比伽蓝快。但要想杀伽蓝就不太容易了，正面对战打不过。左正谊好比磨剑一般磨着自己的耐心，不理会弹幕的催促和嘲讽，等到风皇发育得差不多了，才终于走近伽蓝一些，不再躲避她。

对面的伽蓝和水友一样心急，见他靠近，立刻开大招杀来。左正谊早有防备，身形一闪，躲得巧妙。他甚至不反击，任由伽蓝把技能一个个放完。

等伽蓝的技能全部放空、准备逃跑的时候，他才亮出兵器，预判好对方的走位，将风皇的控制技能放了出去。

命中的那一刻，伽蓝就是一具尸体了。

风皇的所有技能同时落到她身上，刚好够耗空她的血条。

这套操作不难，唯精准而已。比技能施放更精准的，是左正谊对伤害数值的计算。他先前闷头发育那么久，就是在等装备发育到刚好能杀死伽蓝的程度。在他放出最后一个技能的时候，许多观众都以为伽蓝死不了，可能会剩一层血皮、几滴血。但实际上伽蓝的血一滴也不剩，刚刚好，不多也不少。

观众们看傻了眼。

左正谊能成为世界第一中单，靠的从来不只是操作。他思维敏锐，甚至连直觉都比别人准，这就是天赋所在。

但游戏的版本不断更新，英雄和装备的强度持续调整，包括符文变化等也会对局内形势造成影响。以至于每一局游戏、每个技能的伤害数值都不是固定的，要想精确计算，必须先观察对方的伤害效力，猜测对方可能携带的符文种类，然后再通过敌我双方的英雄等级、装备加成和当前技能的增益状态来计算……总之，相当复杂。

左正谊轻描淡写地秀了一下自己的能力，更重要的是，他表明了一点：他的手虽然四个月没碰游戏了，但大脑从来没有下线过，一直保持训练，仍在巅峰状态。

直播间简直沸腾了，想黑他的人一时闭了嘴，粉丝又开始激动地刷礼物。就在这一片不断炸开的华丽礼物特效里，左正谊踢掉败北的伽蓝，面无表情道："抬走，下一个。"

跟局势多变的 5vs5 相比，1vs1 的玩法过于单调，打久了会无聊。左正谊公开摆擂台，才更换了七个对手就喊困了。他在电竞椅上伸了个懒腰，喝光了桌上的第二杯水，人像困傻了似的，发了两秒钟呆，然后把直播间的标题改成了"中路法王 SALA 赛（七连胜，等一个高手）"。

正所谓夜路走多了，难免撞到鬼。擂台摆久了，必然会有来砸场子的。这人是左正谊的第十一个对手，ID 和头像平平无奇，段位也没高到能吸引左正谊特别关注的程度。

左正谊按惯例查完资料，没多想，直接开始游戏。选英雄的时候，左正谊瞄了一眼弹幕。

"伽蓝，伽蓝，伽蓝，求你了，玩一把伽蓝吧。"

"我从第一局开始刷伽蓝，刷到第十一局了，左正谊你没有心。"

"伽蓝！呜呜呜！End 哥哥不爱伽蓝了吗？"

"我有一个朋友说看不到伽蓝他就跳楼。"

"对，我就是那个朋友。"

"……"

好吧。左正谊选了伽蓝，心想，这应该是今天玩的最后一局了。太无聊了，他不想继续打了。

他选定英雄，进入对局，发现对面也是伽蓝。

这不奇怪，左正谊的粉丝中玩伽蓝的人数量占比最高，即使不是他的粉丝，只要喜欢玩伽蓝，就会关注他。他打了个呵欠，看了一眼振动的手机。是孙队医发的消息，提醒他早点休息，不要一回归游戏就太劳累。

他回："好的。"然后打起精神，全神贯注地开始对线。

左正谊强打精神，奈何瞌睡虫乘虚而入，拼命地在他脑袋里作怪。他把这归罪于直播间的水友都太菜，没有一个能逼出他十成功力的。不，连七成功力都用不到。他精神松懈，有些漫不经心。与其说是在跟人 solo，不如说是在自顾自地对着兵线练刀，就像以前训练时那样，几乎把对面的伽蓝当成电脑人了。

就在这时，伽蓝的大招落到了他身上。对方使用的是一款红色皮肤，技能特效也是红色的。左正谊只觉眼前红光一闪，一种从大脑深处弥漫而出的强烈危机感比技能更先击中他。他猛地清醒过来，提高警惕。

两个伽蓝对战，大招的金索先手命中就约等于赢了，除非操作技术太差用不好连招，导致被反杀。

左正谊刚才太轻敌，此时对面伽蓝的大招已经开了，他来不及躲。但他的反应快，脑子迅速谋划出应对策略，既然躲无可躲，就只好以攻代守。他在同一时刻果断开大招，赌的就是自己的连招刷新比对方更快。

胜负在顷刻之间见分晓。但一个"顷刻"被无限拉长，两个伽蓝身形

221

交错，技能交叠，血条同时一格格飞速下降。当红色皮肤的伽蓝倒在地上时，左正谊的伽蓝头顶只剩一层血皮，被小兵打一下就会性命不保。好巧不巧，敌方的小炮兵还真看见了他。一个代表远程炮击的特效小红点慢慢地朝他飞来，左正谊飞快地回到防御塔下，以平生最快的速度吃血包。

吃到了！

"吓我一跳。"左正谊拍拍胸口，笑着打了个长长的呵欠，"差点身败名裂，被小兵杀了。"

围观的网友也大都在笑，只有少部分人看得懂刚才的交手。

有人说："对面的伽蓝不错啊，是高端玩家。"

"感觉他是今晚打得最好的一个，虽然也输了。"

"输给 End 哥哥很正常，但他差点就赢了。他不该是这个段位吧？开的小号？"

"我也觉得，他补兵有职业水准……"

"哪个职业哥？大号来玩嘛，光明正大点儿。"

"是不是我瑜哥？"

"瑜哥"指的是 Lion 的中单 Record。这个亲切的称呼来源他的花名"电竞周瑜"，跟左正谊的"诸葛黛玉"之名对应。大家都知道 Record 喜欢盯着左正谊做比较，故有此猜测。

但很快就有人反驳。

"瑜神才不会开小号，他哪次不是直接用大号挑衅？"

"对，应该不是他。"

话题一旦被展开讨论，带节奏的人就来了。

弹幕太多，不知是谁先刷的"Akey"，也可能是许多人不约而同地想到了这个人。没几秒，直播间里就满屏都是"Akey"了。

左正谊一时无语，其实他也觉得这个玩家有可能是 Akey，只是不便明说。

最近两个月，左正谊经历了一个对 Akey 从厌恶到无语，再到无视的心态变化过程。Akey 本人却一点都没变，还和刚打上主力时一样，如果比赛发挥得好，就用眼神向他炫耀。如果发挥得不好，就主动向他解释，给自己找理由。那些拐弯抹角的话翻译过来就是："我一时没打好，不代表我不强，不信你等着看我下一场的表现。"

左正谊被搞得没脾气了，骂过他好几回。

有一回，左正谊说："我不是你爹，你不用证明给我看。"

还有一回，左正谊指着他的鼻子臭骂："再来我面前找存在感，我就把你的脸抽歪！滚。"

可以说是相当不客气了。但 Akey 被骂也不生气，不论左正谊在他面前是什么表情什么情绪，他都能从中提取出自己想要的信息：左正谊觉得他强，或者认为他菜。

他仿佛是个单细胞生物，不知道自己会影响左正谊的心情，也不在乎个人廉耻。主要是因为他极度自信，不管左正谊怎么再三表明自己不 care 他，不想和他比较，不把他放在眼里，他都不相信。

他觉得左正谊在嘴硬——明明心里有危机感，怕被他这个优秀的"后浪"拍死在沙滩上，发自内心地觉得他厉害，却碍于面子，嘴上不肯承认。这就是左正谊在 Akey 眼里的形象。

左正谊一度气得要命，后来悟透了，根本没必要生气。Akey 这种人，越给他眼色他越来劲，无视他是最好的应对办法，连骂都不要骂。之后左正谊就彻底不搭理他了。

但 Akey 热爱"倒贴"，左正谊越不理他，他越要往上贴。比如有一次，领队给大家买了吃的，左正谊当时不在场，需要有人去喊他下来，或者帮忙送到他的房间里去。

Akey 主动揽过任务。当时左正谊正坐在电脑桌前，和纪决连麦看电影，忘了锁门。Akey 相当没素质，门都不敲，直接推门进了屋。他把食物放到电脑桌上，说："领队叫我给你送吃的。"

"哦。"左正谊一个眼神也没给他，装作不经意地一抬手，把装食物的纸袋扫进了垃圾桶。

Akey 愣了下，终于接收到了一点左正谊讨厌他的信号，他把纸袋从垃圾桶里捡出来，拿着走了。

左正谊为人心软，稍微做一点"过分"的事，就会觉得不好意思，心想是不是没必要闹得这么难看？

　　但他的"不好意思"没持续多久。第二天，蝎子打比赛又赢了，Akey拿了四杀，一如既往地来向他炫耀，把左正谊给烦得恨不得抽死他。

　　最离谱的是，Akey对左正谊在过往比赛里的操作如数家珍，每次炫耀自己的操作时，他都能挑出一个曾经发生在左正谊身上的类似场景，然后对比，挑左正谊的刺儿，说他哪里没处理好之类的。

　　Akey提到的那些场景，有一些左正谊自己都不记得了，听Akey分析时脑中一片空白，仅剩的念头是希望Akey快点滚出他的快乐星球。但从如今的形势来看，Akey是蝎子队粉的新宠，让他滚有点难。蝎粉甚至想把他立为新"太子"，捧他"登基"。

　　左正谊觉得，先滚的人大概率是自己。

　　网上闹成那样，在大部分网友的眼里，他虽然人还在蝎子，但精神上已经和蝎子恩断义绝了。

　　左正谊不去想那些，今天他的心情很好。solo结束后，他抬头看了一眼Akey在的方向，训练室很大，他们离得远，他看不清对方在玩些什么，不确定刚才那个玩家是不是Akey。是不是都无所谓，左正谊不想深究，也不在乎。

　　他把直播关掉，回房间去和纪决煲电话粥，开心地告诉纪决，他准备明天就开始恢复训练了，再稍微找找手感，就能上场打比赛了。

　　纪决也为他高兴，接下来的一个多星期，每天晚上都开小号陪他双排。

　　复健期被队医盯得紧，左正谊也耐得住寂寞，在回归游戏之后，他发现手的状态比预想的要好一些，虽然有些操作不如巅峰期，但只要训练得久了，差距并不难弥补。

　　左正谊开始跟队友们一起打训练赛。

　　但一个离开太久的人，当他的位置已经被别人替代，他再想回到原位，就不太容易了。他要跟队友重新磨合，了解每个人的变化。他要证明自己已恢复到巅峰状态，还是曾经的他，再一次取得教练的信任。

　　左正谊起初没意识到这一点，他没想到朴业成会不信任他。朴业成当初是为了他才来蝎子的,他在潜意识里把对方当成了自己人。

在 12 月的第二场比赛,蝎子出战前夜,左正谊提出自己能上场时,朴教练思索片刻,竟然拒绝了他。朴业成说,蝎子现在位列 EPL 榜首,与第二名仅 1 分之差。明天的比赛对手是 CQ,蝎子要保住榜首的位置,不得不求稳。言下之意:Akey 首发三个月,阵容已经稳定了,在打强队时临时换左正谊上场反而会为团队带来未知风险,降低胜率。

"……"

左正谊从未受过如此冷遇。他在理智上能够理解几分,但在情感上完全不理解——朴教练是最了解他能力的人,竟然会这样不信任他。他有点疑惑,这是朴业成一个人的决定,还是蝎子管理层的授意?管理层也受舆论的影响,终于下定决心,放弃他转而选择 Akey 了?

第十四章 对赌

"最好的教练不能错过最好的中单,所以我不能错过你。"

蝎子和 CQ 的比赛在 12 月 8 日,又是一场焦点战。

早上,太阳刚刚升起左正谊就醒了。手机放在枕头旁,纪决凌晨发来的消息还未读。

昨晚 SP 刚刚打赢一场,但赢得不顺利。左正谊找纪决吐槽的时候,纪决正在开会复盘,以至于回复的消息姗姗来迟,左正谊都睡着了。

决:"别生气,蝎子一群衰人。"

决:"你没有留下的打算吧?"

决:"反正要走,这几场打不打无所谓,你就当再保养一下手。"

决:"睡了吗?"

决:"晚安,明天见。"

左正谊的眼睛睁开了,却还没有完全清醒过来。他盯着纪决的消息看了半天,料想纪决现在应该还没起床,便没有在第一时间回复他,只躺在床上沉思,习惯性地在脑内算起了账。

最近几个月,左正谊经常算这笔账——建立一个电竞俱乐部需要投入多少钱。这个念头未免有点异想天开,所以他从来没对任何人提起过,连纪决也没有。但纪决太了解他了，一看表情就知道他心里在想什么，上次还主动提出，会跟他一起努力。

怎么努力呢？先攒钱。

和一般选手相比，左正谊算是很有钱的，纪决的年薪也不低。但把他们现在的存款全部加在一块儿，恐怕也远远不够。

EPL从最初的鲜少有人关注，发展到如今疯狂吸金，花费了十多年。在此期间整个行业也发生了天翻地覆的变化，其中最为显著的变化是入行的门槛提高了。当某一行业傻子都知道油水大，想进来分一杯羹的人自然也会变多。

但EPL的参赛名额有限，一个名额的报价已经破亿元，而且往往供不应求。一支新战队要想进入EPL，除购买转让名额这一方法之外，更现实的途径是打赢次等级赛进而升级。

EPL联盟为维持联赛的热度，提升竞技活力，非常欢迎新鲜血液注入。这一点从神月冠军杯的参赛规则和奖励就可以看得出来。全国各地的战队，无论贫富、体量大小，都可以参加冠军杯的预选赛。如果他们能成功进入正赛阶段，和EPL战队一较高下，最终夺得冠军，就能一举升级进入EPL，成为顶级联赛战队。

这条路虽摆在这里，有能力走到最后的战队却少之又少。

民间队伍能强到哪儿去？根本打不过像SP、CQ、Lion、蝎子这种豪门俱乐部。这是题外话了。退一步说，就算一年内能升入EPL，那么，左正谊想，战队怎么建？基地设立在哪儿？自建基地的花费是天文数字，前期只能租房，假如租一栋别墅用来训练，在上海，一个月的房租就要五六万。

搞定基地之后，队友从哪儿来呢？稍微有点名气的选手都不可能放弃大好前程，离开EPL去打次级赛。年薪是一部分原因，浪费青春最为可怕，万一第一年没能夺冠升级，要再蹉跎一年吗？万一第二年也没夺冠呢？连左正谊自己都会担心这个问题。创业有风险，电子竞技更是充满变数，谁也不能保证冠军一定属于自己。

除开队友，教练呢？分析师呢？这年头优秀的教练团队比天才选手还要稀少，连EPL战队都很难请到满意的教练，更何况新建立的不知名小战队……

但既然是算账，就假设他能找到队友，也能请到教练。选手和教练的薪酬是比基地租金更大的开销。他挖不起年薪千万级的成名选手，只能挖有潜力的新选手，就这也得和大俱乐部抢人。水平差的请来毫无意义，水平好的苗子，至少也得开几百万的年薪。

按照参赛规定，一支战队至少要有六个人——保证有一名替补应对突发状况。也就是说，除了他和纪决，还要再请四个队友。

算到这儿，左正谊就已经头大了。除此以外还有其他的工作人员，后勤、财务、法务、运营……以及，要给所有选手和教练配一套顶级的游戏设备，再加上日常生活开支，外出比赛的费用，等等。总之，至少要有五千万的基础资金，来保障俱乐部前两年的稳定运转。

其实可以找人来投资，但左正谊不希望有投资人跟自己分权，既然要建俱乐部，当然最好是由他和纪决全权做主。

左正谊打开手机银行，查看账户余额：22 356 703.98 元。他反复数了三遍，惆怅地皱起眉，给纪决回消息。

End：“我没打算留在蝎子。”

End：“但我自己走和被人赶走是两码事。”

End：“算了，都已经这样了，反正我也不可能和蝎子续约，再说这些没意义。”

他想了想，又发一条。

End：“对了，你有多少存款？”

纪决很快回复了他。

决：“怎么突然问这个？”

End：“我在算账呢，好烦。”

End：“我知道你的存款肯定没我的多。”

决：“……”

决：“哥哥，给我留点面子。”

End：“没关系噢，不嫌弃你。”

左正谊的郁闷得到了一点点缓解。其实他心里很清楚，他不适合亲自去建俱乐部，至少现在不适合。之所以这么心急，是因为他又一次走到了职业生涯的十字路口，该考虑下家了。

一年前，他从 WSND 转会到蝎子，现在又要从蝎子流落到哪里呢？

左正谊不明白自己的人生为什么总是这样，居无定所，颠沛流离。他甚至有种预感，不论他的下家是谁，也都一样不会待得长久，所以才会迫切地想建一个属于自己的俱乐部。

但理想和现实距离太远。

左正谊不爽地踢了一脚被子，从床上爬起来，出门去接受现实。

就在刚刚，蝎子公布了今日比赛的首发名单，Akey 赫然在列，End 是替补。从左正谊直播 solo 那天开始，观众们就知道他的手伤好了，盼着他重返赛场。但今天他们的期待又一次落空了。

左正谊不用看也知道粉丝在官博的转发里吵架。蝎子的评论区早就被撕到关闭了，现在粉丝们只能在转发里吵。为避免火上浇油，左正谊从来不公开发言。

Akey 也没公开说过什么，这是他身上为数不多的优点。

左正谊如往常一样，吃完饭，和队友们一起训练。下午他随队出发，在赛前抵达比赛场馆。

如今蝎子让他坐冷板凳，他也不盼着蝎子好。可惜，生活不是电视剧，他生命里的"反派"并没有如他所愿遇到挫折——蝎子跟 CQ 打满三场，跌宕起伏地打赢了。左正谊在台下的冷板凳上从头坐到尾。

此时，距离他和蝎子的合同到期，还剩六十七天。

早就听说，人生是无休止的起起落落，现在左正谊体会到了。他不像当初离开 WSND 时那样伤心，但当离开已成定局，难免会有些微的感慨。与其说人生的起落无尽头，不如说是阶段分明。

在普通人的一生中，在出生和死亡之间还有成年、进入社会、结婚、生育，以及有可能发生的婚变、失业或退休，这些都是步入下一阶段的重大转折点。没有哪一个阶段是没有烦恼的。

左正谊和大部分人不一样，他的人生没有这么多阶段，尤其缺少为人子女的体验。他的亲缘关系相当简单，约等于无。又因能力突出，他也无须依靠深入的人际交往来助力事业发展，这导致他在心理上和社会有点脱节——朋友不少，但没有一个让他觉得"不能失去"。

他就像是一个只活在自己世界里的人。对多数选手来说，电子竞技只是人生的一部分。但对他来说，电子竞技几乎就是全部，所以他的人生阶段，应该用转会做节点来划分。

在 WSND 时，是他人生的第一个阶段。当初俱乐部更换老板、改名，左正谊想也不想，就知道自己必须要离开了。因为他心目中的"WSND"已经死了，虽然在他心里它其实没死透，但他左正谊该回归现实了。当时的他还不成熟，但对即将到来的蝇营狗苟已经有了预感。他不愿意接受，离开是对回忆的保护。而离开得越久，回忆被时间滤镜美化得越动人。WSND 对他而言，是一座破碎的象牙塔。

进入蝎子后是他人生中的第二个阶段。到了今天这步，左正谊也该为他在蝎子的生涯做一个总结了。

他在蝎子捧起了世界冠军奖杯，有了这个基础，无论结局多么"烂"都不能算失败。和纪决一起奋斗的那些日夜，是珍贵而美好的。

他们的冠军来之不易，即使将来老了，回忆起 S12 赛季的首尔之行，也该是欣慰的吧？

时隔五个月，左正谊才后知后觉地体会到了夺冠的快乐。说起来，他们的冠军皮肤也快上线了。想到这儿，左正谊就没有更多的想法了。

12 月 8 日以后，他没再找过朴业成，也没主动接触蝎子的管理层。反倒是杜宇成亲自来找他谈过一回，言辞较为委婉，打探他有没有续约的意向。

用一句话形容现在的蝎子管理层：吃着碗里的，望着锅里的。

他们不是真的不想要左正谊了，还是想要的，但觉得在有 Akey 当替代品的情况下，左正谊太贵，续约的必要性降低了，应该适当地压一压价。除此以外，队粉的态度也在一定程度上影响了管理层。

左正谊不喜欢虚与委蛇，直截了当地告诉杜宇成，他不续了。经过将近一年的相处，杜宇成也了解左正谊的脾气，知道多说无益，于是沟通就此终止。左正谊在蝎子俱乐部的职业生涯也随之终止了，他自然也没有得到上场比赛的机会。合同还剩两个月，但严格来说，他留在基地的时间只有一个月。一个月后，EPL 的冬季休赛期就开始了。

这一个月左正谊的生活乏善可陈，直播也没开几回。关于他转会的议论越来越多，直播间里不得安宁，气氛不好他就懒得播。他跟队友的互动也在减少，又一批人从他的生活里淡去了。

左正谊觉得没有郑重告别的必要，大家之间有交情，但不多。他没想到的是，比张自立等人更关心他去留的是 Akey。

1月10日这天上午，左正谊在房间里收拾行李。Akey 来敲门的时候，他刚把笔记本电脑收起来，缠好鼠标线，装进袋子里。房门没关紧，Akey 敲了两下就不请自入，依旧没素质。

左正谊瞥了他一眼，心想自己都要走了，懒得跟他浪费口舌拌嘴，于是继续装东西，等他先表明来意。Akey 也不是喜欢兜圈子的性格，开门见山道："你已经找好下家了吗？去哪儿？"

"没有，多谢关心。"左正谊的语气客气又冰冷，但一想到以后不会再被这个人缠着了，他的心情就好了不少，脸上露出几分轻快的笑意来。

他从没给过 Akey 好脸色，后者微微一愣，不知想到什么，沉默片刻后，道："你是因为我才离开蝎子的，还是本来就不想在这儿待了？"

"你说呢？"左正谊反问。

Akey 道："是不想在这儿待了吧？"原来他知道啊。

左正谊还以为，像 Akey 这种极度自信的人，会毫不怀疑地认为是他凭实力把竞争对手挤走了。没想到，他竟然有清醒的时候。

"你有认真看过我的比赛吗？"Akey 突然问，"有没有留意过我的风格？"

当然认真看过，蝎子的每一场比赛，左正谊都在台下好好观看，作为中单，注意最多的也是中单。但……

左正谊皱起眉，直言不讳道："你没必要这么在意我的评价吧？你不觉得你对我的心态早就已经超出良性竞争的范畴了吗？你活像是——"

左正谊做了一个深思的表情，恍然大悟道："我的深柜粉。"

Akey 竟然不反驳，像藏无可藏了似的，摊牌道："没错，我就是为了你才来打职业赛的。"

"……"左正谊差点被自己的口水呛住，"啊？"

Akey 补充："为了打败你。"

"你不记得三年前的那场 solo 赛了吧？"他说，"当时我被 WSND

的青训营选中,马上就要和 WSND 签合同了。你心血来潮,说要亲自试试我的水平。你打赢了,经理问你我的技术怎么样,你说'一般般',经理就放弃了我。"

Akey 站在门口,道:"'一般般',你不知道这三个字对当年的我打击有多大,把我的信心都摧毁了。"

左正谊:"……"

竟然有这种事?真的吗?他怎么不记得了?

Akey 被左正谊茫然的表情刺激了,猛然上前一步,逼近他:"所以我想打败你有什么错?你能做到的我都能做到,还能比你做得更好,我不是'一般般',你才是!"

左正谊的旅行箱敞开放在电脑桌旁的地板上,Akey 一步跨过箱子,来到他面前。气氛剑拔弩张,Akey 似乎想动手揪他的衣领,或是还有别的动作,但还是忍住了。

左正谊仍然没想起这桩旧事,但也不在意。如果确有其事,Akey 输给了他,左正谊不认为自己的评价过分。即使是三年后的今天,左正谊也很难给 Akey 一个特别高的评价。

一个"平替"罢了,还以为自己是"高配版",这就是他重新建立起的自信吗?怪可笑的。

左正谊毫不回避地直视 Akey,冷冷道:"随便你怎么想,我没兴趣跟你打嘴仗。既然你自认为比我强,那我就祝你带领蝎子打进世界赛夺冠吧,加油。"左正谊拍了拍 Akey 的肩膀,言语中不无讥讽之意。

Akey 却道:"我当然能做到,时间问题罢了。"

"好吧。"左正谊推他,"你让开点,我还没收拾完。"

Akey 退了两步,盯着左正谊不断往箱子里放衣服的手。

左正谊的伤完全好了,但手腕上仍然贴着膏药贴。他的双手漂亮修长,脆弱又有力。只是左正谊阔别赛场已久,连 Akey 都有点记不起它的威慑力了。

临走之前,Akey 说了最后一句:"赛场见,不要让我失望。"

左正谊头也不抬:"OK,滚吧。"

这是 EPL 冬季假期的第一天，也是左正谊留在蝎子基地的最后一天。

收拾完行李，他给纪决打电话。SP 也放假了，但纪决说 SP 有一个团建活动，要求所有人都参加。纪决再三表示没兴趣也没时间，却实在没法违反队规，程肃年那个人在纪律管理方面是不讲情面的。

昨天左正谊听到这个消息的时候没多想，今天却后知后觉地发现有点奇怪。纪决被 SP 的团结氛围同化了吗？以他的作风，如果不想参加，会一声不吭地直接消失吧？他什么时候守过规矩？程肃年还能绑了他不成？

但既然纪决都这么说了，左正谊不想破坏他在 SP 的社交，便在电话里说："你去吧，我先去酒店等你。"

他拖着旅行箱往外走。搬家越频繁的人行李越少，这次离开蝎子，左正谊的箱子前所未有的轻。

一月份的上海很冷，今天还下起了雨。寒气入骨，左正谊紧了紧围巾，手也发凉，不想在室外打太久电话。他刚要挂断，却听纪决说："你也来吧。"

左正谊没兴趣："你们战队团建，我去算什么？"

"算家属啊。"纪决一本正经道，"据说好几个人要带女朋友来，我没有女朋友，只有 End 哥哥。"

左正谊："……"

"神经病。"

左正谊嘴上说得通情达理，什么先去酒店等纪决，其实他心里不太喜欢纪决搞社交。

纪决当然明白这一点，今天却像脑子缺了根弦似的，偏要在他的雷区蹦迪，竟然认真地劝他加入："来吧，哥哥。其实没几个人，中午先吃顿饭，再去 KTV 玩一会儿，结束后我们一起回去。好不好？"

左正谊思考了三秒钟，心想，坚持拒绝会不会有点没必要？

很难想象，他之前竟然有过当"交际花"的时期，现在他只觉得社交无聊又多余。

但他最终还是同意了，就当给纪决一个面子。

纪决听了直笑:"我面子真大。"

左正谊哼了声道:"我先去酒店把行李放下。你们在哪儿?几点?"

纪决道:"不急,我去接你。"

还不到十点,左正谊打车去酒店。纪决不知是从哪里出发到酒店的,竟然比他先到。

他们开了一间套房,不出意外,今年冬季假期要在酒店里过年了。想到这儿,左正谊本来就不算好的心情更差了,不是难过,只是更没兴致了。他拖着旅行箱,推开酒店的房门。

客厅里的纪决回过头,走过来接过了他的箱子。他应该没比左正谊早到几分钟,风衣上还沾着冬雨的潮和冷。

纪决的眼睛盯着左正谊,显然在任何时刻都能精准地捕捉到他的情绪。

"开心点,左正谊。"

"我没不开心。"

"真的?"

纪决的面孔近在咫尺,这么近的距离看着他,像要把他看穿。

左正谊低下头,脸一偏,贴到纪决的肩膀上。呢子大衣上的潮气蹭了他一脸,他吸了吸鼻子,纪决的味道被雨水盖住大半,但还是熟悉的,令人心安。

纪决戳了戳他,他还是不动。纪决拿他没办法,问:"我们去不去吃饭了?程肃年他们等着呢。"

"去。"过了好半天,左正谊才说,"我又不怕见人。"

这句显然又带情绪了,他站正:"走吧。"

之后在去饭店的路上,左正谊并没有直接表现出不高兴,但正是这种若有似无的情绪最难消解。他对SP的人没意见,只是不喜欢纪决广交朋友罢了。可能也不是因为这个,他心情好的时候不会在意这些,心情不好才借机找碴儿,没事找事。

饭店不远,他们很快就到了。走进包厢时,SP的众人抬头望过来,发出一阵惊呼:"左神怎么来了?!"

左正谊反倒不好意思起来,他发现高估了自己的脸皮厚度。

包厢里只有一张大桌,人比他想象的少,但其实也不少。有程肃年、封灿，今年刚退役的老上单李修明、半退役的老打野赵舟、腼腆的辅助小赵、从二队提上来的中单Neck和新上单Fen，以及李修明和赵舟的女朋友，两个很漂亮的女生。这一桌人，除了两个家属，左正谊都在比赛里见过，但都不算熟。

坐在正对门位置的是程肃年。程教练半个月前刚过完二十八岁生日，面容不见变化，气质却越发成熟。他指间夹着一支烟，但没点燃，只拨弄着玩。

封灿坐在他的右手边，跟他一起抬头看向左正谊。

他们给左正谊和纪决留的位置就在程肃年的左边。两人甫一落座，就有人开玩笑道："太子殿下，我能挑最贵的菜点吗？"

左正谊循声看去，是李修明，一个笑嘻嘻的胖子。

纪决应了声"随便点"，李修明立刻翻开菜单，报了几个菜名，让服务生记下。赵舟也在一旁应和，几个人点菜点得热闹非凡，只有程肃年不怎么吭声，时不时看左正谊一眼。

左正谊后知后觉地反应过来，问纪决："不是说团建吗？怎么是你请客？"

纪决还没回答，他旁边的程肃年笑了。

程肃年比左正谊大七岁。七岁的年龄差在普通人中不算什么，但在电竞圈就是差辈了。若不是程肃年的职业生涯比一般人长，他们根本没有交手的机会——在S11赛季出道的左正谊赶上了程肃年职业生涯的尾声，他们中间隔着一个厚重的时代。

在S11的冠军杯抽签仪式的表演赛上，左正谊和程肃年当过一回队友。当年的左正谊还处于看什么都觉得新鲜的新手时期。那时，他用一双没经历过风霜的眼睛试图去看清程肃年身上的风霜，故作熟练地和程肃年交谈，融入环境。程肃年也很"熟练"地交际，但客气之余话不多。左正谊觉得他似乎不太想搞社交，有点孤僻，果然名不虚传，是SP的"高冷队长"。所以他当时加了好几个人的微信，没去加程肃年的。

现在他忽然有点回过味儿来了，也许当初的程肃年和现在的他一样，不是本性孤僻，纯粹是因为勉力支撑起自己的世界已经很累了，无暇分心去进行多余的社交。

左正谊和程肃年对视了一眼,一个沉默不语,一个微微笑着,如今两个人的心态仿佛颠倒了。程肃年看他的眼神颇有些意味深长,仿佛看穿了他此时此刻的想法,与他无声交流。

但这个对视很短暂。纪决唤回左正谊的注意力,也不解释为什么是他请客,只说:"你想吃什么?我帮你点吗?"

左正谊也不追问,点了点头道:"都行,我不太饿。"

纪决立刻点了几道他爱吃的菜,又点了些酒水。

服务生将菜单撤走,等菜的时候大家无事闲聊,东拉西扯地吹水。话最多的还是李修明和他身边的那几个,声音时高时低,几个人笑作一团。

SP队内的气氛好,大家太熟了,也就不客气,都很随意。程肃年虽然是leader,但在饭局上从来不是焦点,反而是比较边缘的那个,别人拿他身上的梗聊八卦,他也懒得搭理。

他和左正谊挨着坐,两人有一搭没一搭地聊天。

程肃年道:"听说你想买房?"

左正谊没想到他一开口说的是这个。

程肃年道:"我之前也一直住在基地,退役后才买的房子。不过买是买了,现在却不常住。"

左正谊不知道该接什么话,他现在不大爱说客套话了,想说什么就说什么:"暂时不买了,攒钱。"

程肃年似乎有点不解:"攒钱干什么?"

左正谊直言不讳道:"建俱乐部。"

程肃年:"……"

封灿也抬头看了过来,惊讶道:"现在建吗?你不打算找下家了?"

"找吧。"左正谊不确定地说,"资金不够呢,情况也比较复杂。"

纪决在一旁没吭声,今天是他请客,用意显而易见。他故意组这个局,拉左正谊来和SP的人接触,有意促成左正谊和SP签约。即使不能促成,当作普通社交也无妨。虽然局是纪决组的,但他不发表意见,服务生陆续上菜之后,他活像一个夹菜小弟,专心伺候左正谊。

程肃年仍然摆弄着手里那支没点燃的烟——他戒烟很久了,但瘾还有,每当比赛打得不顺,他就会忍不住想碰打火机。

他看了左正谊一眼，冷不防地问："End，你还想要第二个冠军吗？"

"想啊。"左正谊心想，这不是废话吗？

程肃年却追问："真的吗？"

他扫了一遍全桌的人，轻声道："在座九个电竞选手，有六个世界冠军。"

他的话只说了一半，另一半尽在不言中。

左正谊微微蹙起眉，一下没明白程肃年的言外之意是什么，世界冠军不值钱？

程肃年忽然站起身，叫他："出来一趟吗？我们单独聊聊。"

三 >>>

饭店包厢外，走廊的尽头通往一座露天阳台。阳台上的金属围栏被雨水浇湿，冰冷刺骨。程肃年单手握上去，左正谊犹豫了一下，没碰。

两人并肩站着。这会儿雨已经停了，阵阵冷风灌进袖口，左正谊攥紧袖子，把手插进了大衣的侧兜里。他很注意保护手腕，不想让它受凉。

程肃年看了他一眼，收回视线，望向远处灰沉沉的天空，轻声道："你知道我想找你说什么吗？"

"不知道。"左正谊说，"除了签约，我们有什么可私下聊的吗？但我不觉得你想签我。"

这个阳台不大，似乎是供客人抽烟的地方，地上有专门装烟头的垃圾桶，可以想见，平时这里应该烟味儿不小。但今天冷风冷雨，现在只有雨水的味道。

程肃年的目光又落到左正谊身上。前辈们有个通病，看见年轻人很容易想起当年的自己。

左正谊是个有脾气的人，跟表情和语言无关，他身上就写着"生人勿近"，显然不愿意逢场作戏。虽然跟程肃年一起出来了，但他看起来没有主动开口的欲望。

程肃年闲话家常似的，问他："你今天心情不好？"

"没有，挺好的。"左正谊也看向程肃年，目光一碰，他改口，"有点。"

程肃年笑了一声,说:"我们这是第一次单独聊天吧?你给我的感觉和印象里的不一样。"

"哪里不一样?"

"说不上来。"程肃年思考了一下,说,"好像哪都不一样,尤其是……没我想的那么厉害。"

程肃年略带几分戏谑,似笑非笑地看着他。左正谊微微拧起眉,回以一个不解的眼神。

"S11赛季,那一年你还在WSND,给我一种不可战胜的感觉。"程肃年喟叹道,"当时金至秀也刚从韩国转到EPL,声势浩大。我看着你们……你们这些每年源源不断冒出来的天才选手,心情就像……人力不可胜天。"

左正谊略感惊讶。

或许是因为已经退役了,程肃年才能这么坦然地提起当年的困境。

他说:"S11是我压力最大的一年,因为走到职业生涯的尽头了,从二十五岁跨到二十六岁,好像从生跨到死。机会像一根要断的弦,一不留神就没了。但你是轻松的,才十八岁,游刃有余,不费吹灰之力就能把全EPL的战队打趴下,当时没有哪个战队遇到WSND不紧张。"

"当时我想,人和人的命运不一样。"程肃年用指尖的烟弹了弹阳台的围栏,动作太轻,发不出声音,"那年我甚至很羡慕你,就像你现在羡慕我一样。"

左正谊一愣:"你……怎么知道?"

程肃年又笑了一下:"你刚才说想建俱乐部的时候,看向我的眼神太明显了。"

左正谊沉默了片刻,不掩饰:"谁不羡慕你呢?SP的旗帜,受到战队的敬仰,永远能待在属于自己的地方,不会被高层打压也不会失去'价值',我不知道还有哪个选手的职业生涯能比你更圆满。"

他们之间有一段距离,冷风从中穿过。左正谊忽然感到一阵心酸:"而我……是个流浪的人,没有属于我的地方。"

"这就是你想建俱乐部的原因?"

"对。"

左正谊沉默而平静地直视前方。天空被雾遮住了,灰蒙蒙一片,压在行人的头顶上。忽然又下起了雨，细细的雨丝被风吹得左摇右摆，擦过他白净的侧脸。他才不到二十一岁，脸上却已经有了程肃年二十五岁时才有的压抑神情。

程肃年说："我十六岁入行，二十六岁才拿到世界冠军，结果是很圆满，但过程……"

程肃年转过身，背靠金属围栏，对左正谊道："你应该知道吧？蝎子战队是我和徐襄一手建起来的，后来我被污蔑打假赛，他背着我把战队卖了，所以才有了现在的蝎子。"

左正谊点了点头，看着他。

程肃年说："我一开始不玩辅助，但战队缺人，招不到辅助玩家，我就被迫转行当了辅助。这是我为团队妥协的开始，之后便一发不可收拾，后来的十年，我都是这么过来的。"

"……"

"SP是郭野建的，在进军EOH之前SP就是一家很有名的电竞俱乐部了，不过当年电竞行业不赚钱，做这一行的全凭热爱，倒贴资金。当时郭野穷得揭不开锅了，恰逢EOH兴起，他就找到了因为假赛风波而声名狼藉的我，让我帮他带队，打进EPL。"

程肃年忆起旧事，轻笑道："他之所以找上我，就是因为我不要钱，有机会打比赛就行。所以SP的EOH分部虽然不是我建的，却是我一手带起来的。后来过了好几年，我攒了些钱，才入股俱乐部，成为郭野的合伙人。这跟出的钱多钱少没关系，纯粹是他看在我的功劳和我们的情分上，放权给我。现在，他已经不管事了，内外事务都交给我处理。"

"我在SP，就像你说的，"程肃年说，"是战队的旗帜，受人敬仰，但这些是我牺牲了很多东西换来的。我在SP，永远都是团队大于自我，话语权高不等于自由，反而是再也没有自由了。更不能有私心，比如说，我是为给团队补缺才玩辅助的，而辅助永远也不能像你的伽蓝一样，在逆境中力挽狂澜。我只能尽可能地提高团队协作性，打运营。我也曾想过，如果当初我没玩辅助，打中单、AD，哪怕是打野，我的冠军之路会不会顺利一些？但没有如果。"

程肃年掏出打火机，似乎想点烟，但还是忍住了。

"我跟你说这些没别的意思,只想说你在羡慕别人的时候,别人可能也在羡慕你。"他把烟扔进旁边的垃圾桶,顺手把打火机也扔了,"我知道你也很不容易,没有不费吹灰之力就能获得成功的人。命运总有一刻会吹你一身灰,让你灰头土脸,这一刻可能早,也可能晚,但迟早会来。"

他的眼神里有一种过来人特有的平静,说:"我欣赏你不只是因为你的天赋和能力,更因为你是一个宁折不弯的人。从经历许宗平的事,到在首尔受伤,到现在……"

程肃年顿了顿:"你想建俱乐部的想法挺好,但我很怀疑,你真的喜欢那种团队大于自我的生活吗?"

左正谊沉默不语。这些他也考虑过,不仅如此,管理俱乐部还意味着场外的杂事变多,他必然会分心。道理他都懂,但想要终止流浪的欲望压倒了一切,他认为困难都是可以克服的,尽管他也知道,这想法有些盲目。

最难克服的困难是缺乏资金。所以想了也白想,它是不能达成的愿望,并且蚕食了左正谊寻找下家的动力,让他觉得,接下来去哪个战队都是将就,都没意思。

左正谊因此而高兴不起来。

程肃年看了他一眼,重提刚才在包厢里提过的问题:"你还想要拿冠军吗?"

左正谊还没接话,程肃年就说:"我看你似乎已经不把冠军放在第一位了?刚才我说包厢里的九个电竞选手中有六个是世界冠军,是想说,即使都是冠军,大家的心境也是不一样的,很多战队夺冠后就垮了,因为人一旦发自内心地觉得满足了,就拼不动了。SP去年就有这个毛病,今年的蝎子也是,头上的压力没了。"

"我没有——"左正谊下意识反驳。

程肃年却反问他:"真没有吗?"

"……"

真没有吗?好问题。

左正谊想了想,或许是有的。他现在仍然对冠军有渴望,但劲头没有夺冠之前那么足,紧迫感少了很多。偶尔冒出一些想要证明自己的念头,也是受蝎子影响而生出的愤怒。这不是左正谊的错,第二个冠军就是没有第一个吸引人,这是客观事实。

但除了"第二个世界冠军",还有更吸引人的东西。

"你有想过成为三冠王吗?"程肃年突然说,"EOH的职业联赛自开办以来,十三年了,三冠王是一个无人达成的美梦。"

三冠王,即同时夺得国内联赛冠军、杯赛冠军和世界赛冠军,达成同一赛季的大满贯。

左正谊盯住程肃年的眼睛,答:"想过啊,但是……"

"别但是了。"程肃年打断他,"来SP,我们一起完成更高的挑战。"

雨下得时断时续,左正谊的脸上沾了雨水,他有疑惑:"为什么找我?原因呢?"

程肃年觉得这个问题提得匪夷所思,看了他一眼:"我要打造最强的战队,当然要找最强的中单,不然呢?……对了,你手伤之后还没上过场,我想看看你的状态,可以吗?"

左正谊:"……"

什么意思?试训啊?

不过这不是重点,他问:"你不觉得我不适合SP吗?"

"那你觉得谁适合?"

"话不是这么说的,主要是……"

左正谊说得含糊,他想说自己和封灿的风格犯冲,而且从这半个赛季的场上表现来看,纪决和封灿也挺犯冲的,两个人都没发挥出该有的水平,要不然为什么SP的排名被蝎子压了一头?

在这种情况下,左正谊再去搅局,那就是三个"毒瘤"斗地主,SP还敢奢望拿到三冠王?搞不好四大皆空。

左正谊忍住吐槽的冲动,委婉地表达了一下自己的顾虑。

程肃年懂了,但显然并不在意:"没事啊,他俩犯冲,你来就正好。你不知道有个词叫以毒攻毒吗?"

左正谊:"……"

扯淡吧。

"当然,其实我有一个私心,我想当全世界最好的教练。"程肃年忽然说,"最好的教练不能错过最好的中单,所以我不能错过你。"

第十五章 预告

只要他能打比赛,往后怎么走都是上坡路。

左正谊和程肃年回到包厢的时候,大家都吃得七分饱了。席间好几道目光投向他们,充满调侃意味。

"哟,你俩还知道回来啊?"

"我们改皇和太子急得食不下咽,酒也不喝,都快石化了。"

左正谊:"……"

说好的 SP 规矩多呢?这些人怎么这么不规矩。

程肃年给了乱讲话的人一人一拳。左正谊默不作声地回到原位,他的餐盘上堆满了食物,有剥好壳的虾,还有剔掉刺的鱼肉。即使他不在,纪决也要自己吃一口就给他夹一口,生怕他回来之后没饭吃了似的。

奇怪的是,左正谊突然觉得胃口好了起来,明明刚才一点都不想吃东西。他把面前的餐盘清空,感受到纪决的目光,主动开口道:"跟他聊完了,我们回去再说。"

纪决点了点头。

这顿饭又吃了四十多分钟,许多人都喝了酒,包括纪决、程肃年和封灿,只有左正谊和在座的两个女生没喝,这使他身上又多了几道打趣的目光。

SP 的几个老油条跟他接触不多，但也没跟他客气，既然敢当面叫封灿"改皇"，叫纪决"太子"，也就敢叫他"End 公主"。

李修明贱兮兮地问："公主殿下是不是酒精过敏，要帮你点一杯牛奶吗？"

左正谊不喝酒是因为之前手伤的时候，医生叮嘱他要忌烟忌酒。虽然现在伤好了，但出于谨慎，他还是觉得不喝为妙。

左正谊瞥了李修明一眼，说："要啊，你怎么知道我喜欢喝牛奶？不加糖，谢谢。"

左正谊的表情太认真，看起来不像开玩笑。

李修明下意识看了一眼纪决，发现他跟什么都没听见一样，一点反应都没有，似乎对左正谊在酒桌上喝牛奶的事习以为常。

李修明尴尬了，点也不是，不点也不是。

赵舟在一旁狂笑，捶了李修明一拳："我劝你识相点，你退役了还想在直播圈里混饭吃，就讨好一下 End 哥哥，让他帮你引引流。"

李修明立马改口，冲左正谊抱拳作揖："我错了，End 哥哥，改天咱俩直播连个麦行不？"

左正谊道："你怎么不去找灿神？"

封灿是先当主播后转打职业赛，在直播圈里相当有人气，也很懂套路。

李修明哭道："灿神不带我啊。"

"哦。"左正谊面不改色，"我也不带你。"

李修明："……"

满桌哄笑，程肃年看不下去了，拿起抽纸盒砸向李修明："出息！"

一顿饭热热闹闹地吃完，纪决买了单。饭后原班人马，一个也不少，一起拥向 KTV。纪决提前订好了一间大包厢，里面金碧辉煌，尤其是灯，各式各样的，华丽得闪人眼。

左正谊很久没来这种地方了，他对唱歌兴趣不大，一进门就窝到沙发里，看那些有麦霸潜质的积极分子去点歌。

KTV 有一个好处，吵而且光线暗，适合聊私密的内容，没人能听见。

左正谊跟纪决并排坐在角落里。左正谊放松下来，轻轻打了个呵欠。

"程肃年跟你说了什么？"纪决贴近问他，热气吹进耳孔，微微发痒。

"说了点他以前的事。"左正谊道，"他让我去SP，拿三冠王。"

"你同意了吗？"

左正谊停顿了一下，点了点头。

纪决并不感到意外，也没对他的决定做任何评价。

左正谊问："今天是你攒的局，既然你想让我来SP，怎么不直说？"

"没，我只是想让你和他们接触试试，来不来看你自己。"纪决坦诚道，"就算不来，出来吃顿饭也是好的，换换心情。"

左正谊抬眼看纪决。以前他觉得，纪决的温柔体贴都是装出来的，现在看来，只要哄他的意图是真的，"装"也是一种真实。纪决可能自己都没意识到，跟他说话的时候嗓音压得有多低。

程肃年是个情商极高的人，该委婉的时候委婉，该直接的时候直接。之前在饭店的露天阳台上，左正谊点完头，程肃年立刻就跟他谈薪资待遇的问题，话题转换之快，让左正谊都不好意思了。好在程肃年没有压价的打算，也不试探他的底线，该给多少就给多少。而且因为他可以自由转会，SP无须多花一笔转会费，程肃年就把省下的这部分钱也加到了他的年薪里，所以开价格外高。

左正谊也没有抬价的打算，两人一拍即合，几句话就搞定了合同的主要内容。但在谈到签约年限的时候，左正谊犹豫了一下。

程肃年知道他为什么犹豫，但并未让步，提出的是"2+1"模式，即签约两年，两年后可以选择自动续一年，也可以不续，全凭选手意愿。

左正谊给的答复是："我再想想。"

程肃年同意了，顺便和他约了一个试训时间，要看一下他伤愈后的状态。这无可厚非。和程肃年这种人共事简直太省心了，他将什么事都摆在明面上，不论好坏，不藏着掖着，因此也就格外令人信任。与其说左正谊想去SP，不如说是程教练本人打动了他。

左正谊的思绪飘出去好远，直到被纪决拍了一下。

"想什么呢？"

左正谊一惊，不等他解释，就被麦克风里传来的巨大声音打断了。

"喂，喂！你俩干什么呢？怎么不来唱歌？"

李修明站在台上，嗓音被麦克风放大了数倍，震耳欲聋："太子和End哥哥来点歌啊！要不我给你们点一首对唱？"

"……"

饶了他吧。左正谊把纪决当挡箭牌往前一推："你去唱！"

纪决没有办法，必须为End哥哥"赴汤蹈火"，于是冲了上去。

左正谊在台下看着他，不可避免地想起了以前的事。当年他们在潭舟岛的时候，也曾两个人一起悄悄地进过KTV。他们年纪太小，谎称是奉父母之命来订包厢的，大人随后就到。小地方管理不严，前台睁一只眼闭一只眼就把他们放进去了。

那家KTV很小，装潢远不如这里，连隔音效果都不太行。他们之所以来唱歌，是因为那天左正谊班上有个同学过生日，在家长的带领下，请大家去唱歌，但左正谊因为一些琐事，和那个同学刚吵了架。对方平日里经常抄左正谊的作业，在他面前像小弟似的，那天请了所有人却唯独不请他，还故意说给他听。

左正谊不觉得他们的关系有多好，只是普通同学罢了，但受到这种"独家待遇"还是怒火中烧，十分中二地想，这小子真是垃圾，忘恩负义，谁稀罕被他邀请啊？然后左正谊就拉着纪决去唱歌了。

一进KTV，他就把生气抛到了脑后，心里只剩下快乐。左正谊并非那种不好意思当众唱歌的人，他骨子里有爱出风头的基因，虽然唱功一般般。纪决负责捧场，为他鼓掌打call，一口一个"哥哥好厉害"，把他哄得飘飘然，越发觉得自己是音乐天才，那个同学没邀请他，简直是世纪大损失。

后来到了WSND，左正谊也和队友一起进过KTV。队友们和纪决一样，也得给他当粉丝，即使他唱跑调了，也必须吹彩虹屁，夸他是"被电竞耽误的偶像歌手"。这时左正谊会接一句："你聋了吗？我是实力歌手好不好？"

自信永不缺席。

但现在他不太想唱了，不是因为和SP的人不够熟，主要是因为他没有那种表现欲了，发自内心地嫌累。

左正谊逐渐变得有点内向，他自己都不知道这是暂时的还是永久的。总之，他想选择让自己以最舒服的方式生活。现在，靠在沙发上听纪决唱歌，就是最舒服的。左正谊想模仿纪决当年给他打 call 的模样，也吆喝两句，夸夸纪决。但他只稍微想象了一下做那种动作的自己，就觉得太弱智了，他做不出来。他默默收回伸到半空的手，却突然感觉手心一沉，被人塞进了一支麦克风。

程肃年刚好路过，看见他的动作似乎误会了什么，说："你要麦吗？我把我的给你，去唱吧。"

左正谊："……"

你自己怎么不唱啊！

▶▶▶

左正谊后来才知道，程肃年递给他的麦克风是从封灿的手里抢下来的。据说改皇唱歌堪比杀人，不是"难听"两个字能概括的，整个 SP 没人想听他唱，包括程肃年。

左正谊十分好奇，可惜没机会听到。

他们在 KTV 待了很久，大家一致认为唱歌最好听的人是李修明的女朋友，其次是纪决。左正谊只唱了一首歌，还是跟纪决合唱的，唱两句歇三句，蒙混过关。程肃年比他更浑，一首也不唱。

大家又一起吃了顿晚饭，这回是程肃年请客。席间聊的话题也正经了些，一群人追忆往昔，讲他们刚入电竞这行时的心态和经历，氛围颇煽情。左正谊不想喝酒，但在这种气氛下也忍不住喝了几杯。

在座的有新人也有老将，但即使是已退役的"老将"，也不过二十七八岁，都是年轻人，却仿佛已经历尽沧桑，过完了一辈子。他卡在新人和老将之间，心态与双方都不同。他认真地听他们说，听着听着，没多久就酒劲儿上头，靠在纪决的肩膀上，不知不觉地睡着了。

后来大家是怎么分开的，左正谊都不知道了。他隐约记得，他被纪决扶进车里，又被背下车。夜里的酒店大堂里仍有不少人，纷纷朝他们看过来。他浑然不知，拍着纪决的肩膀，以为自己在骑马："驾！"

纪决："……"

左正谊一路被背回酒店房间，进了门也不肯放过纪决，指挥他的"马"

从玄关走到卧室，又从卧室转移到厨房。因为要在酒店过年，他们订的是带厨房的套房。之后他又让纪决背着他去浴室，这时他倒是认出纪决来了，非要让纪决帮他洗澡。

左正谊在撒酒疯这件事上有丰富的经验，纪决也有丰富的照顾他的经验。左正谊脱完了衣服，躺进盛满温水的浴缸里。纪决怕他溺水，在一旁看着他。

浴室暖黄的灯光晃了左正谊的眼睛，他在某一个瞬间清醒了几分。

"纪决……"他轻声问，"几点了？"

纪决也不知道现在几点了，手机和手表都放在了外面。大概九点多？十点？他决定编一个数字，很"精确"地说："九点四十五。"

左正谊信了，他问时间只是随口一问，没什么确切的意图。他的清醒只有片刻，很快便陷入了更深的恍惚里。纪决担心他晕在浴缸里，赶忙将他扶起来，背到了床上。

夜里十一点左右，左正谊差不多酒醒了，但又累又困，话都懒得说。他闭着眼睛，躺在枕头上安睡。

纪决在一旁陪着他，拿着手机看微信。

卧室里只开了一盏小夜灯，纪决虽然在跟人聊天，但大部分注意力仍然放在左正谊身上。左正谊的睡颜有一种平时绝对看不到的乖，安静柔软，像海绵宝宝……纪决的脑子里混进了一个奇怪的词，其实他想的是像海绵那样柔软，像宝宝那么可爱，但连在一起就不对劲了。他把自己逗笑了，闷笑了几秒，把左正谊的微信备注改成了"海绵宝宝"。

这些左正谊全然不知情。他不知道梦到了什么，说梦话骂纪决："纪决，你烦死了！"

"……"

纪决收回目光，去看手机上的微信消息。

封灿："End 人呢？怎么不回消息？"

封灿："程肃年让我喊你们打游戏。"

封灿："你也不回消息是吧，大忙人，大忙人。"

封灿："真忙啊？我不信。"

决："来了，刚才安顿哥哥睡觉去了。"

封灿："……"

程肃年："……"

这是个新建的四人微信群，纪决回复之后，程肃年也冒出来了。

封灿："公主睡觉还要人伺候？哇，你这个哥哥奴。"

决："不是说过吗？我对哥哥很好的。"

封灿："好吧。"

封灿："也没什么稀奇，我对程肃年也挺好的。"

程肃年："……"

程肃年："没话聊可以不聊，不张嘴没人把你当哑巴。"

封灿："我打字不张嘴。"

程肃年："？"

封灿："对不起，我错了。"

决："家教真严 :)"

纪决发完这句，封灿突然来私聊他。

封灿："呵，我在你们面前给程教练面子罢了，你根本不知道他私下对我有多好。"

决："这样啊。"

封灿："对，就是这样。"

封灿："你呢？End 哥哥那脾气，平时没少虐待你吧？"

封灿："兄弟，有苦可以跟我诉，都是亲哥们。"

纪决看了熟睡的左正谊一眼。

决："还行，不算虐待吧。他只是不怎么搭理我。"

决："我就喜欢他对我爱搭不理的样子。"

决："对了，虐待应该也有。他经常对我拳打脚踢，还抽我，说我烦。"

封灿："……"

封灿："真的吗？"

决："真的,他脾气好糟，但他是因为心里依赖我才骂我、给我摆脸色。"

封灿："……"

封灿："你没事吧？"

封灿："人不能，至少不应该——"

决："不，这是应该的。"

决："真正的男人，就是应该透过表面看本质，看懂骂声背后的温情。"

决："你竟然还在背地里说程肃年的坏话。"

封灿："……"

纪决戏瘾十足，把封灿说得哑口无言，十多分钟都没回复，不知是被他雷跑了，还是信了他的鬼话，反思去了。

过了会儿，程肃年在群里发了条新消息，大意是叫左正谊睡醒后记得回他的微信。

纪决回了句"好"，把手机放下，睡觉。

第二天早上，酒店的卧室里静悄悄的，厚重的窗帘挡住了大部分阳光。他们面对面盯着对方，不知从哪一秒开始，突然比拼起了谁能坚持更久不眨眼。

左正谊的好胜心极强，忍到睫毛拼命发抖也不肯眨一下眼，连眼眶都开始发酸了，逼得纪决举手投降："我输了。"

"哼。"左正谊满意一笑，嚣张道，"手下败将。"

纪决："……"

左正谊自认为聪明绝顶，智商碾压纪决，但微信头像被纪决偷偷改了都不知道。

纪决中午改的头像，他到晚上才发现，主要是新头像和旧的差不多，只是加了点东西。

左正谊跟程肃年聊天的时候隐隐察觉到哪里不对，但他觉得可能是昨晚累傻了，也可能是睡得太久睡晕了而产生的错觉。

程肃年夸了一句："新头像很别致。"

左正谊这才点开图细看。小图看不太出来，大图就清晰多了，头像的底端有一行小字：Righting 的专属中单。

左正谊："……"

他心里有种不妙的预感，点开纪决的头像看了一下。果然，纪决在自己的头像上也加了一行字：End 的专属打野。

"纪决！"左正谊坐在客厅的沙发上，冲一旁打游戏的纪决喊，"你是不是有毛病啊？"

纪决的电脑桌侧对着他，他突然说："哥哥，我刚开了直播。"

左正谊："……"

▶▶▶

每个职业选手都签了直播合同，大部分是跟战队绑定的。有些选手愿意好好做直播，有些懒得做，只是混时长。纪决就是一个典型的混子，他每个月只播合同规定的时长，一分钟都不多，到点下班。

但这是以前。

自从纪决决定和左正谊一起攒钱之后，他就开始好好做直播了。直播的时长增加了，内容也变得丰富起来，不再敷衍了。

纪决其实刚打开直播，还没来得及提醒左正谊，就被一声臭骂宣告了他们同在一个屋檐下的事实。

不过这也没什么，不是第一次了。

弹幕立刻精彩了起来。

"？？？我没听错吧？"

"是End！！！"

"太子在什么地方？看背景不像SP的基地？"

"当然不是啊，End哥哥怎么可能会在SP的基地？"

"……"

左正谊打开龙象TV的手机APP，进入纪决的直播间，把弹幕看得一清二楚。但他忘了自己用大号进直播间是会有系统提示的，眼尖的水友们一发现，就把他的ID复制得满屏都是。

左正谊发了句"好烦"。

弹幕立刻带节奏搞事："太子，你哥哥说你好烦。"

左正谊："别乱刷。"

左正谊："纪决，给我上个房管。"

左正谊："谁再乱刷就把他关小黑屋，三天起步。"

弹幕顿时刷得更欢了。

"哎呀，End 哥哥跨直播间执法。"

"竟然真的上了房管，太子真听话，我哭死。"

"明明是我的哥哥，为什么变成了你的哥哥呜呜呜？！"

"你的哥哥我的哥哥，其实都一样。"

纪决看见弹幕了，但他在打游戏呢，团战正酣，队友一个个接连倒下，他玩了一手相当秀的阿诺斯。这把本来是 carry 局，却因为他不小心操作失误，导致团灭了。

弹幕开启调侃。

"冠军打野，就这？"

"第一局就翻车。"

"别骂了别骂了，主播分心了。"

"End 哥哥在身边，换你你也翻。"

"别单排了，没意思，跟 End 哥哥双排呀！"

"双排！双排！双排！"

"……"

纪决转头看了左正谊一眼，征求他的意见："来玩双排吗？"

左正谊已经把换头像的事忘到脑后了，起身去开电脑："好吧，随便玩玩。"

他忽然想起刚才程肃年叫他一起打游戏："要不三排，叫上程——"他及时住口，没公开暂时不宜宣布的事，"带个朋友，我们三排。"

晚上八点十分，正是龙象 TV 的黄金时段。

纪决在开直播，左正谊没开，他把笔记本电脑摆在纪决身边，开了机。两人并排坐，但纪决的摄像头只能拍到他一个人，左正谊并未入镜。

等到程肃年上线的时候，他们已经组好队了。由于不便暴露身份，程肃年用的是小号，ID 叫作"炒酸奶"，这三个字的拼音首字母和"程肃年"的一样，属于裹了马甲，但没裹那么紧。不过没提示的话，观众不会轻易往他身上联想。

其实这是封灿的小号，程肃年自己的游戏 ID 不是这种风格。不过这不重要，今天相当于变相的试训，他主要是想看看左正谊的细节操作有没有恢复到巅峰水准。

左正谊知道他的目的，于是插上了自己打游戏专用的键盘和鼠标，调整了一个舒服的姿势，对纪决道："开吧。"

纪决点击排队。

直播间里有人问。

"炒酸奶是谁？"

"男的女的？什么朋友？"

"酸奶，这ID……不会是个女生吧？你俩双排怎么还带妹子呢？"

"瞎带什么节奏！都没朋友是吧？"

"别逗，这是国服前一百的局，这人估计也是职业哥。"

左正谊用电脑打游戏，用手机进入纪决的直播间，手机放在桌面上，一低头就能看见弹幕。

他说："是朋友，男的，别问了。"解释和没解释一样。

紧接着，游戏开始了，他一进入B/P环节就锁定了劳拉，英雄出场的动画一闪，网友立刻把刚才的话题抛到脑后，整齐划一地发弹幕。

"劳拉冠军皮肤！"

"冠军皮肤！"

"冠军皮肤上架了啊啊啊，我还没看End哥哥穿过！"

"快穿上！！！"

这是纪决的直播间，从队友视角看不见左正谊的英雄穿什么皮肤。

轮到纪决选英雄的时候，观众怂恿他也选个有冠军皮肤的英雄——红蜘蛛。毕竟他是皮肤拥有者，不秀一把像话吗？但纪决没选红蜘蛛，甚至都没选打野，他选的位置是AD。

B/P结束，对局开始加载。敌我双方十个英雄的皮肤并排展示，这时观众们才发现，左正谊虽然选了劳拉，但没给她穿冠军皮肤。

弹幕刷过一排问号。

"？？？"

"啥意思嘛？"

"我要看冠军皮[流泪]！你们怎么都不选[拳头]？！"

"跟水友唱反调是吧。？"

"折磨水友是吧?"

左正谊没吭声。纪决回应道:"冠军皮肤的手感不好,今天我们要冲分的。"

这显然是一个借口,蝎子的冠军皮肤上架好几天了,这一整个系列,无论是局内特效还是操作手感都达到了顶级效果,网上好评如潮,哪来的"手感不好"之说?

他们这么明显地不想用,观众很快就反应过来了。

"懂了,嫌蝎子晦气。"

"皮肤封面上有那么大一只蝎子,确实挺晦气的。"

"蝎子有罪,劳拉姐姐是无罪的!"

"难道以后都不用了吗?"

"别带节奏啊,等会儿又撕起来,烦。"

弹幕里隐隐有了吵架的苗头,但很快就被压下去了,有一个顶着"决谊胜负处处决胜负"ID 的老板开始刷礼物,直播间的气氛又欢快了起来。

纪决感谢刷礼物的网友时轻轻一笑:"我俩还用决胜负?"

弹幕里又开始起哄,左正谊低头瞥见,忍不住在桌子底下踹了纪决一脚。

纪决立刻闭嘴,一副乖巧模样。

这时,不开麦的程肃年在队内频道打字:"别贫了,好好打。"

左正谊道:"说你呢。"

纪决道:"我打得很认真,对面的小射手都被我压得心态崩溃了。"

左正谊看了一眼程肃年的数据,脱口而出:"我才发现你玩的是上单,怎么不玩辅助啊?"

程肃年打字回复:"我玩上单也很强。"

左正谊:"……"

0-2-0 的强吗?

左正谊怀疑程肃年在演,但没有证据。不过无所谓,路人局而已,他爱演就演吧。但他没想到,纪决这厮也在演,说什么对面被他压得心态崩溃了,一开始是真的,但没过多久他就开始送人头了。

左正谊打了半天猛一抬头,发现己方处于大劣势。上下两路都被杀穿了，野区也差不多沦陷了。打野是路人，刚开局认出他们的 ID 时很兴奋，现在只默默地敲了一行字，嘲讽道："你俩是高仿号吧？"

左正谊："……"

弹幕一片爆笑。

"这打野怎么好意思说话？"

"就数他最菜。"

"不，最菜的是炒酸奶。"

"太子第二菜，说好的冲分呢？"

"反向冲分，马上就俯冲出国服前一百。"

左正谊忍不住道："你俩差不多得了。"

纪决给他捋毛："我是在给你搭建舞台，逆风局力挽狂澜的剧本已经写好了。End 哥哥，请开始你的表演。"

左正谊又踹了纪决一脚。

他的劳拉发育得不错，经济值不比对面的低，在路人局"力挽狂澜"也不算件难事。左正谊有意在程肃年面前狠狠秀一把，操作相当花里胡哨，做了不少高难度动作，比如故意进人群里乱秀，整一出死里逃生；比如遛对面的打野如遛狗；比如越塔杀人华丽 solo……直播间的观众都被他的操作秀花了眼。

上单队友炒酸奶犀利点评："可以，但没必要。"

左正谊"喊"了一声："你根本不知道我有多强。"

炒酸奶："我知道。"

炒酸奶："是你不知道自己能有多强。"

左正谊："？"

弹幕也满屏问号，很多观众都敏锐地嗅到了不同寻常的气息。

"这哥们到底是谁？"

"其实我有一个猜测。"

"我也……"

"刚才提到辅助我就猜到了，没敢说。"

"chao，suan，nai，懂的都懂。"

"我问一句，End 确定要离开蝎子了？"

"这还用问？他都已经从蝎子的基地搬走了。"

"要我说，蝎子不续约真是血亏，冠军中单、打野相继变成自由人转会，滑天下之大稽。"

"想续约也得选手同意啊，管理层还能逼着他们签字不成？"

"那选手为什么不想续？还不是因为蝎粉挑事吗？"

"活该喽，蝎狗和 Akey 哥哥百年好合，锁死。"

"徐襄是个什么东西，Akey 才是蝎队的正统，队史名宿！"

……

这是纪决的直播间，粉丝基本都是偏向他们的，但节奏一起来，蝎子的粉丝就闻着味儿寻来了，骂战顷刻间升级。

"你们才挑事，好好的又开始骂蝎子。"

"一群带 Righting 牌子、End 牌子和 SP 牌子的酸鸡菜狗凑一块 diss 蝎子，哈哈，复仇者联盟吗？丢死人了。"

"菜狗会看 EPL 排名吗？"

"蝎子位居排行榜第一你们不会不知道吧？十连胜了你们不会不知道吧？"

"蝎狗滚啊！！！"

"自家的冠军中单和打野都离队了，你们还能跳，服了。"

"离就离呗，蝎子没了他们也挺好的，祝他们在 SP 大展宏图咯。"

"宏什么图啊，炒酸奶也只是朴教练的手下败将罢了。"

"炒酸奶退役之前就是 SP 的大毒瘤，当谁不知道呢？现在当毒瘤教练，签下 Righting 和 End 这两个新毒瘤，再加毒瘤改皇，哦豁，齐活了！"

"毒瘤俱乐部哈哈哈哈哈！"

"蝎狗的脸皮让我叹为观止。"

"没有 End，你们连世界赛的门都摸不到，废物。"

直播间里火药味太浓，房管开始封号。封了好几十个账号，弹幕仍然不清净。估计有人把这件事发到论坛和微博上了，有不少新观众加入了直播间，人越来越多，吵起来没个完。

纪决皱起眉，强忍着把脏话咽下，转头看向左正谊。他的目光带着几分询问，问左正谊还要不要玩了，实在不行就关了直播玩。他怕直播间的弹幕影响左正谊的心情。

左正谊却道："没事，继续。"

程肃年也说："开下一把。"

刚才不开麦是为了隐藏身份，既然现在已经被认出来了，程肃年也不再掩饰——他本来也没有特别想掩饰，否则不会用一个ID这么明显的小号玩。

现在是转会期，俱乐部接触选手是理所应当的。

程肃年也在看纪决直播间里的弹幕，故意读了两条："'毒瘤俱乐部''朴教练的手下败将'……"他笑了一声，没做点评，但笑声中的嘲讽已经说明了一切。

蝎子和SP是老对手了。因程肃年和徐襄的纠葛，这些年来，蝎粉一直都是黑程肃年的主力军。

左正谊本来还担心，最近他身上的风波太多，把程肃年牵扯进来会不会不太好。现在一看，程肃年早已经习惯了，一点都不在意。

左正谊心想，这回他不签SP都不行了。

弹幕还在不停地对骂，房管也在不停地封号，连纪决都忍不住亲自下场执法。骂他没关系，但在他的直播间里骂左正谊，他忍不了。

左正谊却拦住他，忽然说："别封了，让他们骂吧。"

左正谊轻轻地敲击着鼠标，说："来个人录屏，注意把弹幕录进去。"

"？？？"

"做啥？"

"录屏干吗用？"

"收集庆祝素材啊。"左正谊冷笑一声，"赛季末如果我们毒瘤战队夺冠了，就在颁奖典礼上把这玩意儿放给'手下败将'看，多好的乐子。"

"……"

还是你牛。

四

直播最终在一片争吵声中落下帷幕。经此一遭，左正谊加入SP相当于半官宣了，他和蝎子的关系也随之跌入谷底。但这同时也象征着，左正谊从职业生涯的谷底走了出来，他的粉丝们都很高兴——他确定了下家，可以重返赛场了。只要他能打比赛，往后怎么走都是上坡路。

上个月，粉丝们本以为他会参加冠军杯每年一度的分组抽签仪式全明星表演赛，但由于新赛季左正谊一场都没打过，不在选手投票名单里，最后他只在台下当了个看客。

这件事让很多人深感遗憾，但左正谊要去SP的消息一曝光，大家又兴奋起来：全明星表演赛？狗都不稀罕！SP现在的阵容比全明星还全明星，下半赛季有好戏看了。

截至纪决关直播，弹幕上的黑子和粉丝都已经熄火了，将主战场转移到了电竞论坛上。

当天晚上，论坛首页被屠版。所有人都在讨论左正谊和SP的适配性、SP是否真成了毒瘤战队，以及在这个依赖战术的游戏版本里，程教练真的能磨合好左正谊、纪决、封灿这三个人吗？

要知道，在左正谊来SP之前，纪决和封灿就不太"兼容"。左正谊来之后，三人配合得好是选手和战队双赢，配合不好可就是双输了。看好他们的人很多，唱衰的同样也很多。但不可否认的是，电竞圈里的所有人都很期待，恨不得冬季休赛期立马结束，明天就开始比赛。

越是着急，时间就越显漫长。和往年一样，今年的冬休期也有一个多月，假期从1月10日到2月15日，中间有一个春节，一个元宵节，还有左正谊和纪决的生日。正所谓年年岁岁花相似，岁岁年年人不同，二十岁和二十一岁看似只差了一个"一"，但这中间的波折、辛酸，远不是一个数字能概括的。

这两个传统节日和两个生日，左正谊和纪决都是在酒店里度过的。他们鲜少有这么长的悠闲假期。去年此时，左正谊在为转会而忧心，把纪决的生日都给忘了。今年他吸取教训，记得清清楚楚，提前半个月就准备好了生日礼物。

是一把新键盘，准确地说，是两把，都是在剑炉定制的，设计的造型和配色很相似，纪决的那一把上刻了"Righting"的职业ID，与之对应，左正谊的那把上刻了"End"。

虽说在电竞圈里，送外设是最普通、最敷衍的选择，几乎可以理解为不动脑也不走心。但左正谊不一样，键盘对他来说始终具有特殊意义，用他自己的话说："这不是键盘，是倚天剑和屠龙刀。"

当时纪决正在刷牙，听到这话一口牙膏沫喷出来，笑得咳嗽了好半天。

"你别不识好歹。"左正谊用手点点他，"我可不会轻易换键盘，是为了跟你搭，才换了一把新的，懂吗你？"

"懂了，谢谢 End 哥哥。"纪决十分领情。

不得不说，随着年龄和阅历的增长，左正谊的审美水平也在提升。他定制的两把新键盘比旧的好看多了，不再是中二少年酷炫风，多了几分低调，也多了几分厚重感。

键盘乍看上去普普通通，但细节设计十分精美，充满了他们的个人元素，合金外壳质感奇佳。左正谊爱不释手，简直想把自己的键盘抱到床上搂着睡。纪决也很喜欢这个礼物，以后他和左正谊一起打比赛，把两把键盘摆在一起，全世界都知道他们是最契合的中单与打野，那感觉简直太妙。

而纪决送给左正谊的生日礼物，则是一枚戒指。准确地说，是两枚冠军戒指。

很久以前，他们还在潭舟岛的时候，左正谊曾给纪决送过一枚银戒，后来他们分开，纪决把这枚银戒当吊坠挂在脖子上，一挂好多年。再后来，他们成了队友。有一回左正谊说这枚银戒太普，他要给纪决换一枚新的，结果还没来得及换他们就闹掰了。跌跌撞撞，闹掰了又和好，所幸他们没失散，还能一起庆祝二十一岁生日。

左正谊生日那天，菜是纪决做的。到了纪决的生日，菜还是纪决做的。倒也不是左正谊不愿意下厨，主要是他做出来的东西极具视觉杀伤力，恐怕难以下咽——天才中单 End 哥哥根本没有做菜的天分。

年夜饭也是纪决做的。左正谊不好意思看他一个人忙前忙后，就在一旁打打下手，帮他择菜、递东西、洗水果。

两个人在厨房里，有一搭没一搭地闲聊。

左正谊说："欸，纪决，我突然想起来，我是你哥。"

"？"纪决眼前冒出一个问号，迷惑地看了他一眼。

左正谊说:"我的意思是,我应该给你包红包,发点压岁钱。"

纪决的嘴角微微一翘,轻笑道:"可以,多包点。"

"有红包吗?"

"没有。"

"那怎么包?"左正谊思考片刻,放弃了,"算了,我微信发红包给你吧。"

他心血来潮,说干就干,立刻给纪决转了200。

纪决盯着那吝啬的200,一时有些无语,看他郑重其事,还以为是要来一个大的呢。

左正谊把刚洗完的水果塞进自己嘴里,边吃边一本正经地说:"我又不是你亲哥,意思意思得了。"

纪决:"……"

好话坏话都被他说尽了,纪决哭笑不得。

整整一个假期,他们几乎每天都窝在酒店里,偶尔出门看场电影,或是吃顿饭。琐碎平淡的日常带来的快乐无法丈量,几乎消解了他们假期中的所有烦恼,过年时纪决的爸妈打电话来,也没能影响纪决的心情,左正谊就更不在意了。

不过左正谊也并非一点烦恼都没有。

这件事说起来有些无厘头,但他确确实实地在为此而烦心。他想把小尖弄到手,却苦于没办法。

小尖是蝎子的宠物猫,归俱乐部所有。很多战队都有吉祥物,用来活跃基地的气氛,也能哄粉丝们开心,在社交平台上吸粉。这只猫不属于任何人,因此也不可能属于左正谊。蝎子绝不会为了钱而把小尖卖给他,而除了钱,他和蝎子之间的交情也殆尽,事到如今没彻底撕破脸就算不错了。

左正谊心知自己不能太自私,基地的饲养员也很爱小尖,大家都喜欢它,他没资格将它据为己有。退一步说,即使小尖归他了,他怎么养?带去 SP 养吗?也不太合适。

左正谊很不开心,但也只能接受。他生了几天闷气,纪决承诺等以后他们有了自己的家,就养十只猫,轮流陪他玩,这才把他哄好。

左正谊还说:"那么多只,你负责喂吗?"

纪决点头:"我喂十一只。"

"……"

终于,短暂的冬休期悠闲地过完了。

"你是我的，也是自由的。"

上架建议：青春文学
ISBN 978-7-5145-1962-4
定价：69.80元（全二册）